NOUVEAU DÉPART

Maquettiste : Thibaut Pialat
Editions shadow
38 rue d'Angoulême
91100 Corbeil Essonnes

Impression : IMPRIMERIE CLIP
Z.A.C les Pièlettes
Chemin de la Cride
Imm. Librarium
13740 Le Rove
Dépôt légal : Septembre 2023
ISBN : 978-2-493541-25-3
E-Mail : editionsshadow@gmail.com
Site : editionsshadow.fr

NOUVEAU DÉPART

ÉDITIONS
SHADOW

Sommaire

4 lettres pour un mot imprononçable

Au début, c'est un simple trouble. Comme une interrogation. Une question sans réponse et sans besoin de réponse. Quelque chose d'anodin qui va vite être oublié. Et puis, c'est normal au sein d'un couple. Pour des gens qui s'aiment, qui mangent ensemble, qui vivent ensemble, c'est normal. Oui, c'est normal. Qu'on dorme ou pas, c'est pareil. On a honte de se poser la question. C'est ridicule ! Peut-on vraiment douter de la personne que l'on aime pour un acte aussi anodin ? Certainement pas.

Le trouble devient un doute.

Ce n'est rien après tout. Il faut passer à autre chose. Il faut penser à autre chose. Mais ce questionnement revient. Le doute subsiste. On essaye d'éloigner cette pensée. Cependant, cette interrogation peine à nous quitter. C'est ridicule ! Peut-on vraiment douter de la personne que l'on aime pour un acte aussi anodin ? Alors on se trouve à nouveau stupide. Mais semblable à l'odeur du tabac, cette appréhension ne nous quitte plus. Les jours et les semaines s'écoulent sans que l'on puisse se détacher de cette crainte. C'est fou ce que l'imaginaire peut provoquer. On essaye de se convaincre. Il ne s'est vraiment rien passé. C'est normal dans un couple. C'est normal.

Le doute devient une inquiétude.

L'étape de l'oubli étant maintenant impossible, on se persuade. C'est un détail minime de notre vie. Un détail ne peut pas briser une relation amoureuse. C'est ridicule ! Peut-on vraiment douter de la personne que l'on aime pour un acte aussi anodin ? Les mois passent et il est de plus en plus difficile de se regarder dans les yeux. On sait qu'il s'est passé quelque chose. Quelque chose qu'on ne parvient pas à exprimer.

L'inquiétude devient une angoisse.

Pour se rassurer, on demande à un groupe spécialisé la confirmation du peu d'envergure que devrait avoir l'affaire à nos yeux. La réponse tombe. Ce n'est pas celle que l'on espérait.

L'angoisse devient une certitude.

Connaitre la réponse fait mal. Quand on sort de la caverne, la lumière nous aveugle. Vivre dans le déni était comme avoir en permanence des mains qui nous serrent. Vivre sous l'éclat de la vérité est plus dur qu'un arrêt cardiaque d'une année. On ne vit plus. Bien évidemment, on se quitte. En réalité, l'un repart veuf en laissant un cadavre derrière lui. Inanimé. Pourtant, en souffrance. Voilà un paradoxe. On continue d'exister en supplice perpétuel, hanté par ses démons. On se referme. C'est quelque chose qui semble si lointain, quelque chose qu'on ne voit que dans les films. On n'imagine pas que ça puisse se produire comme ça. Que ça nous arrive à nous. Mais c'est arrivé. Et on ne sait pas quoi faire. On ne peut pas en parler autour de nous, on a honte. La personne veuve essaye d'abord de nous réunir, de nous dire qu'il ne faut pas s'arrêter à ce détail. Mais ce n'est pas un détail. On le sait à présent. Par la suite, cette personne dit que c'était pour notre bien. Puis, elle finit par nier l'intégralité du propos et raconte à qui veut l'entendre que ce que l'on affirme est dit dans le seul but de profaner son image. Elle plaide l'hystérie, la démesure et la volonté d'une vengeance, car c'est la personne veuve qui a quitté le cadavre. Enfin, c'est ce qu'elle raconte. Bientôt, tous nos amis connaissent cette version. Ces derniers croient le conteur ou du moins ne demandent pas l'autre version. Impossible de démentir quelque chose qu'on ne parvient pas à exprimer à voix haute. Alors on se rend compte qu'on laisse passer sa chance de pouvoir en parler, et parce que lorsqu'on est dans le noir soi-même on ne peut pas laisser son auditeur douter. En parler face à quelqu'un est inimaginable. Certains vrais amis peuvent entendre la vérité, mais faut-il pour autant pouvoir l'exprimer. Alors on envoie dans un premier temps des captures d'écran des messages qui nous permettent de mettre un mot sur notre angoisse. Un mot toujours imprononçable. Un mot pour autant omniprésent dans nos pensées.

L'aide, si celle-ci finit par arriver, vient parfois de quelqu'un à qui on ne pense pas, quelqu'un à qui par une simple coïncidence on doit avouer ce qu'il s'est passé. Parce que parler de la chose est un aveu, comme si on est en partie responsable de ce qui nous arrive. Comme si on a choisi. Comme si on est coupable. Comme si c'est à nous de ressentir la honte.

La personne qui nous tend la main fait des choses simples, comme chercher des numéros sur Internet. Ce que tout le monde peut faire. Mais on en est incapable, parce que faire une recherche est synonyme d'écrire ce que l'on cherche. Et ça, c'est impossible.

On a envie de porter plainte, mais là encore la barrière de la langue et de l'écriture nous rebute. Pourtant, on le souhaite. On souhaite voir la personne veuve l'admettre, on souhaite la voir s'excuser, et surtout on souhaite l'empêcher de recommencer. C'est nécessaire pour passer à autre chose. Malheureusement, c'est une parole contre une autre sans aucune preuve à apporter.

Après des milliers et des milliers d'heures, le corps se réveille de sa longue hibernation et recommence lentement à vivre. Comme après de nombreux accidents cardiaux vasculaires, il faut réapprendre. Réapprendre à sourire. Réapprendre à faire confiance. Réapprendre à aimer. Réapprendre à vivre. On garde bien évidemment des séquelles de cet épisode pour le reste de notre vie ; tout ne redevient jamais comme avant. Mais la situation s'améliore et la chose n'occupe plus le centre de nos pensées.

Parfois, dans les moments sombres de notre existence, il est difficile d'imaginer la lumière au bout du tunnel, mais on peut l'espérer. Oui, on peut espérer un jour crier fortement et distinctement, sans complexe ni honte, la vérité.

« J'ai été violée ».

Maëva CACCIA

À l'épreuve de la rue

La pluie verglaçante gifle mes joues. Recroquevillée sous la marquise de la banque, je me laisse glisser sur l'asphalte. Je m'effondre en même temps que le tonnerre s'abat sur le bitume, tremblant de tous mes membres. J'entends à peine la porte coulisser dans mon dos qu'un homme endimanché dans un costard qui lui colle à la peau me foudroie du regard.

— Dégage de là ! vitupère-t-il, les lèvres frémissantes.

Je n'arrive pas à réagir, mon cerveau tourne au ralenti. Il m'attrape par le bras, et me jette sans ménagement hors du trottoir.

— On fait pas l'aumône, ici, va plutôt dans un foyer !

Mais j'en reviens, de ce foyer !

Je me retiens de lui lancer une réplique cinglante, me contentant de ramasser mes effets personnels en lui tournant le dos.

J'étais prête à prendre un nouveau départ, mais je n'ai pas su le faire. Au beau milieu de la nuit, j'ai quitté le foyer pour sans-abri. Je ne pouvais plus supporter le regard vicieux et salace des hommes se baladant sur mon corps, me dévisageant parce que j'étais la seule fille à avoir atterri là-bas.

L'air frais s'infiltre entre les fibres de mon pull déchiré. Je pensais passer une dernière nuit paisible, mais c'était sans compter la visite de Jack. Je lui faisais confiance au début, il ne me regardait pas comme les autres. Et pourtant, il n'a pas hésité à se faufiler insidieusement jusqu'à ma couchette. Je sens encore ses mains grasses et poisseuses se poser sur ma bouche, m'empêchant de crier, la terreur tétaniser chacun de mes muscles. J'ai réussi à me dégager à temps et j'ai couru, dénichant un abri sous un pont.

Le dos courbaturé après avoir dormi sur le goudron, je déambule sans savoir où je vais. Il est hors de question de retourner dans ce foyer ou chez mes proches, c'est à cause d'eux si je me trouve dans cette situation. J'ai essuyé trop d'humiliations, trop de coups de ceinture sur mon corps meurtri et, si ma mère n'était pas intervenue, je serais sûrement au ciel à l'heure qu'il est. Ma fugue est autant une bénédiction qu'une malédiction, où aller maintenant ?

Je m'arrête devant une boulangerie. Mon estomac gronde et se serre aussi fort qu'une serviette qu'on essore. Une délicieuse odeur s'engouffre dans mes narines, j'imagine déjà la baguette croustiller sous mes dents. La faim : l'une des pires sensations. Je sors mon porte-monnaie contenant mes maigres économies, rassemblant fébrilement les pièces au creux de ma paume. Lorsque je pénètre à l'intérieur de la boutique, la vendeuse me fixe, interloquée. Je répands maladroitement l'argent sur le comptoir en échange d'un pain frais. La jeune femme m'auréole d'un sourire sincère qui me réchauffe les entrailles.

Les nuages s'obscurcissent un peu plus au-dessus de moi. La pluie augmente sa cadence, il tombe des trombes autant que si l'on me versait des seaux d'eau. Je secoue la tête dans tous les sens, cherchant d'urgence un endroit où m'abriter. Je sprinte en longeant un immeuble et je tourne la poignée de la première porte que je rencontre. À mon plus grand soulagement, celle-ci s'ouvre. Une odeur nauséabonde flotte dans l'air ; c'est un local à poubelles. Je m'assois sur le sol rugueux, le plus loin possible des conteneurs. Mon pain est tout mouillé, je croque dedans, puis le maintiens sur mes genoux, les yeux rougis par les larmes. Des gouttes froides s'écoulent de ma chevelure noire jusqu'à ma nuque, poursuivant leur course effrénée le long de ma colonne vertébrale. Les os glacés, je frissonne un peu plus en fermant les paupières, atterrée.

Dehors, le soleil semble revenu. Les vêtements encore trempés, je quitte le local, respirant à pleins poumons l'air frais. Les rayons chauds se déposent avec délice sur mon visage. Mes pas me mènent jusqu'à un parc où je m'assois sur un banc. Trois hommes à la barbe mal taillée s'arrêtent devant moi. Ils sont vêtus d'un treillis militaire et de larges pantalons qui lèchent le sol.

— Qu'est-ce que tu fais ici toute seule, ma jolie ?

Je regarde aux alentours, personne. Je suis seule face à ces individus louches et le berger allemand que l'un d'eux tient en laisse est à deux doigts de me sauter dessus. Un sourire en coin cloué sur le visage, celui qui a la barbe la plus longue tire sur la laisse en ordonnant à son chien de se calmer.

— T'as vu, elle répond même pas alors que, vu sa dégaine, elle est sûrement à la rue comme nous. Pourquoi tu nous snobes, princesse ?

— Je veux juste être seule, réponds-je d'une voix chevrotante.

Ils éclatent d'un rire tonitruant qui ricoche douloureusement sur les parois de mon pauvre cœur.

De nouveau, le stress me submerge. Je visse mon regard sur le sol, mais ça ne suffit pas.

— Oh, elle veut être seule ! Bah on va t'offrir un peu de compagnie !

Au moment où je me lève, ils m'encerclent. Les aboiements assourdissants me pétrifient. La baguette m'échappe des mains, s'écrasant mollement sur l'herbe. Le plus jeune s'approche un peu plus, lèvres retroussées, canines dehors. Il m'entraîne plus loin, m'attrape par la gorge et me plaque contre un mur de pierre. Le rouge me monte aux joues. Ma respiration se coupe. Livide, je me débats dans le vide en suffoquant. Mon bras gauche effectue un moulinet désespéré, tandis qu'avec le droit, j'essaye d'atteindre son visage.

Il me relâche d'un coup sec et je tombe à terre, les jambes coupées. Une douleur cuisante s'infiltre dans mon crâne. Les flammes de l'enfer lèchent ma peau. Morte de terreur, je me recroqueville pendant que mes agresseurs m'assènent de gros coups de pied. Un vague bruit me parvient aux oreilles, puis plus rien. J'ose soulever une paupière. Un policier se penche au-dessus de moi.

— Une chance qu'on soit passés par là, mes collègues les ont embarqués. Comment vous vous sentez ?

La bouche pâteuse, j'articule : « Ça va mieux maintenant. » Il appelle les urgences en m'expliquant que je devrai passer le voir afin qu'il prenne ma déposition.

Je sors du commissariat, tenant précieusement le papier que le policier m'a donné. Je me rends à l'adresse, pleine d'espoir. L'assistante sociale me reçoit dans un bureau spacieux aux fauteuils en cuir confortables.

— Monsieur Davis m'a prévenue de votre arrivée. Quel âge avez-vous, Célia ?

— Seize ans.

— Pourquoi est-ce que vous avez fugué de votre domicile ?

Je visse mes yeux sur mes mains que je tords dans tous les sens. Elle me rassure, m'incitant à prendre mon temps.

— J'avais peur.

À vrai dire, je suis toujours autant terrorisée.

— Dites, vous n'allez pas appeler mes parents ? demandé-je, en lançant des regards dans toutes les directions comme si j'avais peur qu'ils surgissent d'un moment à l'autre.

— Est-ce qu'ils ont un quelconque rapport avec la raison de votre départ ?

Son sourire bienveillant me rassure. Je me lève, les jambes tremblantes et soulève doucement mon tee-shirt. Son petit mouvement de recul est vite remplacé par une expression de stupeur, mêlé d'horreur. Sur mes bras et mon ventre, les coups portés par mon agresseur du parc se mélangent à ceux de mon paternel. Je dégage mes cheveux, lui montrant la cicatrice boursouflée qui serpente sous mon oreille. C'est le dernier cadeau qu'il m'a fait.

— Je peux vous assurer que vous ne retournerez plus là-bas, finit-elle par dire, m'intimant de me rassoir.

Je lui raconte alors la façon dont mon père m'a maltraitée, ainsi que ma déscolarisation pour entrer corps et âme à leur service. Elle m'invite à porter plainte contre eux, puis me dit qu'elle connaît la directrice d'un foyer pour jeunes filles où je serai en sécurité avant de trouver une famille d'accueil. Je vais aussi reprendre le lycée, on m'épaulera. Je la remercie, les fossettes creusées, prête à saisir cette chance que la vie m'offre. Cette fois, j'en suis sûre, je le tiens, mon nouveau départ !

Sissie O'HARA

À belles dents

Chloé Béquel, docteur chirurgien-dentiste à La Chapelle-Thouarault dans l'Ille-et-Vilaine, déprimait grave dès que son regard se posait sur son frère Michel. Cheveux tombant à mi-hauteur d'une joue creuse, rares sur la calotte crânienne, amaigri, l'œil cave, il avait perdu toutes les dents de la mâchoire du haut. Il ne lui restait plus que quelques chicots brunis dans celle du bas.

Le retrouvant après bien des années, elle avait immédiatement offert de lui poser des implants, gratuitement même. Oh, ce n'était pas l'argent qui manquait à Michel. Écrivain qui avait fini par s'imposer, ses ouvrages se vendaient très bien ; de plus, un peu avare par tempérament et par l'expérience de sa pauvreté précédente, il laissait grossir son compte banque. Quoiqu'il en soit, il avait refusé net l'offre généreuse de sa sœur : pas d'implants !

C'était sans compter sur l'entêtement d'une Bretonne, qui s'use moins vite que le granit. Chloé l'avait tarabusté jusqu'à ce qu'il consente à la laisser prendre une empreinte de sa cavité buccale. Elle avait ensuite fait confectionner un dentier par le meilleur atelier de France ; une pure merveille de l'art, qui s'adaptait parfaitement à l'anatomie de son propriétaire, et qui lui redonnait, sinon la jeunesse, du moins la décence d'un homme qui se respecte.

Las ! Lorsqu'elle le visitait, la dentiste voyait trôner en permanence sur le rebord de l'évier de la cuisine un verre crasseux, rempli d'eau grasse, et dans l'eau... le dentier. Michel ne le mettait jamais, et ses lèvres, privées de leur support, se rétractaient vers l'intérieur du visage, faisant saillir d'autant plus bizarrement son nez.

Interrogé sur ce laisser-aller incompréhensible, il répondait que c'était certainement lié à sa façon d'écrire : les mots lui venaient mieux dans une bouche sans dents, lorsque sa langue râpeuse pouvait passer et repasser sans fin sur ses gencives nues de vieux clochard.

Il faut avouer que la critique était franchement divisée sur la valeur littéraire des productions de Michel Béquel. Pour les uns c'était un génie de la désespérance post-moderne, un chantre du nihilisme de la fin des temps, pour les autres, c'était un affreux cabotin, totalement dépourvu de style et d'originalité, qui avait juste profité de l'inculture générale du public pour se faire mousser.

L'intéressé se fichait pas mal de toutes ces recensions contradictoires. Grand lecteur depuis l'enfance, rompu à la perspicacité psychologique déployée par les romanciers, doté d'un solide bon sens acquis lors d'études scientifiques, il ne pouvait se leurrer sur son propre compte, sur les motivations qui le poussaient à écrire. La vanité de vouloir être connu et reconnu, il savait en démasquer tous les déguisements, et il se sentait fier d'avoir su la satisfaire à un tel point chez lui, qu'il l'avait quasiment épuisée. Demeurait l'essentiel, la racine vitale de son être : l'angoisse religieuse.

Adolescent, il avait passionnément admiré les pensées de Blaise PASCAL ; comme lui il avait éprouvé ce frisson cosmique qui saisit l'homme conscient de sa petitesse, face à l'infini silencieux des espaces. Fénelon, Bossuet, Chateaubriand, saint Paul même, tous ces écrivains chrétiens l'avaient profondément impressionné, au point qu'il avait essayé de se convertir, de croire de bonne foi.

Une pensée de Pascal, la 24, lui avait pour cela servi de guide : « Il faut que l'extérieur soit joint à l'intérieur pour obtenir de Dieu ; c'est-à-dire que l'on se mette à genoux, prie des lèvres, etc., afin que l'homme orgueilleux qui n'a voulu se soumettre à Dieu soit maintenant soumis à la créature. Attendre de cet extérieur le secours est être idolâtre superstitieux ; ne vouloir pas le joindre à l'intérieur est être superbe. »

Il s'était donc mis lui aussi à genoux, avait répété à haute voix le *Notre Père*, maintes fois ; rien ne s'était passé, Dieu n'avait pas répondu. Déçu, et nonobstant tout le respect qu'il portait au grand génie de Port-Royal, Michel avait conclu que la pensée n° 24 était idiote, et bonne pour les curaillons. Puis, changeant définitivement d'idolâtrie littéraire, il s'était embarqué avec Baudelaire sur l'Albatros, le navire maudit des poètes amers du dix-neuvième.

La soixantaine passée, célèbre à présent, les classiques du dix-septième se remettaient curieusement à lui chatouiller la mémoire ; il lui arrivait de temps en temps de relire Pascal, et des extraits de la Bible par conséquent.

— Tu le connais ce monsieur NAUZYCIEL qui t'envoie deux entrées au théâtre de Rennes ?

— Non, mais lui a entendu parler de moi. Il vient de mettre en scène, ORDET ! la pièce de Kaj MUNK, dont je t'ai parlé la semaine dernière, à propos du film de DREYER. Il faut y aller. Tu te rends compte !

Chloé ne se rendait pas compte, elle n'avait jamais vu Ordet, le film de Dreyer, dont le scénario, tiré de l'œuvre d'un pasteur danois, avait si vivement interpellé Michel, car il y était question d'une vraie résurrection. Ordet, c'est LA PAROLE, en Danois, et Chloé était chrétienne.

— Je veux bien t'accompagner, mais à une condition.

— Laquelle ?

— Que tu mettes tes dents !

Au petit matin de leur retour de Rennes (Michel s'étant plié d'assez mauvaise grâce à la requête de sa sœur) l'écrivain s'assit à la table de la cuisine, qui lui servait de bureau. Au bout d'un quart d'heure, la pensée restant aussi blanche que la feuille, ses regards flottaient vaguement dans la pièce.

— Tiens, si je les mettais encore ? se dit-il.

À partir de ce jour, ce fut un nouveau départ de son écriture. Comme TOLSTOÏ ne mettait la main à la plume qu'après avoir chaussé ses grosses bottes, Michel ne pouvait écrire une ligne sans avoir enfourné ses dents. Mais le plus remarquable était que son style avait changé du tout au tout, et en beaucoup mieux, chacun en convenait.

— Il faut que l'extérieur soit joint à l'intérieur pour obtenir de Dieu... Sacré Blaise ! disait-il en riant.

Enfin il ne le pensait pas tout à fait : il savait que sa sœur avait prié pour lui. Oui, sa sœur, la sœur de Michel, CHLOÉ BÉQUEL.

Emma CAPIDOR

Aller simple

Je m'affaire à mes activités habituelles. Une trentaine de minutes devraient me suffire pour faire les trois courses que j'ai à faire. Mon temps est précieux et je ne souhaite pas perdre une seconde.

Il y a du monde autour de moi et mes pensées se mêlent au brouhaha environnant. Chacun s'agite frénétiquement et moi je réfléchis au chemin le plus rapide, pour rentrer au plus vite.

D'un coup, je sens que quelque chose se passe, sans pouvoir comprendre ce que c'est. La tension est presque palpable.

Je regarde autour de moi et je me rends compte que l'ambiance est en train de changer. Tout semble se dérouler comme dans un film catastrophe. À la fois en accéléré et au ralenti. Pendant un instant, je me demande même si je ne suis pas dans un rêve de science-fiction. Pourtant, c'est bien la réalité. Un orage violent vient de s'abattre ; propulsée par une poussée d'adrénaline, je me réfugie à l'abri. Les éléments se déchaînent et me rappellent que je suis fragile, périssable. Je vois que les choses me dépassent et je sens l'angoisse monter.

Je ne suis pas la seule. Un vent de panique sévit. Les cris se mêlent aux sanglots et aux chocs liés aux bousculades et aux actes incohérents des inconnus terrorisés.

Perchée en hauteur, j'essaie de reprendre mes esprits, mais c'est là que je réalise que je suis loin de ceux que j'aime. Les choses se sont si vite enchaînées que j'ai tout juste eu le temps de me protéger. Qu'en est-il de mes proches ?

« Est-ce qu'ils vivent la même chose que moi ? Est-ce qu'ils sont en sécurité ? Auront-ils un avenir ? Une éternité de joie, d'enfer ? »

Le désespoir me saisit alors.

« Que va-t-il advenir d'eux ? Est-ce que le monde va s'arrêter, là ? »

Les quitter sans un seul au revoir me déchire le cœur. Mes entrailles saignent face à la perte de ceux qui me sont chers. J'aimerais crier, hurler, mais tout mon être est transi de peur. Je sens que je pourrais m'évanouir à tout instant.

"Pourront-ils échapper à tout cela ? Les reverrai-je un jour ? Est-ce qu'ils savent à quel point je les aime ?"

Mes pensées s'entrechoquent, mais à peine quelques secondes se sont écoulées.

Et là, dans le ciel, quelque chose se dessine. Est-ce un événement météorologique fâcheux ou un jugement divin ?

Un silence glaçant s'impose alors au vacarme incessant de la tempête qui vient de s'abattre sur nous. Une grande contemplation s'en suit. Chaque individu est captivé par ce qui se passe dans le ciel, sans pouvoir l'expliquer ou le décrire.

"Est-ce une tornade ? Un être venu d'ailleurs ?"

Ces questions me semblent futiles... Mes entrailles se compriment toujours plus, loin d'eux. Ils me manquent comme jamais.

Ma respiration est saccadée et difficile. Aucun mot ne pourrait sortir de ma bouche, scellée par l'angoisse et la nausée.

Le temps ralentit de nouveau et je me dissocie du reste de la foule. Un bruit sourd retentit, telle une sirène. Ou plutôt un cor.

Ma vue et mon ouïe se brouillent puis s'éclaircissent.

Les cieux s'ouvrent devant moi, révélant un univers inconnu et familier à la fois. Des myriades de couleurs, d'objets et d'êtres se déploient sous mes yeux. Je suis émerveillée, subjuguée.

Tenir debout devient difficile, toute notion d'apesanteur s'évapore. Le sol s'est à présent dérobé sous mes pieds et plus rien ne semble me rattacher à ma vie passée. Une sensation bizarre, mais agréable m'enveloppe. Je demeure là, paisible.

À cet instant, alors que tout semblait sombre et perdu, toute crainte s'est évanouie. Je suis passée d'un état de terreurs et d'angoisses face à ces événements impromptus, au stade du repos le plus total. Plus aucune émotion négative ne demeure et c'en est fini des larmes. Non pas que j'ai oublié ceux que j'aimais ; il y a juste une grande plénitude et plus aucune ombre au tableau.

Seule une douceur indescriptible a pris place, comme si j'étais rentrée à la maison. Je ne souhaite plus qu'une chose, demeurer ici pour toujours et enfin ne plus souffrir, ne plus avoir à lutter constamment face à la douleur ou la solitude. En vrai, les mots me manquent pour parler de ce que je ressens. Mon corps meurtri et usé ne compte plus. Il n'entrave plus mon être. Alors que chaque avancée était avant le fruit d'un dur labeur, à cet instant précis, j'accède à une liberté méconnue, insoupçonnée. Ma course est achevée, je n'ai plus à prouver quoi que ce soit.

Je suis chez moi.

Mia SWANSON

Amor tango

L'axe sombre, l'attention présente sur ma peau, je frissonne face à ses yeux orageux, dont l'expression enflamme toutes les terminaisons nerveuses de mon corps.

Un pas en avant, l'autre en arrière, mon souffle se coupe quand mon corps se plaque contre le sien. Ses mains longent mes jambes, il s'abaisse sans pour autant quitter mon regard. Les traits de son visage sont durs, la tension et la fébrilité me gagnent tandis qu'il remonte avec toujours autant de sensualité dans ses gestes.

Mon cœur ne comprend plus s'il doit battre dans le rythme de la musique argentine ou s'il doit au contraire s'associer à ceux de mon partenaire de danse, qui touche la peau de ma nuque avec ses lèvres.

Cela fait dix ans que j'expérimente le Tango, la sublime danse d'Amérique du Sud qui me procure exactement ce dont j'avais besoin. La passion.

Déhanchement, mon bassin contre le sien, ses mains sur mes reins, front contre front. Il recule. Je le domine. Nous nous fixons avec cette tension dangereuse qui nous habite quand nous nous retrouvons seuls dans cette chorégraphie si sensuelle. Parfois, pour ne pas dire tout le temps, ça m'apporte ce désir charnel de ne faire qu'un avec mon ex-amant.

Valério, beau, ténébreux, affole toute la gent féminine à son passage. La peau dorée par ses origines hispaniques. Des cheveux noir de jais, une barbe de plusieurs jours qui picote ma joue en cet instant. Il a une taille parfaite pour la danse. J'aime me sentir protégée quand je suis dans ses bras surtout quand il me fait faire des pas précis et secs. Nos corps s'entrechoquent encore.

Nous nous connaissons beaucoup plus que de simples partenaires de danse.

Le public nous applaudit au moment où il me renverse en arrière, avant que je n'effectue un grand écart provocateur et que mon visage oscille vers le sien. Il me ramène en hauteur et nous nous scindons en élargissant la distance qui nous sépare. Moi, c'est Véronica, j'approche de la quarantaine. Je suis professeur de danse, dans un petit studio de Barcelone. L'homme que je parcours avec désir est mon futur ex-mari. Pourtant je le déteste ! Le juge nous a condamnés à rester ensemble pour les affaires ; cela va faire six mois que je supporte cette situation.

Je hais cet homme. Il s'est joué de moi. Il m'a menti pendant trop longtemps, mais surtout il a eu l'audace de me tromper avec une cliente. Je l'ai découvert en plein cours, un soir où je le pensais en soirée avec des amis.

Incapable de discuter avec lui, je suis rentrée chez moi sans accepter une seule de ses explications. J'ai demandé le divorce et nous voilà de nouveau en représentation. J'exhale sa présence près et contre moi, j'éprouve encore des sentiments, des émotions, des sensations parce que son regard est si insistant. Sa bouche est si irrésistible et malgré sa trahison, je l'aime toujours.

Depuis la reprise du travail, j'ai réussi à effectuer des cours sans que nous ayons besoin d'être en correspondance ou en production de danse. Mais ce soir, le public a le souffle suspendu devant notre chorégraphie et l'intensité que nous y mettons. Moi, je me délecte du bonheur malsain que je ressens à être dans ses bras.

Il plaque mon dos contre son torse robuste, ses mains logent sur mes épaules et nous avançons en restant en contact. Son soupir chaud me prodigue des frissons au niveau de l'oreille.

— Véronica, ce soir-là, cette femme-là, c'est elle qui m'a embrassé ! m'informe-t-il avec une voix suppliante.

Mon corps se raidit instantanément, ce qui nous cause un mauvais pas, mais Valério réapproprie aussitôt le tempo. Malheureusement je ne peux pas m'enfuir. Donc, il en profite pour me donner sa version des faits. Plus il parle, plus j'ai l'impression d'avoir fait une grosse erreur.

Mon cœur loupe plusieurs battements ; nous nous retrouvons face à face. La musique devient plus lente.

Un pas en avant, puis deux et enfin, il encercle mon visage de ses mains chaudes qui m'ont tant manqué.

— Laisse-moi te prouver que je t'aime toujours et que toi aussi, tu m'aimes encore.

Mon souffle se coupe. Je pense qu'il a raison, mais mon cœur est incertain, fissuré et rempli de doutes. Il incline son visage vers le mien, je m'abandonne. Nos regards se cherchent et juste avant que nos bouches se scellent dans le plus désirable et puissant des baisers, il me murmure :

— Laisse-nous une seconde chance.

Sous la vivacité des violons et de la guitare, je réponds à son baiser dévastateur, accrochant mes doigts dans ses cheveux. Dans les applaudissements des spectateurs de la plus grande salle barcelonaise, j'expose à nouveau mon être à l'amour fou, l'amour intense de l'homme qui a en permanence su me générer du bonheur.

Valério Moralès, mon époux, celui que j'ai toujours aimé et cette fois, il serait temps de nous apporter un nouveau départ : celui que nous méritons tous les deux, avec en contribution l'amour que nous éprouvons pour le Tango.

Athéna JACOB'S
Auteure de Alors, Embrasse-Moi !

Annie

Le volet remonta avec douceur, sans bruit, laissant s'échapper un rayon de soleil qui venait lui caresser le dos. Annie, extirpée de son sommeil, ouvrit les yeux. Elle se trouvait en position fœtale. Elle prit le temps de s'étirer, sans se brusquer, puis se tourna avec la même intensité vers l'extérieur.

Face à elle, les ombres noires des roches, oblongues, s'étalaient sur un paysage orangé de régolithe. Le ciel était d'un bleu pâle, terne, tirant vers le gris. Annie trouva une certaine beauté dans ce paysage dépourvu d'éclat, fade, sans arbre ni plante, à l'opposé du firmament qu'elle avait tant contemplé. Elle demeurait fascinée par cette nouvelle terre encore vierge et neuve.

Annie se redressa. Sa couverture glissa sur sa peau nue. La jeune femme finit par quitter son lit, s'approcha de sa machine à café puis, attendant que l'eau soit à la bonne température, se dirigea vers sa salle de bain.

Une serviette nouée autour de sa poitrine, une autre sur sa tête, elle servit deux cafés. La bonne odeur de la boisson imprégna le petit appartement aux couleurs anthracite et blanc. Sa tasse en main, elle agrippa sa combinaison et la posa sur son lit. Annie ne l'avait portée que pour ses essayages et aujourd'hui elle allait enfin s'en servir pour sortir. Alors que ses yeux étaient fixés sur sa tenue, plongée dans ses pensées, une voix masculine se fit entendre.

— Annie ? commença la voix pour l'interpeller. Tu vas l'user à force de la regarder comme ça. »

Elle sourit et approcha la tasse de sa bouche pour boire une gorgée de son café encore chaud.

— Il lui en faudra plus, finit-elle par lâcher. Je t'ai servi une tasse.

— Sœurette, je n'en bois plus tu te souviens ?

Aucun jugement n'émanait de la voix de son frère.

— Ah oui, pardon Alex.

La jeune femme n'avait pas cessé de regarder sa combinaison et elle était toujours accaparée par ses nombreuses pensées qui se bousculaient. C'est le sifflement de stupéfaction de son frère qui réussit, enfin, à l'arracher de ses réflexions.

— C'est à ça que ressemble Mars au matin ? C'est magnifique.

— Je trouve aussi !

Annie marqua un temps d'arrêt, fixant de nouveau l'immensité de l'orange martien.

– Faut que je me prépare maintenant, ou je vais être en retard. »

Avalant ses dernières gorgées de café, Annie ôta ses serviettes humides et commença à se vêtir de sa combinaison. La texture était agréable sur sa peau et la matière était assez souple pour ne pas entraver ses mouvements tout en gardant une épaisseur suffisante pour la protéger de l'extérieur hostile de Mars. Le orange mate de la tenue, combiné au bleu reflétant la lumière artificielle de l'appartement, lui plaisait.

Assise sur son lit, ajustant sa combinaison à ses mollets fins, Annie regarda une nouvelle fois au-dehors. Le soleil était plus haut dans le ciel et les ombres des roches avaient déjà rétréci. Ils leur restaient encore un peu de chemin à parcourir avant qu'elles ne disparaissent totalement.

— Toutes ces semaines de voyage en valaient la peine, souffla-t-elle, presque à elle-même, une nouvelle fois aspirée par le flot de ses pensées.

– Ouais, on est littéralement dans la partie la plus éloignée du monde exploré. »

Alex marqua une pause, à son tour, et lorsqu'il parla de nouveau sa voix était teintée de regrets :

— Tu crois que papa et maman seraient fiers de nous ?

– Je ne sais pas, Alex... »

Sa réponse resta en suspens. Elle avait été brusquée par la charge émotionnelle qui émanait du jeune homme et l'avait percutée de plein fouet. Elle fit un effort considérable pour ne pas perdre l'équilibre, pour ne pas chuter ; et chassa, avant qu'elles ne prennent forment, les émotions qui cherchaient à s'instiller en elle. L'euphorie l'embrasa, elle sauta sur ses jambes, enfila les bras de sa tenue, referma la fermeture éclair et colmata le tout à l'aide de la bande auto agrippante.

— Tu viens avec moi, Alex ? lança-t-elle.

— Non, je ne pense pas. Ce serait... étrange. Surtout pour les autres.

— Bon, comme tu veux, mais fais pas de bêtises pendant mon absence.

Alors qu'un sourire vint illuminer le visage d'Annie qui se dirigeait déjà vers la porte de l'appartement, une moue de tristesse s'empara de celui d'Alex. Il regarda sa sœur, les yeux humides, avant de lui demander :

— Annie ? Tu t'en souviens au moins ?

— De quoi ?

– Je ne suis pas vraiment là... »

Les mots d'Alex restèrent en suspens dans l'esprit d'Annie. Elle ne put éviter la chute. Percutée, une nouvelle fois. Son sourire s'effaça, un rictus de douleur s'imposa, déformant son doux visage. Elle se remémora la scène, happée par le flot de souvenirs et d'émotions qui s'entremêlaient. L'accident, juste sous ses yeux, les corps désarticulés, propulsés en l'air, s'écrasant lourdement sur le sol dans un craquement insoutenable. Son frère au visage tuméfié, meurtri, méconnaissable. Il avait suffi d'une fraction de seconde pour lui arracher sa famille. Il avait fallu un rien pour qu'elle se retrouve seule. Son monde avait basculé dans le gouffre de la douleur et de la solitude, emportant ses parents et son frère, lui qui, depuis toujours, avait été présent auprès d'elle. L'image d'Alex la faisant rire dans ses moments de détresse resterait à jamais gravée dans son esprit, là où on ne pourrait pas la lui retirer.

Son visage s'apaisa, son sourire lui revint, rattrapé par le souvenir de cette joie intarissable qui avait toujours émané de lui. Annie actionna la porte qui s'ouvrit en coulissant sur le côté, laissant apparaitre le couloir du complexe. Elle regarda son appartement une dernière fois, se figura son frère assis sur un des fauteuils orange qui donnaient sur l'extérieur, affichant une expression de fascination pour cette terre neuve.

« À ce soir, Alex ! »

Daniel D. MILLER

Ascendre

Rien de plus brutal que l'impact froid et ferreux de deux caddies qui s'entrechoquent. Les roulettes grincent et la poignée rouge en plastique me rentre brusquement dans le ventre alors, en souriant, je m'excuse.

— Oups, pardon !

— C'est moi, je vous ai pas vu.

On s'est pas vus, on s'est gênés, on s'éloigne, bref, on n'existe pas vraiment.

Les rayons tournoient autour de moi. J'ai le vertige.

Trop de choix, trop de plastique, trop d'étiquettes agressivement enthousiastes, trop de craintes commerciales camouflées sous des couleurs honteusement criardes choisies par des gens stressés, cloitrés dans une pièce contre leur gré, toute la journée, tous les jours, attendant de trouver la bonne nuance de rouge ou de vert, celle qui saura m'accrocher, m'appâter, m'attirer, celle qui vaudra quelques bouts de papiers et de métal de mon porte-monnaie… moi, je veux juste des haricots verts.

Je prends une boite de conserve, la main tremblante, les yeux fermés. Pourquoi ai-je l'impression de commettre un crime ?

Je ne me sens pas bien du tout, j'ai la nausée. Faut que je sorte !

Mes haricots à la main, je lâche mon caddie vide et me précipite vers la caisse. Je pousse des gens sans le vouloir, je les bouscule sans m'en rendre compte, je les cogne sans m'en apercevoir, comme un fantôme qui voudrait être vu.

Le tapis noir roule et s'avale lui-même. À mes yeux, c'est une bête sans forme et sans fin, esclave d'une pédale que sa maitresse quasi robotisée actionne inlassablement.

Ça fait peur. J'ai peur.

Mon article avance tout seul, sans moi, est-ce encore un témoin de mon inutilité, de mon inexistence ? Si je n'étais pas là, il avancerait quand même.

J'ai froid tout à coup.

La caissière le saisit, le soulève, le tourne, le bipe, puis le pose, les yeux rivés sur un écran affichant une autre réalité. La réalité pour laquelle elle travaille.

— Bonjour.

Est-ce à moi qu'elle s'adresse ou à l'écran ? Puis, comme un coup de poignard, sa demande claque dans l'air et me percute.

— Vous avez la carte fidélité ? Si vous la voulez, je peux vous la faire, ça prend deux minutes.

Je ne comprends plus rien. Qui veut me prendre des minutes ? Et pourquoi ? Pour qu'une carte manifeste ma fidélité à un bâtiment dont je ne sais rien ? Pour qu'un bout de papier atteste de mon affection particulière et de ma loyauté infinie envers une marque inventée par des inconnus qui, si je venais à mourir dans la seconde, ne s'en soucieraient pas le moins du monde ?

Soudain, le mot FIDÉLITÉ s'enfuit. Je sens qu'il s'envole, littéralement. Mon Dieu ! D'autres le suivent !

Les mots s'échappent, je le vois de mes yeux ! Suis-je le seul ?

Sans attendre, je les poursuis. Je ne suis rien sans eux ! J'ai tellement besoin d'eux !

Ils fusent vers la sortie et je leur cours après. Dans ma course effrénée, je renverse un stand de babioles, je trébuche et m'écrase lourdement sur le carrelage insipide et froid. Les mots sont en train de me semer, il faut faire vite !

— Nooon ! Attendez-moi, par pitié !

J'ai l'air fou. Les gens s'écartent.

Je me relève et je cours à toute vitesse. Je dérape devant l'entrée. Les mots sont déjà dehors, mais la porte, impérieuse et indifférente, a sa propre volonté. Elle s'ouvre trop lentement, je n'ai pas le temps d'attendre ! Je me faufile péniblement dans l'interstice qu'elle m'offre et, vexée par mon insoumission, elle se bloque.

– LÂCHEZ-MOI ! LÂCHEZ-MOI !

Je m'extirpe tant bien que mal et m'écroule sur le bitume.

Je tourne la tête juste à temps pour apercevoir les mots s'engouffrer dans la forêt au-delà du parking.

Sans perdre un instant, je me lance à leur trousse.

Je glisse entre les monstres métallisés qui m'assènent des coups de rétroviseur au passage, tentant probablement de m'arrêter. Je saute la vieille barrière en rondin de bois en un rien de temps et m'enfonce au milieu des grands pins maritimes.

Les mots sont là. Visiblement, ils m'attendaient.

Ils se mettent alors à danser autour de moi, agitant joyeusement les graminées en rasant le sol, jouant dans les épines des pins, virevoltant dans mes cheveux. Je reconnais certains d'entre eux.

Je les avais oubliés, j'en prends conscience à présent...

Puis, voilà qu'ils s'alignent les uns derrière les autres. Ils forment un ruban lumineux de mots sans aucun sens, qui pourtant semblent en dire plus que le plus vertueux des poèmes.

C'est un texte sacré qui me montre la voie, je le sais, je le sens.

Sans hésiter, je prends la direction que les mots m'indiquent.

À mesure que j'avance, mes pas s'allègent.

Est-ce que je vole ? Suis-je mort ? Ou, au contraire, peut-être que, pour la première fois de ma vie, j'existe ?

Un oiseau se met à chanter et sa mélodie me touche.

Je pleure. Je me sens bien.

Les arbres écartent alors leurs branches pour me laisser voir le tableau du ciel. Les nuages me racontent une histoire, ils dessinent avec une extrême délicatesse le canevas de tous les destins s'entremêlant paisiblement.

Un renard attire mon attention et, alors qu'il s'arrête pour m'observer, je plonge dans ses yeux noisette. Mon regard ne le dérange pas, il se laisse faire. Bientôt ma main caresse sa fourrure douce et touffue.

Je le trouve incroyable et, au vu de son sourire malicieux, je sais qu'il m'apprécie aussi.

Il se retourne et me montre le chemin à suivre pour continuer à avancer. Je m'y rends aussitôt.

Mon pas est de plus en plus lent. Mon cœur est en paix.

La nuit tombe en une fraction de seconde et les étoiles entonnent un refrain ancestral, lumineux et mélancolique. L'harmonie de leurs milliards de voix chantant en chœur fait éclater mon âme en sanglot.

Mes pleurs attirent un animal nouveau.

Une flamme qui brûle sans l'aide de combustible, dotée de dizaines d'yeux et de six paires d'ailes. Sa lumière déchire la nuit et dévoile une immense porte gravée d'inscriptions mystérieuses.

Je pousse la porte et, aussitôt, mes yeux se remplissent de gloire. Devant moi, un chemin pavé d'or mène à une ville rayonnante aux murs de cristal.

Jake JACOBS
Auteur de la série Le Bouclier de David

Bébé Phénix

Il y a trois ans et six mois, je suis morte. Tout est encore très frais dans ma mémoire. D'ailleurs, chaque fois que je raconte cette histoire, j'ai l'impression que c'était hier. Je me rappelle avec exactitude chaque infime détail, comme si la moindre seconde avait son importance. Mon départ avait été préparé bien à l'avance : valise pleine à craquer, que j'avais eu bien du mal à fermer, sac à main contenant mon chargeur de portable et tous mes papiers remplis avec minutie. J'étais prête. Je le croyais. Sauf que l'on n'est jamais assez bien préparé pour ce qu'il va arriver. On aura beau prendre toutes les précautions du monde, s'être renseignée auprès de personnes de confiance, les réponses à nos questions resteront toujours floues, comparées à la vérité. Il faut le vivre pour le comprendre, tout simplement.

Tout commence par l'arrivée à l'hôpital. Pendant que mon compagnon de vie m'inscrit à l'accueil, j'avance lentement jusqu'à l'ascenseur qui me mène au septième étage. L'endroit est calme à cette heure, les visites sont terminées depuis bien longtemps. J'arrive à destination, rejoins la bonne aile et ce n'est qu'à ce moment que j'entends une femme hurler dans une autre chambre. Je me fige. La panique me submerge. Mais je ne peux plus reculer, il est bien trop tard pour ça. Je continue donc jusqu'à croiser une infirmière à qui je donne mon identité. Elle vérifie mes coordonnées sur son ordinateur puis me conduit à la salle où ma vie va totalement changer.

Je m'installe, attends mon compagnon et cette femme qui va m'accompagner tout au long de cette nuit. Elle remplit plusieurs formulaires, me pose quelques questions auxquelles je réponds en toute franchise. Elle me tend cette horrible chemise blanche décorée de petits motifs bleus qui se ferme dans le dos par des cordons. Je l'enfile et m'assois de nouveau sur le lit. Lorsqu'elle revient avec un baxter, mon cœur s'emballe. Nouvelle crainte. Savoir qu'une aiguille va rester enfoncée dans une veine pendant des jours me fait frémir. Je n'ai pas peur d'une simple piqûre, mais un baxter figé dans le poignet... c'est une autre histoire.

C'est à partir de ce moment précis que tout s'enchaîne. Je n'étais pas prête pour ça. Je pense que personne ne l'est vraiment. Je me souviens de cette douleur intense. Si forte, que je la pensais insupportable sur le moment. J'espérais simplement que cela s'arrête enfin. Quand la crise passe enfin, je m'allonge en priant pour pouvoir fermer les yeux un instant. Je suis épuisée et pourtant le sommeil se refuse à moi. Nouvelle crise de douleur, je me redresse et m'agrippe à la corde qui pend juste à côté de mon lit. Je m'y accroche comme on attrape une bouée de sauvetage que l'on refuse à tout prix de lâcher. J'essaie plusieurs astuces que l'infirmière me conseille pour tenter d'apaiser et d'accepter cette souffrance, mais j'ai l'impression que quoi que je fasse, elle revient en force, me clouant sur place. J'ai peur, mon esprit hurle à l'aide et pourtant aucun son ne franchit la barrière de mes lèvres. Je serre les dents. Je me montre forte. Sauf que je ne le suis pas. Ou en tout cas, j'ai la certitude du contraire.

Les heures défilent et j'ai l'impression que cela dure des jours entiers. Puis, enfin, l'anesthésiste arrive et c'est la délivrance. La douleur disparaît, mais ce n'est pas gagné pour autant. Mon corps refuse de travailler correctement, je suis épuisée. L'envie de dormir est présente, sauf que je ne peux pas, il faut attendre le docteur qui me suit depuis le début. Je n'ai plus mal, malgré tout, la peur est bien là. Je m'accroche aux paroles réconfortantes et encourageantes des médecins qui s'affairent autour de moi. Ils passent et repassent dans mon champ de vision, se penchent sur moi, tantôt souriants, tantôt l'air soucieux. L'infirmière qui m'a reçue est toujours là, elle s'assure de mon état de santé. Et puis j'entends des paroles qui augmentent mon angoisse :

— Les battements de son cœur ont trop ralenti, on part pour le bloc.

Je tremble, j'ai froid, je flippe. Ils poussent mon lit rapidement en dehors de la pièce, le couloir défile vite. Nous descendons tout en bas, dans une salle d'opération immaculée dont je n'aperçois rien de particulier, mis à part le plafond, quelques machines et les lumières vives qui me brûlent les yeux. Plusieurs médecins vont et viennent, se penchent les uns après les autres au-dessus de moi pour se présenter, mais je n'en retiens même pas la moitié. Je veux que ça se termine, je veux simplement qu'on me laisse dormir. Les bras étendus de chaque côté, reliée à deux machines, la vue obstruée, je ne ressens pas grand-chose, si ce n'est qu'ils s'affairent à m'ouvrir le ventre. Aucune douleur, l'anesthésie est parfaite ; c'est juste désagréable. Ils pourraient me découper en morceaux, que je ne m'en rendrais même pas compte. La seule chose que je peux faire, c'est faire pivoter la tête vers la gauche et regarder les aiguilles d'une horloge tourner lentement.

Ne rien voir me fait peur. Je les entends parler entre eux, sans réellement comprendre ce qu'ils disent. J'aurais aimé que mon compagnon soit près de moi. Cela n'aurait pas dû se passer comme ça.

Et puis, soudain, je l'entends. Mon regard s'attarde sur l'horloge : 15 h 18. Elle pousse son tout premier cri, elle est enfin là. Mes larmes coulent sans retenue. L'infirmière qui m'a accueillie et accompagnée tout au long de l'accouchement s'approche et me dépose cette toute petite chose à côté de mon visage.

Je te découvre, enfin, ma fille. Au fond de tes grands yeux sombres, je vois mon reflet. Ton arrivée m'a transformée à tout jamais. C'est une nouvelle moi qui prend vie, grâce à toi.

Alysson M. LEJEUNE

Bonjour retraite !

2023. Aujourd'hui, premier jour de l'année, et premier jour de sa retraite.

Quarante ans de vie commune rapprochent un couple. Quatre enfants les unissent profondément. Pourtant, ce jour-là, le stress, l'angoisse la saisit. La question se pose. Comment se préparer à vivre toutes ces années à venir ? Chaque jour se lever, se coucher au même rythme, cela lui semble impossible.

Mère au foyer, elle éduquait leurs enfants, gérait les évènements imprévus, dans les larmes et les rires, fidèle au poste.

Ouvrier, il se levait tôt, partait au boulot, rentrait à l'heure du repas, fatigué et prêt à recommencer le lendemain. Souvent, loin de la maison.

Lui, un homme simple, fort, bon, généreux, serviable, avec un côté boudeur agaçant.

Elle, une femme cordiale, passionnée, courageuse, manquant parfois de tact dans ses propos.

Les enfants ont quitté la maison depuis longtemps. Alors, ces dix dernières années, quand il s'en allait, elle était seule. Ses activités remplissaient ses journées. Un rythme de vie simple qui lui convenait.

Elle appréciait ces moments de solitude. Voilà que tout allait changer.

Comme pour une transition, un temps d'adaptation, ils sont partis en vacances sur son île natale, deux mois, avant la date fatidique.

Pendant leurs randonnées, il parle de sa crainte de ne plus avoir un revenu suffisant, de perdre ses amis, de ne plus se sentir utile.

Lui, s'inquiète de ce qu'il va faire de ses journées.

Elle, se demande comment gérer cette intrusion dans son quotidien.

Tous deux se racontent leurs craintes et leurs espoirs. Ils n'ont aucune idée de ce qui les attend dans les mois, les années à venir.

Ils n'avaient pas eu le temps d'apprendre à se connaître. L'Amour les avait saisis.

Ils s'étaient aimés au premier regard.

Après une rencontre « coup de foudre » en avril 1981 ; une grossesse « surprise » quelques mois plus tard, bouscule leur projet de vie à deux.

En juin 1982, une joie immense inonde leur cœur, quand leur premier garçon pointe le bout de son nez. Deux mois plus tard, ils se marient. Ils sont jeunes, leur amour vient de paraître et fleurit déjà.

Évidemment, avec un bébé, difficile de passer du temps ensemble, main dans la main, yeux dans les yeux. Leur bonheur est palpable, malgré tout.

Rapidement une fille vient leur tenir compagnie, les voilà doublement heureux, dans une vie pas si simple. Deux autres petits bouts terminent d'agrandir leur maisonnée.

Peu de temps pour être à deux.

Lui a bien compris l'importance de sa responsabilité vis-à-vis de sa famille. Investi de cette mission, il travaille beaucoup. Avec fierté, elle découvre son courage, son cœur d'homme, de père, d'époux fidèle et engagé.

Sans diplôme, difficile de trouver un emploi bien rémunéré. Il rentre souvent fatigué. Malgré les tâches pénibles, il garde confiance en l'avenir.

Leur relation tient la route en dépit des doutes de leurs familles et de leurs nombreuses difficultés. Ils s'aiment très fort, et croient que cela les mènera loin.

Aujourd'hui, cette retraite bien méritée vient jeter un voile sur leur relation au travers de leurs appréhensions respectives. Afin de préserver cet amour qui, pour eux, est le ciment, le pilier de l'unité de leur famille, ils se parlent, s'écoutent. Ils partagent leurs désirs, leurs regrets et leurs projets. Ils osent exprimer leurs espoirs, leurs joies, leurs peines et leurs craintes. Leurs cœurs semblent battre au même rythme. Leur foi reste solide.

Deux mois qu'ils sont rentrés de vacances, qu'il ne s'est pas levé tôt. Il apprécie le temps qui passe. Ils accueillent souvent les enfants de leurs enfants, ce qui réjouit leur cœur. Lui, sous ses airs bourrus parfois, est heureux de leur préparer de belles tartes aux pommes. Il fait ce qu'il aime : cuisiner. Elle le laisse faire, se délectant de la joie qui émane de lui.

Puis, un jour, vient « la » révélation après un différend entre deux des petits-enfants « Je ne sais pas où tu as trouvé la force, le courage, pour élever nos quatre enfants, souvent seule, et dépressive ! » Sa réponse est, pour elle, une certitude : « Je ne le sais pas non plus ! Une aide surnaturelle peut-être ! » Maintenant, il connaît les difficultés et les plaisirs d'être parent au foyer.

La maison dans laquelle ils vivent depuis dix ans semble s'être rétrécie. Il leur faut partager le même espace : la cuisine, lieu où se rassemble la famille, les amis, où l'amour qu'ils ont pour leurs invités, se reflète aujourd'hui dans ses bons petits plats et lui permet d'exercer son talent.

Elle reste en dehors de cette activité culinaire. Pas très bonne cuisinière, heureuse de le voir s'épanouir, elle apprécie les effluves qui jaillissent des marmites fumantes. Réaménager, repenser ce lieu commun est affaire de stratégie et d'intérêt de l'autre. Pas facile, mais pas impossible.

Quelques discussions plus tard, le compromis est établi.

Bonjour retraite !

Les voilà doucement lancés dans cette nouvelle aventure, pensant à des projets de voyage, de rencontres, de découvertes. Enfin vient le temps de partager de bons moments... être ensemble, prier, parler de leur foi, se retrouver dans les bras l'un de l'autre, regarder de bonnes séries, se payer des tranches de rire ; il faut avouer que ses blagues « à deux balles » la font encore bien se marrer.

Dans leur maison résonnent des éclats de rire... rires des grands et des petits. Leur cœur s'élève quand les voix de leurs petiots crient : « papi ! mamie ! ». Cet amour qui résiste aux tempêtes est là, toujours présent, surnaturel. Cette joie, malgré les difficultés, demeure, soutenue par leur foi en Celui qui les a réunis.

Adieu boulot, adieu stress et réussite. Il n'a plus rien à prouver, juste à apprécier la satisfaction de voir la suite de sa vie se transmettre au milieu de sa tribu.

Ils avancent un jour après l'autre, un pas après l'autre, l'avenir semble prometteur, ils sont forts, prêts pour ce nouveau départ.

Ils font l'effort de se lever chaque matin avec le choix de faire plaisir à l'autre.

Lui, elle, cet amour qui reste fort, qui supporte tout. Un amour surnaturel.

Laurence

Ceci n'est pas une nouvelle

Je n'ai jamais eu l'envie d'écrire un roman ni l'idée à vrai dire. Pourtant je lis, enfin j'étais une lectrice assidue. Quand j'étais jeune, j'étais tellement plongée dans mes livres que je ne faisais pas attention à la vie autour. On aurait pu m'oublier, cachée derrière le haut fauteuil en cuir marron clair de mes parents dans lequel je m'installais, absorbée par les aventures incroyables que je pouvais vivre avec les Six Compagnons de la Croix-Rousse ou Jules Verne.

Quand j'étais jeune, on me disait en souriant que j'allais finir bibliothécaire à ce rythme-là. Mais moi je n'ai jamais eu l'envie de devenir bibliothécaire... J'aimais les livres uniquement pour les lire, pas en espérant en écrire moi-même, ni pour en parler ou les recommander à d'autres... J'aimais les romans purement et simplement pour ce plaisir immensément égoïste de la lecture.

Puis j'ai grandi, les études supérieures ont grignoté mon amour des livres à coup de lectures obligatoires... me faisant oublier les émotions intenses et multiples que je pouvais ressentir, plongée au cœur d'un bon roman. Il faut dire que la formation de Sciences Po a remis en question ma notion du « bon » roman... Qu'est-ce que la vraie littérature ? Ce sont ces classiques qui ont traversé les années et qu'il faut avoir absolument lus pour pouvoir mourir tranquille ? Alors, que penser ou que faire de ces romans contemporains qui nous font un bien fou et qui se lisent facilement sur la plage pendant l'été ? Comment choisir parmi les étalages bondés des librairies ? Ces interrogations sans réponse m'ont tout simplement poussée à passer des années quasiment sans lecture...

Il a fallu réapprendre à lire en recherchant uniquement le

plaisir de se faire happer par des personnages, une intrigue, une histoire, un univers... avec l'envie irrésistible de connaître la fin ! Oui, car je fais partie des gens qui n'ont aucun problème à aller regarder la fin d'un roman avant, tellement je suis impatiente. Si je peux toujours me définir comme lectrice, c'est ainsi grâce à Armistead Maupin, Katherine Pancol ou encore Elena Ferrante. Ce sont eux qui m'ont réappris l'amour de la lecture en faisant sauter mes préjugés sur le bon goût et la légitimité des œuvres à être lues.

Je n'ai jamais voulu écrire, sans doute car inconsciemment je ne souhaite pas me comparer à ces écrivaines et écrivains qui m'ont accompagnée et ont marqué ma vie : Milan Kundera, Romain Gary, Annie Ernaux, Douglas Kennedy, Marie-Hélène Lafon, Paul Auster, Cécile Coulon... Jamais je n'oserais me mesurer à elles et eux.

Mais aujourd'hui, je prends mon ordinateur et j'écris, ou plutôt je tape. Et je compte les mots, ou plutôt je regarde l'indicateur en bas à gauche. Je profite d'un rare instant de calme dans ma vie de jeune maman de deux enfants. Il fait beau. Trop chaud pour le mois de février, mais ça, c'est une autre histoire... Pour la première fois de ma vie, j'écris. Ce n'est pas un roman, sans doute pas une nouvelle non plus, mais j'écris, et c'est déjà ça.

Fanny AMBLARD

Chambre 7

Cela fait 15 h que j'erre dans Paris sans savoir ce que je fais là. En anhédonie, je suis incapable de poser des mots sur ce que je ressens. C'est sûrement l'effet du choc.

J'ai le sentiment de n'être qu'un corps ambulant. Je ne sais plus qui je suis, où je vis, qui est mon entourage, mes souvenirs sont complètement brouillés, à l'exception de cet accident et de Swan.

Elle respirait la gaieté.

Chaque fois qu'elle sortait de chez elle, si quelqu'un croisait sa route, il souriait, tant elle dégageait d'allégresse. Elle aimait les autres, pour ce qu'ils étaient vraiment. Elle disait toujours qu'elle allait bien, même lorsqu'elle paraissait mélancolique et préférait se mettre en retrait pour faire briller ses proches.

C'est tout ce dont je me souviens. Je ne sais même plus qui elle était pour moi, seulement que je tiens à elle. Puis, hier soir, sa voiture a heurté un arbre. Je sais que j'étais avec elle et je l'ai vue sans vie, j'étais impuissante.

Je me dirige maintenant vers un hôpital et sans réellement savoir pourquoi, je me sens attirée vers celui-ci. Je décide de rentrer sans vraiment le vouloir, mes actes étant en contradiction avec mes pensées depuis quelques heures. J'ai l'impression que personne ne fait attention à moi et je m'introduis dans les couloirs sans être interpellée.

Cela n'a pas d'importance, je sais seulement que je dois être là. Je m'assieds sur un banc d'une salle d'attente pour essayer de me remettre les idées en place, mais je suis incapable de me concentrer.

Soudain, je sens que quelqu'un me remarque et s'assied à

côté de moi. J'incline ma tête vers la droite et je la vois. Je crois halluciner. Elle est là. Elle me regarde avec un tel apaisement que je peux enfin éprouver une émotion, du soulagement.

— N'aie pas peur. Je viens te dire au revoir, me dit-elle d'un ton rassurant.

— Mais que fais-tu là ? Lors de l'accident, je t'ai vue, tu ne respirais plus, tu ne bougeais plus, tu étais morte, je n'ai pas rêvé !

— Je t'emmène voir quelqu'un, suis-moi jusqu'à la chambre 7.

— Je veux juste savoir ce que tu fais là et ce que je fais là, moi aussi. Pourquoi veux-tu que l'on s'introduise chez un patient ?

— Fais-moi confiance. C'est moi qui t'ai attirée ici.

Ni une ni deux, chamboulée par la vision de Swan qui parait pleinement réelle, nous nous dirigeons vers la chambre 7 et j'ai la tête encombrée de questions. J'ai l'impression de ne pas être maîtresse de mes gestes et mes pensées sont limitées. C'est comme si j'étais dans un rêve et que je flottais, mais je me laisse guider.

Chambre 7. Nous sommes devant. Je sens l'angoisse monter et je suis étrangement très attirée par cette pièce.

— Ouvre la porte, me murmure Swan.

Je fais ce qu'elle me dit. J'ouvre cette porte. Je m'effondre en voyant Swan dans le lit en blouse d'hôpital. Elle respire, elle est dans le coma. Pourtant, elle est également en face de moi, avec les vêtements qu'elle portait lors de l'accident. Je commence à réaliser ce qu'il se passe, mais comment puis-je l'avoir face à moi ?

— Je t'en prie Swan, dis-moi ce qu'il se passe !

— Regarde-toi dans le miroir.

Dans le miroir ? Je vois un petit miroir rond accroché à un mur et je me regarde. Je m'effondre une deuxième fois. Je ne me suis rendu compte de rien. Depuis hier soir, je ne savais plus qui j'étais, mais je ne cherchais même pas à me le rappeler. J'attendais seulement de me réveiller de ce cauchemar.

Je suis Swan.

Tous les souvenirs reviennent un à un, les bons et les mauvais. Je n'éprouve que de la paix en retrouvant ma mémoire, malgré la vision de mon dramatique passé.

— Mais pourquoi nous sommes deux et comment je peux te parler, si tu es moi ?

— L'accident était volontaire. Tu as, enfin nous avions planifié cet accident pour en finir, car je ne pouvais plus supporter de vivre une minute de plus avec tout ce poids. Grâce à Dieu tu es vivante, mais moi, je dois mourir. Je suis une partie de toi. Celle qui a porté le poids de ta souffrance. C'est à cause de moi que tu as pris la voiture hier soir, à cause de moi que tu es dans ce lit d'hôpital. Alors je viens te dire au revoir.

Elle se met à pleurer. Je l'imite. Elle reprend :

— Tu vas retourner dans ton corps et te réveiller. Tu commenceras une nouvelle vie. Tu vas déménager, faire les études de tes rêves, trouver le calme et tu vas avoir l'existence que tu mérites. Tu te souviendras de tout, mais je serais partie avec tes peines et ton envie de t'éteindre. Tu reprendras goût à la vie.

Je pleure davantage. Je sais que, bien que j'aie l'impression de parler à une tierce personne, c'est moi-même que je réconforte. Je ne sais plus quoi répondre excepter :

— Merci.

Je me tourne vers le lit. Quel étrange sentiment que de regagner chaque parcelle de sa mémoire et de se voir dans cet état.

J'ai beaucoup d'hématomes et en même temps, j'ai l'air de dormir comme un bébé. Après quelques minutes de réflexion, je rejoins enfin mon corps. Le retour est atroce… En plus de ma mémoire, je récupère toutes les sensations physiques, mais je suis en vie et c'est tout ce qui compte à présent.

On dit que les étoiles ne peuvent briller sans l'obscurité ; quand on le réalise, on remercierait presque d'avoir vécu dans le noir.

Noémie LETURCQ

Changement de programme !

— Sous la plume du canard, il y a…

— Que dis-tu ?

— Je cherche l'inspiration, pour écrire un texte dont le thème est « Sous la plume… » et je me demande ce que je vais bien pouvoir écrire.

— Pas facile, mais plutôt que la plume du canard, tu ne pourrais pas penser à autre chose ?

— Et à quoi donc ? À la plume d'oie ?

— Ou celle de l'écrivain.

— Excellente idée. Recommençons.

— Sous la plume de l'écrivain, il y a… des histoires.

— Là, c'est mieux !

— Merci. Sous la plume de l'écrivain, il y a des histoires qu'on raconte, qui font rire ou pleurer les gens, les émeuvent ou les indignent, et puis… Oh zut ! Je ne sais plus !

— Moi non plus. C'est toi, l'auteur !

— C'est vrai.

Florence, mon épouse, essaie de m'aider juste avant de partir au travail. Je suis bien embêté. La semaine dernière, je me suis engagé à écrire quelques pages pour une association qui s'occupe des personnes en grande précarité.

La même chose a été demandée à plusieurs auteurs. Les textes seront ensuite publiés dans un ouvrage collectif, vendu au profit des plus nécessiteux. La cause est noble. Il m'est impossible de me dédire.

Plus j'y réfléchis et moins je trouve d'idées. La plume du romancier ou du sergent major ne m'inspirent pas. Pas plus que celle de l'oie, qui sert à épépiner les groseilles de la célèbre confiture de la duchesse Isabelle et qui fait la réputation de la ville de Bar Le Duc. Le duvet du canard pour faire des couettes me laisse froid.

Qu'est-ce que je vais bien pouvoir écrire d'original ?

Je cherche. Encore et encore. Rien ne m'inspire. Pas plus l'ouvrage « Plume » du poète Henri Michaux, « le voyage de Plume », livre pour enfant de Hans de Beer, que « Petite plume », le roman d'Eran Kroband.

Il suffirait pourtant que je trouve l'accroche, quelques mots, pour que le reste suive. J'en suis loin. Je soupire, puis commence, avec l'aide du dictionnaire à recenser quelques expressions dérivées du mot « plume ». Peut-être que ça pourra m'aider.

Très sérieusement, je note :

« *Du goudron et des plumes pour châtier les délinquants du Far West* ». Utiliser du goudron pour écrire une nouvelle, pourquoi pas ? *Mais alors, pour un texte noir, très noir. Je ne sais pas faire. D'habitude, j'écris plutôt des romans d'amour.*

« *Plumer la dinde de Noël avant de la faire cuire* ». Impossible ! *Pas une seconde je ne m'imagine courir, un couteau à la main, après la pauvre bête pour la faire passer de vie à trépas. Depuis quelques années, j'ai adopté une alimentation végétarienne.*

« *Mon truc en plumes* » de Zizi Jeanmaire qui permet de lever haut la jambe. Le sport, très peu pour moi ! *Je suis raide comme un manche à balai, ce qui n'est pas gentil pour les balais qui nous sont fort utiles pour ramasser la poussière.*

La tête entre les mains, je soupire de nouveau. Le découragement me guette.

Bon sang de bonsoir : Qu'est-ce que je vais bien pouvoir écrire ?

Et si je demandais de l'aide ? Tiens, Bernard, par exemple. Il est journaliste, habitué à écrire des articles sur tout et n'importe quel sujet. Bernard décroche tout de suite. Chômeur depuis peu, il a tout son temps pour répondre au téléphone. Sa réponse est lyrique :

On prend parfois la plume comme on prend le large, pour quitter une femme ou mourir de chagrin...

Je n'insiste pas. Il est dix-huit heures et trois verres de whisky pour Bernard que son épouse a quitté une semaine auparavant, après douze ans de mariage, pour filer le parfait amour avec un obscur professeur de mathématiques du lycée que fréquentaient ses enfants.

Je le remercie pour son aide et raccroche très vite.

Une heure plus tard, je n'ai toujours rien écrit.

Je lève la tête. Sur le mur d'en face, Florence a accroché récemment la reproduction d'une photographie.

Baudelaire me regarde.

Je me souviens de « L'invitation au voyage ». Une incitation à écrire s'empare de moi. Les mots viennent, simples, faciles. Je noircis deux pages, puis je les relis. Le texte est certes court, mais pas mal du tout.

Je descends l'escalier pour partager mon travail avec ma femme comme je l'ai toujours fait. Elle trouve ça pas mal, sans plus, ce qui douche un peu mon enthousiasme. Le verdict est sévère et je me demande si je ne vais pas tout jeter.

Je monte dans le bureau pour retravailler mon texte. Au bout d'une heure, titillé par un besoin naturel irrésistible, je me lève de ma chaise. Lorsque je reviens, un curseur clignote sur l'écran de mon ordinateur, indiquant que je viens de recevoir un mail.

Il émane de l'éditeur qui doit s'impatienter. Je me penche vers le moniteur et enfourche mes lunettes :

Chers auteurs,

La semaine dernière, nous vous avions sollicités sur le thème « Sous la plume ».

Certains, parmi vous, nombreux, nous ont fait part de leurs difficultés pour traiter ce sujet. Notre comité de lecture a donc décidé de vous proposer quelque chose de plus contemporain.

Le nouveau thème choisi est : le confinement.

Bien à vous et BONNE INSPIRATION.

Je suis atterré. J'ai passé plusieurs jours à tenter d'écrire sur un sujet qui ne m'inspirait pas du tout pendant que les autres auteurs, moins stupides que moi, ont formulé une réclamation auprès de l'éditeur.

Je ferme rageusement l'ordinateur. Dans le salon, Florence écoute la radio. Gauvain Sers chante : « À l'heure où je vous écris ces vers, y'a eu comme un changement de programme ». Comme pour moi. Pour oublier ma déconvenue, je décide d'imiter l'auteur et propose à ma femme « d'aller boire un ou deux verres » dehors. J'y trouverais peut-être l'inspiration en oubliant de me demander :

Qu'est-ce que je vais bien pouvoir écrire ?

Isabelle GIRAUDOT

Changement de voie

Mardi, 18 h 23. Comme chaque soir — jours ouvrés — depuis douze ans, Frédérique s'apprêtait à monter dans le train, pour un trajet de trente-sept minutes sur le papier, jusqu'à la petite gare de Beaulieu. Elle se tenait sur le quai, parmi les autres habitués de la ligne. Chacun prenait son mal en patience, la tête lasse courbée vers l'écran de son smartphone, pour la plupart d'entre eux. Combien étaient-ils ? Une quarantaine qui ponctuait irrégulièrement les trente mètres de macadam sous la lumière sans concession des éclairages au néon.

Les premières gouttes de pluie s'écrasèrent sur l'auvent de polycarbonate alors que le nez du train apparaissait au loin, suscitant une vague de soupirs de soulagement parmi les voyageurs.

Frédérique monta dans la troisième voiture. Automatiquement, elle prit à droite et s'installa sur la première banquette, côté fenêtre. Quelques autres voyageurs se dispersèrent dans le compartiment, en évitant soigneusement tout contact oculaire.

À 18 h 26 pile, le train se secoua et quitta la gare. Frédérique s'appuya contre la vitre fraîche, ferma les yeux et laissa échapper un soupir las. Insensiblement, les pensées insidieuses l'assaillirent. Elle se mit à faire le point sur sa vie pour la... dixième fois de la semaine, peut-être ? Le bilan lui paraissait toujours aussi morose. 36 ans, célibataire depuis que son mari l'avait plaquée pour une prof de yoga trois mois plus tôt ; pas d'enfant, engluée dans un boulot qui l'ennuyait... Bref, un vrai cliché ambulant. Bonjour, déprime !

Frédérique ouvrit les yeux comme le contrôleur s'annonçait. Elle se redressa, fourragea dans la poche de son imperméable et en tira son smartphone. Elle adressa un petit signe de tête assorti d'un bref sourire à l'agent quand celui-ci vérifia la validité de son titre de transport. Au moment de ranger le téléphone dans sa poche, elle ramassa le papier qui en était tombé sur le siège voisin.

C'était une demi-feuille rose pâle, froissée. Frédérique se rappela l'avoir fourrée dans sa poche après l'avoir saisie machinalement quand on la lui avait tendue devant la gare. Tant de publicités étaient distribuées, chaque jour…

Frédérique considéra la feuille un instant. Cette couleur… sans doute une publicité pour un institut de beauté ou des séances de sophrologie. Pitié, tout sauf du yoga ! Vaguement curieuse, elle déplia le papier pour regarder de quoi il s'agissait. Lissant la feuille du plat de la main, elle se surprit à repenser au plaisir enfantin qu'elle éprouvait autrefois en étalant la peinture avec les doigts, parfois même à pleines paumes.

Blablabla… vous sentez que vous êtes en train de passer à côté de votre vie… blabla… n'attendez plus, scannez le code QR ci-dessous pour prendre un nouveau départ. C'était quoi, ce truc, une secte ? Un délire New Âge ?

Frédérique leva les yeux au ciel en hochant la tête. Encore un attrape-nigaud. En même temps… elle était curieuse. Scanner un Code QR, ça n'avait rien de dangereux, si ? Ce n'était pas comme si elle devait télécharger une application ou entrer des informations confidentielles. Oh, après tout…

Elle ressortit son smartphone et balaya le labyrinthe noir et blanc. Le message suivant s'afficha aussitôt sur l'écran : « Bonjour, Frédérique. Bienvenue dans votre Nouveau Départ. Vous n'êtes pas encore à bord du bon train, mais cela ne saurait tarder. Il ne tient qu'à vous d'y monter. Alors, prête à quitter ce travail de comptable qui vous ennuie ? À vous épanouir et à retrouver vos rêves d'enfant ? »

Éberluée, Frédérique fit défiler le texte. Tout autour, des images encadraient le message. Ces dessins... elle les reconnaissait ! C'étaient ses dessins, à elle ! Comment avaient-ils pu atterrir là ? Elle en conservait quelques-uns chez elle, dans un carton. Elle ne les avait jamais montrés à quiconque. Quant aux autres, elle se rappelait les avoir déchirés et jetés quinze ans plus tôt, lorsqu'elle avait renoncé à son rêve de devenir illustratrice de livres pour enfants, pour suivre une voie plus « raisonnable », comme le lui suggéraient ses parents.

Comment ces dessins avaient-ils pu atterrir là ? Avec son prénom et des détails sur sa vie ? Elle était abasourdie.

« Prête ? » Au-dessous, un gros bouton « oui » attendait. S'étonnant elle-même, Frédérique ne réfléchit pas plus de trois secondes avant d'appuyer. Quitter le train-train quotidien, quelle perspective grisante !

Un cône de lumière jaillit de l'écran, nimbant son visage d'une chaleur fruitée et caressante. Il sembla à Frédérique que tout tourbillonnait : elle eut la sensation de tomber en avant, sous la danse des lumières et des couleurs.

Ne restèrent plus sur la première banquette de la voiture numéro 3 qu'un sac à main et un téléphone à l'écran étoilé.

Azalée GAILLETTE

Changer et être changé

Je la voyais là, seule, assise sur un banc, une capuche sur la tête. Elle me rappelait moi après cette fameuse rumeur injustifiée, lorsque je fus détrônée, me retrouvant au plus bas de cette pyramide de popularité. Ahhhh cette soirée...

— Ohhh Lindsay, tu es venue !

Je fis la bise à un ami avant d'aller rejoindre ma meilleure amie Iris au bord de la piscine. Nous discutions lorsqu'une sonnerie générale se fit entendre.

Tout le monde recevait une notification en même temps, sauf moi. Tous me dévisagèrent. Je n'arrivais pas à décrypter l'expression qu'ils affichaient. Une main se tendit, me montrant une photo de moi, dans les bras du petit ami d'Iris.

Sans me laisser le temps de comprendre, je sentis quelqu'un me pousser dans la piscine. Mes pensées s'entrechoquèrent comme l'eau sur mon corps. En remontant à la surface, je vis ma meilleure amie me dominer, du bord de la piscine.

Je me hissais hors de l'eau et une multitude de questions ravagèrent mon esprit telle une tornade, faisant disparaître les bruits du dehors. Une main agrippa mon poignet et me tira loin de cette foule. C'était Enzo, un de mes plus proches amis. Il me fit asseoir sur le muret, à côté. Je sentis ses grands bras m'entourant d'une serviette.

— Je te jure que ça n'est jamais arrivé !

— Je sais, je sais.

Il m'attira contre lui. La suite, je ne m'en souviens pas. Sûrement à cause de l'alcool et de ce que j'avais fumé plus tôt dans la soirée. En revanche, je me souviens du surlendemain. Lorsque j'avais franchi la grille du lycée, tous les regards s'étaient tournés vers moi. Contre le mur, Iris, entourée du groupe de personnes que je croyais être mes amis, me fusillait du regard.

Je baissai les yeux et allai me réfugier à l'abri de cette foule, tout comme le fait cette fille en ce moment même. Je m'avance vers elle dans l'espoir de l'aider comme lui m'a aidée.

Lui, celui qui était là quand j'étais au plus bas.

Celui que j'ignorais lorsque je dominais cette fameuse pyramide. Lui, c'était Kieran, le seul à être présent au moment où je me sentais abandonnée.

Je décidai d'aller me réfugier sur le dernier banc de la cour. Je mis une capuche sur ma tête, pris mes écouteurs et écoutai la musique la plus dépressive que je connaissais.

Soudain, je sentis quelque chose, ou plutôt quelqu'un s'asseoir à côté de moi.

Un garçon, grand, aux yeux sombres. Quelques mèches d'un brun profond dépassaient de sa capuche. Son visage affichait une expression étrange : renfermée et rêveuse, comme si son esprit ne faisait pas partie de ce monde.

Il tourna sa tête et me regarda, détaillant chaque centimètre de mon visage. Son regard était perçant et me donnait l'impression qu'aucun détail me concernant ne pouvait lui échapper, qu'il me connaissait avant même que nous ayons échangé un mot.

Ce fut ainsi que commença le début de notre relation. Peu de mots suffisaient pour se comprendre. A chaque pause, il venait s'asseoir à côté de moi, en silence.

Un jour, il m'adressa la parole. Il me demanda ce qu'il s'était passé pour que je passe de cette fille populaire à cette fille renfermée. Je lui expliquai toute l'histoire et il se montra très compréhensif.

C'est ainsi que nous avons commencé à nous raconter nos vies. Il s'avérait qu'il était très timide, mais dès que nous commencions à mieux nous connaître, il devint très ouvert.

Un soir, il vint me chercher pour m'emmener dans ce qu'il appelait un « groupe de jeunes ». J'avais été surprise de son invitation. Je n'avais jamais entendu parler d'une telle chose auparavant. Il réussit néanmoins à me convaincre en m'assurant qu'il n'y aurait que des personnes de notre âge et que je passerais une très bonne soirée.

Arrivés sur place, nous sommes entrés dans une grande pièce. Il y avait une quinzaine d'adolescents assis sur des canapés ou bien en train de jouer au babyfoot. Après avoir parlé pendant une dizaine de minutes, nous nous sommes assis et une personne est venue nous parler d'un certain Dieu pouvant tout.

Je ne sais pas pourquoi, mais je me sentais bien dans ce lieu, comme si tout à coup, je n'étais plus seule.

J'y retournais à chaque fois que j'en avais l'occasion. Au fur et à mesure, je finis par aimer cette petite routine du samedi soir et j'y retrouvais ces personnes qui avaient trouvé leurs places dans mon cœur. Mais, au-delà de tout cela, j'avais trouvé un ami, un confident, quelqu'un qui veillait sur moi, et cette personne était Dieu.

Kieran m'invita dans son église. À la fin du culte, je me sentis apaisée, comme si tous mes problèmes s'étaient évaporés. Par la suite, je passais cette porte chaque dimanche sans exception.

Pour en revenir à cette fille, je désirais l'aider comme Kieran m'a aidée. Je m'assis donc à côté d'elle, en silence. Je fis cela pendant une semaine. Elle finit par me raconter ce qu'il s'était passé pour qu'elle aussi se retrouve seule.

Comme Kieran l'a fait, je l'emmenais au groupe de jeunes, puis à l'église. Je pense qu'elle aussi, elle finit par construire une relation avec Dieu, car, six mois plus tard, j'eus le plaisir de prendre le baptême avec elle, celle que je pensais sortie de ma vie à tout jamais, Iris.

Mélodie

Changer

— Non, mais t'as vu tes vêtements, tu les as trouvés dans une décharge ou quoi ?

J'en ai marre... je pensais que cette année, ils auraient enfin grandi et qu'ils arrêteraient, ça fait trois ans que ça dure, j'en peux plus.

— Bah non, c'est ceux qui sont trop petits pour ma cousine. Mais tu crois que tu t'habilles mieux ?

— Ah ! Ah ! Ah ! T'es pauvre, en plus, t'as pas assez d'argent pour en acheter toi-même !

Autant passer mes récréations dans les toilettes, ce sera mieux pour tout le monde. D'habitude, je préfère trouver un coin tranquille, où personne ne vient m'embêter, au moins j'ai la paix. Je regrette déjà d'avoir osé croire que je pourrais profiter du soleil sans croiser le groupe et m'en prendre encore plein la tête. Il n'y a pas un endroit où j'échappe à leurs vannes. À croire qu'elles font exprès de me suivre.

Pendant les cours, ce n'est pas forcément plus facile que dehors.

— S'il te plait, Kamelya, peux-tu me résoudre cette équation ?

Oh, non, j'ai horreur que le professeur m'interroge devant tout le monde, surtout en maths !

— Euh... 1349 ?

— Ah ! Ah ! Ah ! T'es trop nulle Kamelya ! C'est 57, c'est évident !

— Achète-toi un cerveau, hein, tu peux peut-être en trouver sur le Bon Coin !

Je le savais, je n'aurais pas dû répondre à la question de madame Ackerman.

— Ça suffit, les enfants !

— Pardon, madame, mais vous inquiétez pas, on rigole avec elle, hein, c'est vrai, Kam ?

Et me voilà de nouveau piégée dans leurs griffes.

Comme toujours, la journée me semble interminable.

Allez, courage, Kam, plus que trente minutes de bus avec eux et c'est la fin du calvaire. Enfin pour aujourd'hui. Je me suis assise discrètement et je les vois monter et s'assoir derrière moi. Je sens une boule au ventre s'installer et les larmes qui montent.

— Alors, Kaka, c'était une bonne journée ?

— Ah ! Ah ! Kaka, c'est un surnom qui te va bien, tu trouves pas ?

— Vous vous croyez drôles ? Vous ressemblez à de vieilles chaussettes alors vous pouvez la fermer !

— Oulà, miss Kamelya s'énerve, attention !

— MDR ! En plus, tu fais trop la belle avec ton prénom, mais en vrai tu pues !

Au fond, je sais qu'ils auront toujours de quoi répondre, mais je ne peux pas m'empêcher de me défendre.

Enfin arrivée devant ma maison ! Encore une journée bien fatigante terminée. Ma maman vient d'arriver et sort de la voiture.

— Alors, ma chérie, ça a été, les cours ?

— Ça va, comme d'hab. Et toi ?

— Roooh, moi, c'est Stéphane, le stagiaire, il n'est pas du tout autonome, je dois toujours le surveiller et lui dire quoi faire ! Il m'épuise !

— Ah mince...

Maman râle souvent à cause du travail, mais je la comprends, ses journées ne sont pas faciles. Elle dirige une équipe, et ils ont tous leur petit caractère. Pas facile de composer avec les différentes personnalités. Alors j'évite de me plaindre pour ne pas lui rajouter de soucis.

Réveillée par les cris de ma petite sœur, j'émerge et mon rêve me revient en tête. J'y étais très différente, je n'avais pas d'apparence humaine, disons que je brillais, vêtue d'une longue robe blanche. La bande de Lola, Enzo et les autres me critiquait, comme toujours, mais je laissais Dieu parler à ma place. Ils ont été impressionnés et se sont tus. Je réfléchis à tout ça et je pense que Dieu m'envoie un message, j'ai la sensation que je devrais changer quelque chose dans ma façon de réagir avec eux. Si je me laissais inspirer par lui pour leur répondre ? Je décide d'essayer pour la journée.

Je suis stressée par ma décision, je doute de l'efficacité, mais j'ai bien envie de tester. Après tout, je ne risque pas grand-chose.

Je m'assois seule dans mon coin, espérant être tranquille, mais je vois arriver Enzo, la forte tête.

— Tiens, mais c'est Kaka la clocharde !

— Tu veux partager mon goûter ? J'ai des Kinder Bueno, si tu aimes.

Il s'arrête, surpris.

— Pourquoi tu me demandes ça ? T'as pas d'amis ?

— Tu peux prendre un Kinder et le manger plus loin si tu veux, je ne cherche pas à acheter ton amitié.

Il saisit un biscuit avec précaution, comme s'il se méfiait de moi et s'éloigne. Je suis contente d'avoir réussi à être gentille. Même si ça ne change rien pour les autres, ça me donne un sentiment de force. Je termine de manger quand Enzo revient vers moi. J'appréhende. Il a peut-être enfin trouvé la répartie assassine pour me blesser ? Pourtant, il a l'air d'hésiter.

— Pourquoi tu fais ça ?

— Ça, quoi ?

— Être gentille, alors qu'on est tout le temps méchants ?

— Parce que ça sert à rien de rendre le mal pour le mal. Je préfère prendre exemple sur mon meilleur ami.

— Ah oui, t'as un meilleur ami, toi ?

— Oui, j'ai le meilleur qui soit, il s'appelle Jésus et je te le conseille parce qu'il t'aime déjà énormément.

Léane, 13 ans

Pour Elie,

Tout est possible,
à celui qui croit! ♡

Comme un petit goût de bretzel

La première fois que Laura avait rencontré monsieur Jean, elle avait distingué, sous les traits burinés de douleur, le même vide que le sien. À l'époque, le vieil homme cherchait une voiture et un chauffeur pour se rendre sur la tombe de son fils, et, grâce à une annonce sur un site de covoiturage, c'est sur elle qu'il était tombé. Lui, il visitait un fils, mort dans un accident de la route ; elle, elle pleurait une mère décédée d'un cancer.

À côté du cimetière communal se trouvait une boulangerie dont la devanture verdâtre se dressait fièrement devant la barrière rouillée. Les lettres noires de l'enseigne se dessinaient avec insolence face au lieu de repos éternel. La boulangerie avait un nom ironique, d'un humour presque navrant, puisque les lettres centrales étaient inscrites en une fonte spécifique, mettant ainsi en valeur le mot « ange ». Jusqu'ici, Laura ne goûtait que très peu l'humour du boulanger, mais, inlassablement, monsieur Jean tenait à ce qu'ils s'y arrêtent, ce qu'ils faisaient.

— La même chose que d'habitude ? demanda-t-elle au vieil homme qui hocha la tête.

Son éternel bretzel.

Laura, elle, variait. C'était un pain au chocolat, un croissant, ou un chausson aux pommes, parfois.

Monsieur Jean n'innovait jamais. Il était des plus fidèles à son bretzel.

Il la laissa passer commande, se contentant de humer l'odeur de pain et de sucre qu'il aimait tant. Son regard vagabondait, du fraisier à l'éclair au chocolat, se perdant peu à peu en parcourant les douceurs exposées.

Il se souvenait parfaitement de ce lieu. Il emmenait son fils à l'entraînement de football un peu plus loin, et l'enfant en sortait toujours affamé. Alors, c'est ici qu'ils s'arrêtaient, ensemble. Son fils regardait tout, les yeux brillants, salivant d'avance. La vendeuse servait les autres enfants, plus impatients, tandis que le sien scrutait toujours avec envie. Et, alors que tout lui semblait si attirant, il finissait inlassablement par demander la même chose : un petit cœur. C'était le nom que donnait sa mère au bretzel, et il prenait plaisir à le rappeler.

Laura lui tendit son petit sachet blanc orné de dessins de croissants, et il la suivit à l'extérieur, en saluant la jeune vendeuse. Ce n'était pas celle qu'il avait connue. Avant.

La première fois qu'il avait goûté leur pâtisserie salée, il avait demandé à rencontrer le boulanger. Il n'avait pas pu s'en empêcher. Il avait senti la pâte de son pays, et il avait compris. Un autre expatrié alsacien venait d'arriver ici.

Comme chaque fois, il s'installa tranquillement, appuyé sur le coffre de la voiture de Laura, et elle fit de même, à ses côtés. Il faisait froid. C'était un temps venteux de septembre, comme ils en avaient l'habitude dans la région.

Elle entama son pain au chocolat, contemplant distraitement un couple d'oiseaux sur le trottoir. Ils se disputaient une miette avec acharnement, et elle leur en envoya une autre, les faisant fuir à tire d'ailes pour mieux revenir. Elle sourit.

Monsieur Jean sortit son bretzel avec délicatesse, et le contempla, le cœur serré. Les cristaux de sel brillaient tendrement, et il revoyait les petites mains délicates de son fils. Il sentait presque sa peau contre la sienne, il entendait presque le bruit de mâchouille de ses petites dents, il voyait presque ses yeux bleus et son air gourmand. Il retint son souffle saisissant cette seconde du passé qu'il rappelait avec tant d'ardeur. Et, comme chaque fois, elle s'estompa, laissant derrière elle ce vide immense, béant, qui oppressait sa poitrine, coupait son souffle et brisait ses jambes. Il s'appuya davantage contre le coffre, et leva la tête vers le ciel bleu orné de nuages blancs.

C'était étrangement une belle journée. Le soleil réchauffait sa peau avec tendresse, tout comme l'annonce de Laura, faite plus tôt dans la voiture. Elle avait timidement ravivé une chaleur ancienne dans sa poitrine. Le cycle infini des souvenirs ne résonnait plus simplement comme un écho dans un désert d'absence. Une ivresse nouvelle germait.

Laura attendait un enfant. Elle l'avait annoncé, partagée entre douleur de donner le jour sans la présence réconfortante de sa mère, et désir de vivre.

Elle aussi, dans sa solitude, avait besoin de soutien.

Alors que Laura continuait de nourrir les oiseaux avec application, il coupa délicatement son bretzel en deux. Puis, lui donna un petit coup de coude pour attirer son attention, et lui en tendit la moitié.

Elle n'était plus seule, et lui non plus.

Laura lui lança un regard surpris. Ce n'était pas comme d'habitude. D'habitude, il mangeait religieusement son gâteau, jusqu'au dernier grain de sel. Mais ce jour-là, dans son regard humide, tranchant avec son petit sourire content, elle sentit que quelque chose se passait.

Elle saisit la pâtisserie et la goûta. C'était étrangement bon, à la fois aérien comme un nuage et salé comme les larmes. Elle commenta tout haut. Il avait un petit goût d'espoir.

— Il a pas l'air mal non plus votre pain au chocolat, remarqua-t-il en montrant la foule des oiseaux se battant pour le dévorer.

Elle sourit et lui en tendit la moitié. Il la saisit et, sans hésiter, mordit dedans à pleines dents.

Sarah VANVINCQ

Condamnée à vivre !

J'y suis. Me voilà dans cette cellule. Je ne sais comment j'ai pu franchir cette porte si étroite, en marchant en crabe, instinctivement. J'étends les bras. Je touche les murs de chaque côté. Je promène mes regards sur ces murs écaillés. Me voici dans ce lieu si étriqué, cet espace si resserré.

Des mois d'attente à me questionner sur cette entrée dans le bâtiment B. Elle était là cette pensée, à toute heure, à me susurrer que je m'y rendrai. Je n'avais même pas la nausée. Au contraire, je sentais ce cœur léger palpiter, exigeant de moi que je vive et que je m'accroche à cette ancre qui m'empêcherait de sombrer.

Captive d'idées obscures, je l'étais en raison d'une succession d'épreuves douloureuses qui ont jalonné mon enfance : divorce parental inévitable, amitiés abandonnées, rejetée et malmenée par la famille, innocence bafouée, rages accumulées, pensées impures et enténébrées. Quelle funeste réalité ! Onze décès. J'ai craqué. Devenue mère, indisponible et indigne j'étais ! Et mon corps, celui-là, rempli d'amertume, sujet à tant de violence et soumis à des pressions effroyables. Un corps tourmenté, abîmé et complètement esquinté.

Détruite, perdue, vidée de toute énergie, j'étais prisonnière d'une toile tissée et resserrée sur elle-même. Incapable de respirer. Le combat a commencé : des démons qui assaillaient mon esprit, qui venaient m'envahir chaque nuit et arracher mon âme. Dans la folie, je sombrais. Mon corps se gonflait comme s'il allait éclater. Ma tête était sur le point d'exploser. J'étais condamnée…

Pourtant, dans cette cellule exiguë, la lumière parait, illuminant et mon cœur et mon âme troués.

Je me souviens de ma lignée : ma grand-mère emprisonnée pour avoir aimé et avoir voulu tuer sa rivale. Heureusement, elle a échoué… Mon oncle portugais, incarcéré. Qu'a-t-il fait, ou plutôt qui a-t-il exécuté ? Des gens du voyage l'ont humilié, agressé. Est-ce lui qui les a provoqués ? Je ne le saurai jamais. Mais un homme a été tué. Je me souviens de cette enfant compatissante qui attendait dans la voiture. Je voulais y aller, accompagner mon père, entrer dans le parloir et lui dire que Jésus pouvait lui pardonner et le sauver. Malheureusement, j'en ai été empêchée et suis restée à pleurer et à prier, puis j'ai oublié.

Mais aujourd'hui, dans cette cellule exiguë, la lumière traverse la pièce et nous enveloppe tous les trois.

Je me souviens de ce portail barreaudé. Était-il là pour ma sécurité ou symbolisait-il ma destinée ?

J'avais deux ans et on m'avait oubliée… J'avais des couettes attachées avec des élastiques à cerises. Midi sonnait, mon estomac gargouillait. J'étais restée là, une éternité, à observer cette cour tellement vidée. Chaîne dans la bouche, je mâchouillais ces trois petits cœurs qui ornaient mon cou. Grignotés et tout déformés. J'étais angoissée. Combien de temps, allais-je rester là, derrière ces barreaux, à attendre qu'on vienne me sourire, me nourrir et me libérer ?

J'étais abandonnée. Je le croyais… mais sa présence était palpable et une flamme grandissait en mon esprit.

Ce souvenir m'était déjà revenu, plus d'une fois et le visage de cet oncle m'est apparu à ce moment-là, tandis qu'on m'accompagnait dans cette cour carcérale ! Elle me semblait immense et si menaçante avec ses ronces barbelées. Néanmoins, le ciel était à découvert et mon cœur tout ouvert. Des hommes enfermés y erraient, abandonnés de tous. Jugés, ils l'ont été. Pourquoi en rajouter ?

J'ai été préparée, depuis cet abandon dans la cour. Ce jour

où j'ai saisi qu'il n'y avait rien de plus douloureux que de rester seule, enfermée par des barreaux, à observer les passants, sans même recevoir un sourire, un regard, une main à serrer, des bras dans lesquels se blottir.

Me voilà dans cette cellule. Trois cœurs y frémissent et mon âme tressaille de joie.

Je suis désormais aumônier. J'offre mes oreilles. Elles ne sont pas ensablées, mais toutes tendues pour proposer à ces frères la présence de Dieu.

Sandra HEIBLÉ

Cycle de répétition sans fin

Pourrais-je un jour m'échapper d'ici ?

Lundi :

Sept heures. Le réveil sonne. Une nouvelle semaine démarre. Je me lève avec difficulté. Comme chaque matin, je répète le même rituel. Je me prépare, j'avale mon petit déjeuner, puis je sors pour me rendre à l'arrêt de bus. Je regarde les voitures se succéder dans une file sans fin. Les sons des klaxons résonnent. J'analyse les visages des occupants des véhicules. Certains s'énervent, d'autres semblent résignés, quelques-uns sourient. Moi, je n'y arrive plus.

L'autobus s'approche. Une queue se forme. Nous rentrons un par un, tels des moutons dans leur enclos. Je descends quatre arrêts plus loin afin de prendre le métro. Une foule remplit les escaliers, évoluant à l'unisson, dans la même direction, avançant d'un même pas. Je regarde autour de moi, je fais malgré moi partie de ce tout. Nous marchons ensemble, un tout indissociable et pourtant, chacun de nous est seul, je suis seule. Le métro approche, il s'arrête, l'amas de personnes s'engouffre dans les rames. Il redémarre à toute vitesse, le défilement des murs devant moi me détend, me berce.

J'arrive au bureau, la même journée habituelle se répète. Assise derrière mon ordinateur, je rentre des données, les envoie, en reçois, en transmets, en recueille. Le processus recommence chaque jour. J'étudie les allées et venues de mes collègues. Tout cela est d'un ennui... Dix-huit heures sonnent, je quitte le travail.

Le trajet du retour ressemble à celui du matin. Un cercle perpétuel, ininterrompu, invariable. Moi, au milieu de tout cela, je suis perdue. J'étouffe. Je rentre chez moi, comme tous les soirs, je mange, me lave, m'installe devant la télévision.

Je me couche tôt, car rien ne me donne envie de rester éveillée. Je ne dors pas. Un déferlement de pensées m'envahit, négatives bien sûr. Allongée sur le dos, je fixe le plafond, les yeux grands ouverts, je tourne dans un sens, dans l'autre, pour finalement revenir à ma position initiale. Le débordement de doutes, de remises en question, m'empêche de trouver le sommeil. C'est épuisée que je finis par m'endormir.

Mardi :

Sept heures. Le réveil sonne. Une nouvelle journée débute. Je reproduis le même schéma, je répète les mêmes mouvements, considère la même foule, les mêmes déplacements de masses.

À un moment donné, je me lève et pars m'isoler aux toilettes. Je ne supporte plus cette vie, cette répétition, ces gens. J'ouvre le robinet d'eau pour me laver les mains. Je reste au moins cinq minutes à regarder l'écoulement qui m'apaise. Pourquoi ? Je ne saurais pas l'expliquer. Le mouvement ininterrompu du liquide me fait penser à la vie, et moi, je ne suis qu'une simple goutte perdue, emportée par un courant puissant, entraînée par le déplacement d'un tout.

Sans volonté, je rejoins ma chaise. J'attends avec impatience la fin de la journée, tout en continuant le même transfert de données habituel. Dix-huit heures sonnent, je rentre chez moi, je traverse de nouveau l'afflux de personnes.

De retour à mon domicile, je mange, me lave, regarde une énième rediffusion à la télévision, puis je finis par aller me coucher. Je ne réussis pas à dormir. Pourquoi ce torrent de pensées envahit-il ma tête ? Pourquoi ne puis-je pas m'en débarrasser ? Je voudrais tellement avoir un peu de répit. Juste pour une fois, un esprit vide de tout tiraillement. Je ne trouve le sommeil que bien plus tard.

Mercredi :

Sept heures, le réveil sonne. Un nouveau jour commence. Je m'arrache du lit avec quinze minutes de retard. Je ne déjeune pas, je n'en ai pas le temps. Je m'habille et pars aussitôt. J'avance vers l'arrêt de bus, j'ai la boule au ventre, du mal à respirer. La vue des personnes et le parcours bruyant des voitures m'agacent. Je suis le mouvement de la cohue qui entre dans l'autobus, en sort, pénètre dans le métro.

Arrivée en haut des escaliers menant à la trame, je m'arrête. Les individus autour de moi s'exaspèrent, se plaignent, je leur gêne le passage, mais je ne bouge pas. Je reste immobile, regardant la foule s'agiter, les gens courir, se disputer.

À ce moment précis, je me pose une question. À quoi bon ? Je me retourne et commence à m'aventurer à contre-courant. Je lutte, on me bouscule, j'ai du mal à remonter l'amas en progression. Au bout de quelques minutes, j'arrive à sortir. Je respire l'air, un air pollué, mais de l'air tout de même.

J'avance sans savoir où je vais. Je trouve un banc. J'y reste toute la journée. Seule, mais sans l'être vraiment, puisque mon esprit s'agite dans un va-et-vient désordonné. J'observe les gens s'affairer à leurs tâches. À quoi tout cela rime-t-il ? Quel est le sens de la vie ? Quel est le sens de ma vie ? Pourquoi ne puis-je me laisser porter par le cours de l'existence sans broncher, sans en espérer plus ? Je ne rentre chez moi qu'à la nuit tombée. Je prends mon dîner, me lave, regarde la télé, puis je me dirige vers ma chambre.

Jeudi :

Sept heures, le réveil sonne. Personne ne l'éteint. Je ne suis pas dans mon lit, je n'y suis plus depuis plusieurs heures. Je suis dans le train. Je ne vais pas au travail. En vérité, je n'ai pas encore choisi ma destination, mais je m'y rends avec assurance, avec détermination. Je pars, je m'évade, loin de tout, dans un ailleurs inconnu. Je ne cessais de me questionner, des pourquoi, des comment, j'ai toujours attendu un signe, une révélation qui me sortirait de ma tourmente, mais cela n'arrivera jamais ; aujourd'hui, je le sais, car j'ai enfin compris, le changement ne peut venir que de moi, de mon être profond. Je suis la seule maîtresse de ma vie, de mon avenir. Je vivais ici sans espoir d'en partir, j'ai réalisé que personne d'autre que moi-même ne pouvait m'aider à m'échapper.

Nadège CARLESSO
Auteure des recueils de nouvelles Petits récits macabres
et Contes et légendes d'épouvante

De la friture sur la ligne

Au cœur du banc, parmi les sardines, ce matin-là, on se partageait à demi-mot un drôle de récit. Comme mes congénères blotties les unes contre les autres en rangs serrés, j'écoutais avidement, les branchies grandes ouvertes pour ne pas perdre une miette de ce qui se murmurait de poisson en poisson. L'histoire était arrivée jusqu'à moi, relayée lentement d'individu à individu, avec une certaine obstination, à la manière des saumons qui remontent les rivières à contre-courant pour aller pondre et mourir. L'histoire d'une sardine qui aurait bouché à elle seule le port de Marseille. Légende, fantasme ou réalité ? Difficile de faire la part des choses tant la prouesse paraissait immense et improbable à la fois.

Aller à la rencontre de cette incroyable sardine sur le lieu même de son exploit, voilà l'idée complètement folle qui naquit alors subitement dans mon cerveau. Faire escale à Marseille et peut-être y larguer les amarres définitivement. La vie au sein du banc me semblait d'un ennui mortel depuis toujours. Les jours et les nuits se succédaient, tous identiques, tous aussi fades les uns que les autres. Croyez-moi, être une sardine anonyme au milieu de plusieurs centaines d'individus n'a rien de palpitant. Suivre le mouvement, de la surface aux abysses. Ne pas sortir du lot. Ne jamais faire de vagues. Trois préceptes exigés de chaque membre du groupe, de sa naissance à sa mort, génération après génération.

Et si, moi, j'étais taillée pour un destin extraordinaire comme cette sardine marseillaise ? Cette pensée soudaine s'imposa à moi telle une évidence et je décidai de répondre à l'appel irrésistible du destin sans hésiter. J'avoue ne même pas avoir pesé le pour et le contre tellement l'envie de prendre le large fut plus forte que tout. Plus forte que l'instinct grégaire. Plus forte que la prudence et la raison.

Farouchement décidée à suivre mon intuition et à quitter le banc sur le champ, je suis partie sans me retourner et j'ai commencé à nager. Seule. Libérée du poids de la communauté. Je n'avais aucune idée de la direction à prendre pour rejoindre le port de Marseille. Alors j'ai fermé les yeux, donné un coup de nageoire au hasard et suivi le courant. J'ai résolu de croire quoi qu'il arrive en ma bonne étoile, celle qui semblait veiller sur moi depuis ma naissance. Pendant des heures, j'ai nagé sans m'arrêter, poussée par un désir ardent de découvrir le monde et d'atteindre mon but. Quel bonheur d'être libre, enfin ! Quelle joie d'être seule pour la première fois de ma vie ! Plus coincée systématiquement entre deux de mes congénères, prise en étau comme dans une boite. La promiscuité, non merci ! Fini pour moi ! J'étais devenue une sardine indépendante et fière de l'être.

La Méditerranée tout entière m'appartenait. D'aussi loin que je pouvais voir, il n'y avait que de l'eau à perte de vue, l'immensité liquide d'un bleu profond qui s'offrait à moi. Au fur et à mesure de mes déambulations sous-marines, je croisais des poissons de toutes sortes. Anchois, poissons-pilotes, dorades et maquereaux et tant d'individus plus étranges les uns que les autres. Des bancs, des couples, des familles. Et des solitaires qui comme moi traçaient leur route, uniquement guidés par leur volonté propre, se laissaient porter au gré des courants, choisissaient leur itinéraire en écoutant leurs seules envies du moment. J'ai atteint la côte et décidé de la longer jusqu'à ce que Marseille m'apparaisse. À intervalles réguliers, je remontais à la surface pour respirer et je pouvais alors distinguer les mille et une odeurs de la nature toute proche. Ici un parfum de rose, là des effluves de cyprès et d'oliviers ou encore d'herbe fraîchement coupée. Un formidable monde de senteurs que je redécouvrais libre cette fois, un peu plus émerveillée à chaque coup de nageoire. Galvanisée par cette myriade d'essences fabuleuses, j'étais sûre d'avoir fait le bon choix et je me suis réjoui encore une fois d'avoir osé partir à l'aventure.

Mais soudain, alors que je venais à peine de remonter à la surface, je me suis sentie emportée par un mouvement irrépressible. Sans que j'aie le temps de comprendre ce qui m'arrivait, mon univers s'est brutalement réduit à une petite prison ronde en plastique. Une vague de panique a aussitôt déferlé en moi et j'ai cru ma dernière heure arrivée. Fébrile, pendant de longues minutes, j'ai cherché une issue, une faille, examiné chaque centimètre de ma prison. Rien, aucune échappatoire, aucun salut possible ! Le doute m'a assailli. Aurais-je eu tort finalement de suivre mon intuition ou mal interprété ce qu'elle me dictait ? J'ai maudit mon soi-disant fabuleux destin qui m'avait lâchement abandonné — pire, trahi —, en me livrant à la merci d'un humain pour qui ma vie ne signifiait sans doute rien. Au sein du banc, les hommes suscitaient méfiance et prudence et on s'en tenait toujours aussi éloignées que possible. À juste titre.

Et puis, j'ai croisé le regard de cet humain. Surplombant ma prison, il m'observait en souriant, attentif à chacune de mes ondulations, curieux de chaque mouvement de mes nageoires. Une incroyable douceur se dégageait de cet homme qui me regardait avec une intensité rare. Sans prévenir, une émotion inédite m'a submergé. La panique s'est instantanément muée en espoir. Se pouvait-il que le destin m'ait finalement réservé une formidable surprise ? Adressé à une personne amicale qui saurait prendre soin de moi et qui m'aiderait même à atteindre mon but? Un humain bienveillant ? Et pourquoi pas ? Si une minuscule sardine était capable, à elle toute seule, de boucher le port de Marseille, pourquoi n'existerait-il pas un homme de ce genre de ce genre ? Je me suis arrêtée et j'ai gagné la surface pour le regarder de plus près et faire sa connaissance. Aussitôt, les parfums se sont bousculés. Romarin, thym, aneth, citron. Et mêlée aux autres, une odeur caractéristique, reconnaissable entre toutes et plus forte que toutes les différentes senteurs réunies. Celle du charbon de bois qui brûle.

Bénédicte CHUREAU

De l'autre côté

Lorsque j'étais enfant, il m'est arrivé d'entendre cette phrase :

— Stop ! Je suis arrivée à saturation !

— Saturation ?... Ça ressemble à un nom de planète ! me disais-je. Mais, où est-ce que c'est Saturation d'abord ? Et pourquoi cette personne dit à mère qu'elle est arrivée à Saturation, alors qu'elle se trouve devant notre porte ?

Eh bien ! Aujourd'hui, je me retrouve pile-poil sur le lieu où l'amie de ma mère était arrivée, trente ans plus tôt.

Avec moi, ma fille de quatre ans qui ne se doute pas une seule seconde que physiquement je suis avec elle, mais que le reste a déménagé...

Ah ! Ça c'est clair que l'on ne vit plus sur la même planète ; elle dans son petit monde de bisounours, et moi de l'autre côté, à Saturation, dans la région Burn-out, dans le département de la Dépression.

Ce matin, je dois déposer ma fille chez Nana sa grand-mère paternelle pour les vacances. J'enfile donc ma super combinaison de femme forte, sans oublier mon masque-sourire pour ne rien laisser paraître. Je respire profondément, je sors de chez moi et c'est parti pour de l'acting.

Silence... on touuuurne !!!

Quelques instants plus tard, j'arrive devant chez elle. J'embrasse ma princesse, je lui dis que je l'aime et au moment où je compte repartir, Nana me saisit par le bras, me fixe et me demande si je vais bien, l'air inquiet.

J'aimerais hurler que : « Non ! Ça ne va pas du tout même ! J'ai envie de mourir ! » Le chagrin me ronge, mais je dois me battre. Sofia, ma fille, mon trésor a besoin de moi. J'aimerais tellement la rejoindre dans son monde, de l'autre côté, là où la joie règne, là où j'habitais encore il y a quelques mois. J'essaie d'y retourner, mais je n'y arrive pas. Je déteste mes pensées, je déteste ma faiblesse, je déteste mon cœur. Je déteste ma vie, je m'en veux d'aller si mal et pour cela, je me déteste encore plus !

Évidemment je me maîtrise, je lui fais mon plus beau sourire et je repars prétextant que je suis attendue.

Toutes ces blessures du passé, qui avaient fait de moi une femme forte, font de moi aujourd'hui, quelqu'un de cabossé, une épave ; je me sens trahie par mes propres émotions. À présent, celles-ci réclament le droit de s'exprimer librement sans aucune limite. Elles veulent leurs indépendances et rejettent toute autorité, MON autorité.

De retour chez moi, je me précipite dans ma chambre, je referme les volets et là, je me retrouve dans la même couleur que mes idées.

C'est le noir complet.

Je plonge sous ma couette en position fœtale et je me donne l'illusion que la nuit n'est pas terminée.

Plus tard, j'ouvre les yeux, l'horloge indique qu'il est quatorze heures et malheureusement, je n'ai plus sommeil. La réalité vient me frapper au visage. Je suis de nouveau pleinement consciente.

Mon Dieu, quel enfer !!!

Dans ma tête, je me sens comme une agente de sécurité, effrayée qui ouvre les portes du magasin un jour de soldes. Là devant moi, une longue file interminable de pensées n'attend que l'ouverture. Impossible de résister à ces sauvages qui sont désormais dans toute la boutique.

Une, deux, trois semaines plus tard, je me rends compte que ma super-combi et mon masque ont disparu. Je n'arrive plus à faire semblant d'aller bien. Comment vais-je pouvoir m'en sortir ?

Je ne vois qu'une seule solution…

J'appelle Nana, je m'arrange avec elle afin qu'elle puisse garder Sofia plus longtemps, je prépare ma valise et je m'en vais…

Deux jours après, j'arrive dans le lieu où je vais séjourner. Le soleil cogne, je me dirige vers la réception et j'ignore si c'est la chaleur ou l'anxiété qui me donne l'impression d'étouffer, mais je ne me sens vraiment pas bien…

— Bonjour, Mme Bouquet.

— Voici votre bracelet qui vous donne accès aux ascenseurs et à votre chambre. Pour les repas vous avez un régime spécial ? » me demanda la réceptionniste.

— Non… répondis-je d'une voix tremblante.

Je prends une grande inspiration, je me dirige vers ma chambre, je ferme la porte, pose mes affaires et j'éclate en sanglots. Je me répète sans cesse :

— Je n'en reviens pas, je n'arrive pas à croire que je suis ici… mais je n'avais plus le choix !

C'était soit la clinique psychiatrique soit… le suicide.

Dans ce centre de soins, les premiers jours et les premières nuits de mon séjour sont très compliqués…

Et il y a un matin. Un matin complètement différent de tous les autres. Je ressens que c'est le moment pour moi de demander de l'aide, non pas au psychiatre, mais à LUI.

J'ai l'impression qu'il m'attend et que je dois faire le premier pas. Oui, c'est le moment de lui parler, de parler à celui que tout le monde « connaît ». Celui qui est ignoré par certains et adoré par d'autres. Celui vers qui l'on se tourne lorsque l'on est désespéré ou en colère. Je lève les yeux vers le ciel et je lui parle… C'est le début d'une grande aventure… d'un nouveau départ.

Mon nouveau départ est de m'abandonner dans ses bras,

de tout remettre à ses pieds. Cette nouvelle relation change ma façon de penser, ma mentalité. C'est au travers de cette douloureuse épreuve, alors que je mourrai un peu plus chaque jour, que je peux connaître la VIE !

Moi qui ne souhaitais plus faire partie de ce monde, il me permet d'y rester d'une autre façon…

Je nais de nouveau et mon nouveau départ se fait au beau milieu du chaos…

À Jésus, celui qui m'aime, celui qui m'a sauvé, celui qui m'a permis d'emménager de l'autre côté…

Ouarda BOUCHAIR

Demain

Une vibration. Un message. Une caresse sur sa montre, un rapide coup d'œil au texto. Matéo soupira en mettant l'appareil en veille. Encore une invitation de son pote Bertrand à boire un verre. Ou plutôt deux pintes de bières, dans le même pub, comme chaque semaine depuis trop longtemps. Il l'entendait déjà lui radoter ses anecdotes de travail de chargé d'affaires, lui décrire son esprit de compétition et ses arnaques pour gagner toujours plus d'argent sur le dos de ses clients. « Je n'en peux plus, ça doit changer », lança-t-il en enfilant ses chaussons et en s'extirpant de son rocking-chair pour sauter sur la moquette de son appartement miteux. Il s'interrogea immédiatement sur les moyens qui lui permettraient de prendre un nouveau départ. Un projet, il lui fallait un projet. Mieux, des projets. Qu'est-ce qui lui tenait vraiment à cœur ? À quoi était-il réellement attaché ? Qu'est-ce qui faisait sens pour lui ?

Tout le monde recherche le bonheur. Lui aussi. Le bonheur, certes, mais pas seul. Il souhaitait depuis si longtemps rencontrer son âme sœur et se marier, avoir des enfants. Posséder un salon constitué de meubles suédois et disposer d'un hall d'entrée avec un beau paillasson. La vie de Monsieur Tout-le-Monde, en somme. Il devait se ressaisir, il avait le physique mollasson pour un trentenaire et une certaine propension, à force d'être seul, à faire l'ours (rien à voir avec le film de Jean Jacques Annaud). En conséquence, il s'inscrirait dans un club de sport, suivrait un cours de relooking et entamerait un régime. Il sortirait davantage (mais pas au pub), et achèterait Biba et Marie Claire pour mieux comprendre la psychologie féminine.

Il mettrait l'accent sur sa propre culture, lui qui n'avait plus ouvert un livre depuis la découverte des jeux vidéo au collège. Il lirait, et il écrirait. Un journal intime d'abord, des textes, des nouvelles, un roman. Il en réaliserait l'adaptation au cinéma, en composerait la bande-son. Il jouerait enfin le premier rôle dans sa propre vie. Il deviendrait une star, serait reconnu, aimé par les foules qui l'ignoraient actuellement.

L'engagement politique ensuite, avec de l'ambition. Aider les plus démunis, mieux éduquer et soigner la population, réduire la fracture sociale, combler les déficits publics, changer la France, pourquoi pas le monde, il y avait tant à faire. Il se passerait des grands partis, de leurs compromis et autres magouilles de réseau. Pas besoin d'eux. Jamais. Il se voyait déjà donner une leçon d'intégrité au président sortant sur un plateau télé.

La défense de la cause animale : il adopterait un chien en fin de vie à la SPA, recueillerait un chat errant, nourrirait les oiseaux dans la rue. Il prendrait une tortue, qui deviendrait sa mascotte. N'arrivait-elle pas avant le lièvre dans la fable ? Dans une société de plus en plus égoïste, stressée et hystérique, il ferait l'éloge de la générosité, de la lenteur et du calme.

« Je deviendrai minimaliste ! » s'exclama-t-il, afin de lutter symboliquement contre les excès du consumérisme. Il vivrait mieux avec moins, en accord avec lui-même. Cela lui permettrait de se dégager du temps et de l'argent pour sa passion : la musique (il avait toujours secrètement rêvé d'un home studio avec guitares, claviers, batterie, enceintes professionnelles). Il transmettrait ce goût de la mélodie à ses enfants.

Il leur communiquerait également le goût de la nature. Ils iraient se promener en forêt chaque semaine, en montagne pendant les vacances, au bord de la mer aussi souvent que possible. Avec sa femme, ils choisiraient d'habiter à la campagne, isolés, sans vis-à-vis. Leur devise serait : « Pour vivre heureux, vivons cachés ». Ils leur diraient l'importance de se séparer des écrans pour se connecter au monde réel plutôt qu'au virtuel.

Enfin, Matéo allait voyager. Il a toujours rêvé de marcher à travers la France, du mont Saint-Michel au Mercantour. Il suivrait ensuite les côtes italiennes et poursuivrait en Grèce. Avant de filer à l'est vers le Transsibérien, la grande muraille de Chine, et enfin le Japon. Il y développerait sa vie spirituelle. Yoga, méditation, animisme seraient les racines de son renouveau.

Tout allait changer, tout de suite. Il en était là de son pèlerinage intérieur, prêt à entamer le reste de sa vie comme si chaque jour était le dernier quand il sentit une nouvelle vibration à son poignet : Bertrand insistait. Une envie irrésistible de partager ses fraîches résolutions le fit céder. Il se leva, rangea ses chaussons dans le placard d'où il sortit mocassins et gilet. Il les enfila avant de claquer la porte de son appartement. Tout changerait... Demain.

Mathieu LARSONNEUR

Des pas de hasard

23 h 30 ! Caroline vient de fermer le rideau de fer du magasin et s'aperçoit qu'il pleut. Son parapluie est resté à l'intérieur.

« Tant pis, se dit-elle. Il est tard et je suis crevée. Flemme d'aller le récupérer. Je vais me dépêcher jusqu'au parking pour éviter les gouttes. »

Le col relevé de son manteau pour protéger sa nuque, elle avance à pas pressés sur les pavés mouillés. Les yeux rivés sur ce revêtement glissant que le maire a jugé bon de faire poser dans le centre-ville, Caroline est déconcentrée par un bruit d'alarme. Elle tourne la tête et reconnaît la petite lumière bleue du camion-poubelle. Elle se plaque contre le mur pour lui laisser la place, mais se retrouve coincée entre les conteneurs et la benne à ordure dont l'odeur lui déclenche un haut-le-cœur. Comble de malchance, les éboueurs n'en finissent plus de ramasser les cartons entassés et l'averse redouble d'intensité. Caroline a froid. Elle s'impatiente et décide d'esquiver par la petite rue derrière, qu'elle emprunte rarement à cause du manque d'éclairage. Pas un chat de ce côté-ci. Il fait sombre et Caroline n'est pas du tout rassurée. Elle coince son sac à main sous sa poitrine et avance tête baissée.

« Si j'étais partie plus tôt, je serais déjà tranquille à la maison, gamberge-t-elle. Enfin, faut bien la faire cette satanée vitrine. Noël, c'est dans trois jours et, comme d'habitude, je suis à la traîne. En même temps, tout gérer toute seule, c'est pas simple ! »

Les talons de Caroline claquent et résonnent dans la rue déserte.

« J'aurais dû mettre des bottines, songe-t-elle. Avec ces

escarpins, j'ai les pieds tout mouillés et les orteils gelés. »

Des bruits de pas ! Quelqu'un arrive en face, mais dans l'obscurité, elle n'entrevoit qu'une silhouette diffuse. Il n'est plus qu'à quelques mètres. Elle le distingue un peu mieux. Il a l'air d'un jeune gars en blouson d'été. L'inquiétude la submerge. Il n'y a personne aux alentours et elle se sent vulnérable. Elle adopte une démarche assurée pour dissimuler son angoisse, lorsqu'une scène lui revient en mémoire et la fait chanceler. Caroline se revoit dix ans en arrière avec ce détraqué sexuel qui l'avait agressée. Horreur absolue. Elle avait crié dans le vide, puis s'était débattue jusqu'à ce que son esprit se dissocie de son corps.

Ses yeux se troublent. Elle se sent mal. Prise d'un vertige, elle ralentit et expire pour ne pas flancher. L'homme se rapproche. Les gouttes de pluie fouettent le visage de Caroline qui tente de refouler ses craintes en fixant les lumières du parking. Mille questions encombrent sa pensée : « *Est-ce que je le regarde ? Est-ce que je lui souris poliment ? Est-ce que je l'ignore ? Est-ce que je me décale du trottoir ? Mon Dieu, dis-moi quoi faire* ? »

L'individu est tout près, et même si la peur l'étreint, elle ne peut s'empêcher de le dévisager, histoire de se rassurer... Il ne paraît ni fou ni malveillant, mais elle retient son souffle au moment où il la croise. Elle soupire tandis qu'il poursuit sa route, avant de se crisper et s'imaginer qu'il pourrait bien revenir en arrière et lui sauter dessus comme un lion sur sa proie. Fichue trouille qui la tétanise. L'oreille tendue, elle l'écoute s'éloigner.

« Plus jamais, je repasse par ce coupe-gorge, se dit-elle, secouant la tête. Trop risqué... Allez, courage, je serai bientôt à ma voiture... »

Le danger semble écarté, quand derrière elle, d'autres bruits de pas, lourds comme ceux d'un homme. Caroline accélère, mais il allonge sa foulée, la rattrape, la frôle en arrivant à sa hauteur, puis jette un coup d'œil par-dessus son épaule. Elle panique. Son cœur va exploser. Dans un mouvement rapide, elle se courbe par protection et entrevoit le trench-coat couleur sable de celui qui vient de la doubler. Les entrailles nouées, elle espère qu'il va filer son chemin, sauf qu'il s'arrête et l'interpelle.

— Bonsoir, dit-il, ses mains sur la poignée de son grand parapluie noir.

— Bon... bonsoir... bredouille Caroline, les yeux sur les mocassins de cuir de l'inconnu.

— Je vous abrite ?

— Non... merci... murmure-t-elle, au bord du malaise.

— Rassurez-vous, ma proposition est tout à fait décente et honnête, Mademoiselle la décoratrice du bout de la rue.

Surprise, Caroline lève le nez. C'est Sylvain, le gérant de la bijouterie. Il a un charme fou. Elle est tellement heureuse et soulagée qu'elle pourrait lui sauter dans les bras.

— Oh ! Je ne vous avais pas reconnu, dit-elle avec un petit rire nerveux.

— Normal. Il fait plutôt noir dans le coin, et avec ce temps de chien...

— Je ne passe jamais par là, d'ordinaire. C'est sinistre.

— Je comprends. Mais comment se fait-il qu'une jolie femme rentre seule à cette heure-ci ?

Caroline a soudainement très chaud, bien que trempée jusqu'aux os. Il y a des mois qu'elle craque sur Sylvain sans oser lui avouer. Ce compliment la fait rougir jusqu'en haut des oreilles. Intimidée, elle se réjouit qu'il fasse aussi sombre et qu'il ne puisse s'en rendre compte.

— Que diriez-vous si je vous proposais d'aller boire quelque chose pour nous réchauffer et discuter un peu ? ajoute-t-il avec un large sourire. À moins que quelqu'un ne vous attende, auquel cas...

Caroline n'en revient pas. Elle s'imagine ses copines commerçantes, vertes de jalousie, en apprenant que le beau bijoutier lui a fait une telle offre.

— J'allais... à ma voiture... répond-elle d'une voix fébrile. Mais... une tasse de thé serait bienvenue. Je suis frigorifiée et... je n'ai personne... qui m'attend.

— Vous m'en voyez ravi, chère Caroline.

— Vous... vous connaissez mon prénom ?

— Bien sûr. J'ai pris mes renseignements.

On ne peut être plus clair, elle ne lui est pas indifférente. Elle sourit et se félicite d'être passée par ce chemin et d'avoir gardé ses élégantes chaussures, qui bien que détrempés lui galbent le mollet. Son cœur bat la chamade. Sans un mot, le visage ruisselant et rose d'émoi, elle le rejoint sous son pépin.

— Je connais un petit bar où nous serons tranquilles, renseigne-t-il avec entrain.

— Allons-y, dit Caroline, songeant qu'elle le laisserait volontiers l'emmener au bout du monde.

Elle remarque que Sylvain a adapté la cadence de son pas sur le sien et trouve l'attention délicate. Décidément, cet homme lui plaît beaucoup. Une douce émotion la gagne. Parcourue de frissons légers, la tête lui tourne et une image fugace passe devant ses yeux. C'est lui et elle... et un bébé. Caroline s'étonne. Elle se dit qu'elle délire, qu'elle fantasme, qu'elle projette ses envies, lorsqu'elle fait face à une vision ouverte. C'est encore eux, mais plus âgés et visiblement très heureux d'être ensemble. Plus qu'une intuition, une assurance ! Caroline est certaine qu'il s'agit d'un signe venu tout droit du Ciel. Cette révélation la pousse à l'audace de confesser à Sylvain son intérêt pour lui. Elle se hisse sur la pointe des pieds, puis glisse à son oreille :

— Moi aussi, je vous avais remarqué.

— À la bonne heure ! s'exclame-t-il, une main tendre sur son épaule.

Caroline est aux anges. Elle a la conviction que ce qu'elle a vu est la promesse de leur avenir à tous les deux et le lui partagera lorsqu'il sera ouvert au monde spirituel.

« Parce que c'est sûr, ça se fera ! » se dit-elle avec foi.

— Merci, mon Dieu… murmure-t-elle, reconnaissante de ce joli cadeau de Noël.

— Oui, Dieu est bon, confirme Sylvain, heureux que ses prières aient été entendues.

Christin R. BAKER
Auteure du roman CANAAN - 1 - Le Chemin

Embarquement porte F32

Du regard, je cherche la porte F32. Elle est tout au bout du terminal. Je ne me presse pas, je sais que j'ai encore du temps devant moi. J'aime arriver en avance. J'ai toujours trouvé ça passionnant, les aéroports. Les halls de gare aussi. Il y a ce je ne sais quoi qui plane dans l'air. De l'excitation, de l'attente, de la nostalgie. Celle du moment à peine fini, de ce qui vient d'être vécu et qui, une fois les portes de l'aéroport franchies, n'est déjà plus.

La file est longue alors je trouve un siège libre entre deux passagers et je m'y installe. De la main droite, je reprends mon livre là où je l'avais laissé, et de la gauche, j'attrape le croissant encore chaud que je viens d'acheter.

Ces minutes-là ont une saveur particulière, comme si elles étaient suspendues dans le temps. Elles n'appartiennent pas vraiment au monde de dehors, elles sont comme d'un autre endroit, d'une autre vie. C'est fou l'effet que ça fait. Tous ces gens qui sont là, qui ne se connaissent pas et qui pourtant, le temps d'un instant, partagent le même univers parallèle, le même fragment de vie. Comme si nous tous, présents devant cette porte d'embarquement, étions liés d'une façon ou d'une autre.

Sur les fauteuils d'en face, il y a cette petite fille. Elle doit avoir 3 ans, peut-être 4. Elle a de longues nattes et a fait de son écharpe un oreiller sur lequel elle se repose. Elle coiffe les cheveux de sa poupée et demande toutes les 5 minutes :

— On part quand, maman ?

— Bientôt, ma chérie, bientôt.

À son âge, « bientôt » ne veut rien dire. Elle me regarde, je lui souris puis replonge dans mon livre.

Nouveau départ

Ce mot veut-il dire quelque chose tout court ? Bientôt c'est long puis parfois ce n'est que quelques petites minutes. C'est plus loin que « maintenant », mais plus proche que « *après* ». C'est la réponse que l'on donne quand, nous perdons la notion du temps, de la suite.

Je les aime, ces endroits. Ces aéroports, ces halls de gare. Ils ont un charme fou, comme un vieux film italien en noir et blanc. On y rencontre toutes les émotions : des peines, des joies. On y voit des larmes, des accolades, des sourires et de grands signes. On y aperçoit des familles, des gens seuls, des amis. Et chaque fois, je me demande qui ils sont, où ils vont, et ce qu'ils transportent dans leurs bagages. Pas leurs affaires personnelles, mais plutôt leurs expériences, leurs morceaux de vie, tout ce qui les a menés jusqu'ici.

Pour certains, c'est la fin. La fin d'une aventure, d'une histoire d'amour, d'une semaine de travail, d'un moment que le temps ne rattrapera pas.

Pour d'autres, ce n'est que le début. Le début d'une nouvelle vie, de nouvelles terres à explorer, de nouveaux souvenirs à construire, à fabriquer et à chérir.

C'est peut-être pour ça que ça s'appelle un terminal. Et c'est certainement pour ça que j'aime tant être là. Car sur ces fauteuils, dans ce micro espace-temps, on dépose des choses, des choses qui se terminent, pour que d'autres puissent prendre vie. Ce qui semble être une fin n'est en somme, que l'avant-goût d'un joli début.

Marjorie MAVITIDI

Encore quelques pas

Dans la salle d'audience, les stores sont baissés pour contrer le soleil ; le clair-obscur ambiant tranche avec la lumière du couloir où j'étais il y a un instant. Dans ce royaume des ombres, la juge qui trône m'ignore, mon avocat s'affaire, prêt à entrer en scène. Je sens la sueur qui coule lentement dans mon dos, tandis que je ne sais si je dois me lever, m'asseoir, parler ou bien me taire. L'odeur de cigarette sur ma veste me retourne le cœur, mais je voudrais pouvoir en fumer d'autres pour affronter la scène qui s'apprête à se jouer.

Il est là, lui, du côté opposé, quelques bancs devant moi. Je n'ose le regarder que par intermittence et à la dérobée. Tendue, je perçois chaque mouvement des personnes présentes ; je suis une bête traquée, affamée, acculée, fatiguée de lutter, qui sait que ces instants lui seront fatidiques.

J'attends depuis un an, je l'ai vécu mille fois dans ma tête, ce moment ; j'ai ressassé, pensé, préparé mon discours. Je défendrai ma cause avec ma meilleure prose.

Je tremble d'appréhension quand l'audience débute, celle qui changera ma vie. Mais voilà, j'ai tout imaginé ces semaines passées, ce que je pourrai dire, assener, affirmer, tout, sauf le silence qui serait imposé. La seule marionnettiste de cette scène funèbre à mes yeux est la juge qui ne perd pas de temps, distribue la parole en de rares occasions à de mauvais acteurs qui répondent brièvement. Mon avocat bégaie, s'emmêle sur les dates, trébuche sur les prénoms. Je lui tire la manche, lui souffle des réponses, il ne se tourne pas. Lui, de l'autre côté, s'énerve, hausse le ton. La magistrate poursuit, impassible, impartiale. Je me raidis d'un coup jusqu'à ce que la tension devienne insupportable. Je transpire, figée par une peur immense tandis que l'on aborde la garde de mon fils.

Je sens mon cœur qui blesse ma cage thoracique en battant furieusement, l'écume d'acide, la bile, qui envahissent ma bouche. Mon ventre qui se tord en une crampe douloureuse ; elle atténue les mots que j'ai trop peur d'entendre. Ça y est, c'est le moment où il faudrait tout dire, parler de la violence, l'absence, l'abandon. Je dois expliquer à la juge distante les coups de pied au ventre, à la tête, les menaces, mes fuites répétées, l'angoisse et l'épuisement. Tous ces mots se bousculent pour être libérés, cherchant un dénouement si longtemps espéré, la fin de ces abus, une reconnaissance face à l'autorité. Surtout, que mon bébé soit enfin protégé ; mais le moment, si bref, semble déjà passé. Et moi je n'ai rien dit.

Le reste de la séance s'efface dans l'hébétement, glisse sur mon esprit vidé d'adrénaline par un brusque reflux qui me laisse épuisée. Je perçois dans les brumes anxieuses de mon état que tout est expédié. Magistrats, greffiers et avocats paraissent en harmonie pour enchaîner au mieux des dossiers anonymes qui n'intéressent personne. Je n'ai rien dit.

Je sors en titubant, comme touchée en plein cœur. Hagarde, je m'assois à l'aveugle sur un banc. Dans ce couloir qu'éclaire un soleil printanier, je reste immobile, à regarder sans voir le flux des gens pressés. Telle une survivante, je mets un long moment pour comprendre où je suis. Lentement je respire, j'ai traversé le pire. J'ôte la veste noire, mise pour l'occasion pour faire bonne impression. Trempée, je l'abandonne au détour d'un couloir et quitte le tribunal. La sensation pesante d'étouffement s'atténue quand je sens que mes bras, mes épaules dénudées bougent plus librement.

Je repasse les barrières de la sécurité, atterris sur une place. J'inspire un long moment l'air chaud du mois de mai, je lève mon visage, le tourne vers le soleil, puis dans un mouvement fluide, je libère mes cheveux, les secoue doucement et m'éloigne en marchant. J'allume une cigarette qui m'aide à accepter l'impuissance de l'instant, que le sort de mon fils repose maintenant dans les mains désinvoltes d'étrangers surchargés. Sans un mot de ma part.

Juchée sur les talons de chaussures empruntées, je me sens vaciller. Fragile de l'équilibre instable, je m'arrête, les enlève, sens le sol sous mes pieds. Raffermie de sentir le béton résister, je poursuis mon chemin, malgré les vagues de faim, d'épuisement, et le vide qui m'envahit soudain.

Un vertige m'étourdit. Je saisis dans mon sac l'ensemble des documents, les plaintes, les mains courantes, imprimées soigneusement, les preuves de la violence qui n'auront pas servi. Je les jette en l'air, les renvoie au néant, sans savoir s'il s'agit de révolte ou de résignation. Immobile, dans l'instant, je rêve qu'il n'y ait que moi, pieds nus sur la chaussée, les cheveux détachés, mes bras offerts au vent...

Mais je suis mue par une force inconnue qui défie l'insomnie, l'anémie, les angoisses de la nuit. Mes yeux demeurent secs, mon ventre est aux aguets, mon corps sait être dur quand mon esprit faiblit, rongé par l'épuisement, l'omniprésence du pire, à n'importe quel instant. J'absorbe l'incertitude qui envahit ma vie dans une seule goulée d'air que j'inspire avidement. La vague peut m'engloutir : je me relèverai. Je suis mère à main nue, même quand tout semble perdu, même là, je continue. Découragée, à bout, je suis déjà debout pour les prochains combats. Je ne plierai jamais.

Ellie SIMONE

Enfin le jour J

Après deux cachets avalés, il ne me faut pas plus de cinq minutes pour m'endormir. À peine ma tête a touché le coussin que Morphée me fait de grands signes pour le rejoindre.

Je sursaute quand la voix de muse me signifie qu'il est l'heure de se bouger. Déjà ! J'ai eu l'impression de dormir seulement deux heures ! Il me faut à peine quelques secondes pour que mon cerveau se reconnecte à la journée qui s'annonce. Le téléphone sonne déjà. Je saute de mon lit, balance la couette à un mètre et décroche.

— Alors, ma belle, prête ?!

C'est ma meilleure amie. Elle est aussi enthousiasme que moi. Il faut dire que je n'y croyais plus. En même temps, comment l'oublier avec mes collègues, ma famille, mes amis que me rappelaient tous les trois mois que j'avais quarante ans et que j'étais toujours célibataire sans enfants. Sans l'avouer, j'avais baissé les bras. Et puis le mariage n'est pas une fin en soi, si ?!

À trente-cinq ans, j'avais décidé que je ne subirais pas cet état de célibat. Ma mère m'avait dit : « t'en fais pas, ma chérie, ça viendra ». Et ce n'est pas venu. J'avais décidé d'en profiter. Ces cinq dernières années ont été intenses. Dix voyages humanitaires, deux fois le covid, trois voitures en panne, deux chats adoptés et cinq kilos en moins.

Mais aujourd'hui, c'est fini ! J'ai rencontré Olivier chez une amie. Une des rares qui n'essayaient pas de me caser avec son premier pote célibataire. Tout a commencé durant une partie de Trivial Poursuite, ça s'est terminé à deux heures du matin dans un café à nous raconter nos vies. Littéralement, on a commencé de nos cinq ans jusqu'à l'instant présent. Nous

nous sommes revus le lendemain puis le surlendemain, la semaine d'après pour ne plus nous quitter.

— Oui, j'ai l'impression d'avoir dormi deux heures, mais je suis tellement pressée de le voir.

— Tu vas devenir madame, c'est fou !

— Oui, j'ai encore du mal à réaliser…

— Écoute, prends un bain, détends-toi. J'arrive avec le petit-déj !

— T'es la meilleure !

— Je sais… À quelle heure arrive la coiffeuse ?

— À dix heures.

— Parfait, ça nous laisse presque deux heures. À tout.

Je n'ai pas le temps de lui répondre qu'elle a déjà raccroché. Je décide de mettre un fond de musique. Le jazz m'a toujours apaisée. L'eau coule tandis que je sirote déjà mon café qui est le bienvenu. Mon smartphone sonne de nouveau.

— Allo !

— Ça va ma chérie ?

— Oui maman et toi ?

Elle ne prête pas attention à ma demande et continue, un brin stressée.

— As-tu bien pensé à récupérer ta robe au pressing ?

Je lève les yeux au ciel, dépitée.

— Oui !

— Et tes chaussures, les semelles ?

— Oui maman !

— La coiffeuse arrive à quelle heure ?

— Dix heures, maman !

Je peux entendre mon père derrière qu'il lui suggère de me laisser tranquille, car je ne suis plus un bébé. Je souris, imaginant la tête à ma mère, le méprisant du regard. La réplique ne se fait attendre.

— Elle sera toujours mon bébé. Anyway…

Ma mère est américaine. Elle a rencontré mon père lorsqu'elle était fille au pair en France. Je dois avouer que leur histoire d'amour m'a toujours rendue un poil jalouse. Tel dans un film de Noël, leur rencontre a été magique.

— Bon, bon. Je te ramène ton bouquet à treize heures.

— D'accord, merci, maman

— Je t'aime, ma chérie.

Avant même que je puisse lui faire part de mes sentiments réciproques, la discussion prend fin. Moi aussi, je t'aime, maman…

Je rejoins la salle de bain où la mousse est prête à déborder. Je ferme le robinet, me déleste de mes habits et me fonds dans l'eau presque trop chaude sur ma peau. Tout est parfait. Je me délecte de ce moment à part. Chaque membre de mon corps se décontracte. Je somnole lorsque les vibrations de mon téléphone se font entendre sur le sol. Je souffle de ce trouble, avant de sourire lorsque je vois le nom affiché.

— Salut toi !

— As-tu vraiment le droit de m'appeler ?

— Il m'était impossible de ne pas entendre ta voix.

Je me liquéfie à ces mots. Le sourire béat sur mon visage ne cesse de s'élargir surtout en entendant la suite :

— J'ai hâte de te retrouver, me murmure-t-il.

— Moi encore plus…

— J'ai dû aller courir pour me calmer, j'aurais voulu t'épouser ce matin.

— La patience est une vertu, mon chéri.

— Que je n'ai pas…

Je ris connaissant son impatience.

— Tu fais quoi ?

— Je prends un bain.

— Je ne veux pas en savoir plus.

— Je ne comptais pas t'en dire plus.

Je rougis à cet échange qui pourrait glisser.

— Allez, je te laisse. À très vite.

— Je…

Mais qu'est-ce qu'ils ont tous à raccrocher avant d'attendre que je termine de parler ! Je refuse de laisser la mauvaise humeur me gagner. Je me repositionne contre la paroi de la baignoire avant de fermer les yeux.

Je sursaute et tombe de mon lit lorsque le bip de mon réveil se met à hurler. Impossible. Non. C'était si réel. Je vérifie instinctivement ma main gauche. Rien. Aucune bague ne décore mon annulaire. Un filet de bave a coulé sur mon menton. Toujours assise sur le sol, la réalité me percute plus fort que cette chute du lit. En ce jour où je fête mes quarante et un ans, aucun homme ne fait partie de ma vie.

Kiera MANCHEL
Autrice du roman Je m'appelle Molly et je suis ...

Épiphanie

Enfin, il y était.

« Venez vivre une expérience glorieuse face à l'infini de l'océan ! » disait la brochure.

Il soupira, c'était décevant.

Devant lui s'étendait une immensité blanchâtre. L'eau et le ciel se réunissaient en un amas grisâtre sur un horizon brumeux et incertain. Une glorieuse sensation de fade, finalement. Alors qu'il admirait la vision décolorée qui s'offrait à lui, il vit du coin de l'œil une petite fille à la robe virevoltante courir à la suite d'une poupée emportée par le vent.

Il regarda vers le ciel, à la recherche d'une épiphanie qui tardait à venir.

Il avait passé des années à payer pour son erreur de jeunesse, son choix de s'associer aux mauvaises personnes. Il était enfin libre, désireux de faire mieux.

Hélas, il ne s'était jamais senti aussi désemparé et découragé.

En prison, les murs étaient de béton et les barreaux de métal, les ennemis étaient partout, certains portaient un uniforme, d'autres un numéro. Tout était laid, mais rien n'était maquillé.

Il baissa les yeux et prit des galets qu'il entreprit de jeter dans l'océan.

Il rêvait de liberté, mais n'était tombé que dans une captivité plus solitaire, plus oppressante que sa cellule.

Emmuré par ses pensées, ses mensonges. Enchaîné par son orgueil et ses craintes de l'échec. Une insécurité et une peur de l'avenir paralysante.

Il resserra les cordons de sa capuche en avisant le crachin

léger, mais persistant qui s'échouait sur la plage.

Un cri le fit sursauter et il vit la poupée que poursuivait la petite fille reposer maintenant sur les vagues paresseuses.

Ce n'était peut-être pas son sentiment le plus noble, mais cela restait agréable de voir quelqu'un d'autre avoir une mauvaise journée.

Monsieur !

Alors que la petite l'appelait à l'aide, il se contenta de jeter un nouveau galet dans l'océan.

Monsieur !

Quel échec, il était censé venir à l'extrémité de la terre, prendre du recul sur sa vie et avoir une révélation soudaine qui dissiperait son mal-être.

Monsieur !

Il sentit une main potelée s'accrocher à la sienne et il la retira brusquement, un couinement de surprise peu viril sur les lèvres.

Monsieur !

D'un autre côté, la résolution d'un problème, aussi futile soit-il, serait apaisante.

Et sa décision n'était en rien liée à l'envie de réconforter une âme innocente, vous en conviendrez.

Il se tourna vers l'enfant qui lui pointa de ses doigts tremblants la poupée, piégée par les caprices du vent.

Il retroussa son pantalon et se lança à la conquête du trésor perdu.

L'enfant sembla prendre son action comme une autorisation tacite pour libérer un flot de paroles qu'elle réprimait jusqu'à maintenant.

C'est ainsi qu'il apprit l'invraisemblable histoire de sa poupée — qui expliquait son état élimé — ou son amour pour Christelle, sa mamie qui avait deux chats — Fantomas et Barnabé —.

De « Comment tu t'appelles ? Moi mes amis m'appellent Lulu » à « Pourquoi les vagues bougent ? » jusqu'à l'insondable « Tu crois que c'est une sirène qui veut ma poupée ? »

Après de nombreuses tentatives durant lesquelles les vagues prirent un malin plaisir à lui renier toute réussite, il finit par récupérer le bien malmené.

Son co-détenu l'aurait raillé pendant des mois s'il l'avait vu.

Pourtant, le visage lumineux de l'enfant lui fit chaud au cœur.

Il époussetait ses pieds quand une grand-mère affolée, certainement Christelle, s'approcha du pas le plus rapide qu'elle pouvait maîtriser.

Elle fut rejointe par sa petite-fille qui lui montra son trophée trempé avec fierté.

Il se releva pour partir quand Christelle lui proposa de venir se réchauffer à leur table.

Ses refus n'eurent aucun effet face à l'insistance implacable d'une grand-mère.

Quelques minutes plus tard, il était entouré d'un plaid, une tasse fumante à la main.

Christelle lui demanda son prénom en le remerciant chaleureusement, rassurée de voir que sa petite-fille était tombée sur quelqu'un de bien.

Tristan, dit-il en sirotant sa tisane. Et je ne suis pas quelqu'un de bien, ne put-il s'empêcher de rectifier.

Les yeux ridés pétillèrent.

Ah, les hommes, prompts à cacher leur gentillesse sous des sourcils froncés et à afficher leur colère par des poings levés.

Elle lui lança un regard amusé en voyant qu'il se renfrognait.

Si j'avais eu l'occasion de vivre tranquillement sur la plage, peut-être que je serais aussi souriant que vous, se justifia-t-il.

Elle eut un petit rire.

Vous êtes paisiblement assis sur le sable en ce moment, où est votre sourire ? Ce n'est pas parce qu'il pleut dans votre vie que les autres ne portent pas de parapluie, vous savez.

Un silence pensif lui répondit.

Dites-moi alors, qu'est-ce qui vous fait sourire ?

Nouveau froncement de sourcils.

Je ne me rappelle plus.

Qui êtes-vous, Tristan ? Qu'est-ce qui vous rend heureux ?

Il resserra ses doigts sur sa tasse.

Je ne sais plus. J'avais une famille, je ne l'ai pas revue depuis longtemps. J'avais un chien, Gribouille. Il me faisait rire.

Il cligna des yeux plusieurs fois et se tut. Ravalant des sentiments qu'il ne saurait pas gérer.

Mon père disait toujours « Dieu ne nous a pas donné un esprit de crainte et de lâcheté, mais un esprit de force, d'amour et de sagesse ».

C'était un poète ?

Il disait aussi « Si tu ne fais que sentir ton fumier, tu ne reconnaitras plus la douce flagrance des fleurs »

Hum...

Tout en dégustant sa tisane, Christelle lui raconta son histoire.

Loin des années paisibles en bord de mer qu'il avait promptement imaginées, elle avait traversé des épreuves aussi éprouvantes que tragiques.

Ses attentes de la vie étaient aujourd'hui optimistes et réalistes.

Deux sentiments qui faisaient rarement équipe, et pourtant, elle était là, heureuse et souriante.

Il était venu en quête de réponses existentielles sur une plage déserte et abandonnée, elle, avait pris à bras le corps les tribulations tendues sur son chemin sans perdre sa joie de vivre.

Sa propre vision qui lui semblait terre-à-terre en devenait fantaisiste en comparaison.

Il resta un moment à les écouter, à réfléchir, puis il se releva et leur sourit.

Lulu, Christelle, j'ai été enchanté de vous rencontrer, je dois y aller maintenant.

Qu'allez-vous faire ?

Vivre, dit-il en souriant.

Les chaînes qui l'emprisonnaient étaient peut-être résistantes, mais il en avait les clefs.

Loin de la révélation grandiose qu'il attendait, mais dans la simplicité d'une rencontre, il se dit que finalement, il l'avait eu son épiphanie.

Rachel GIACOPELLI

Évaporée

Je suis la femme de maison parfaite, l'épouse idéale. Le front haut, le ventre plat, le sourire aux lèvres en permanence. Je vis aux États-Unis depuis douze ans. J'y ai emménagé avec mon mari quand il a trouvé le boulot de ses rêves dans la Silicon Valley.

Nous avons quitté notre village paumé au fond des Ardennes pour nous installer là-bas dans un quartier un peu huppé et nous y avons fondé notre famille. Douze ans et trois enfants plus tard, je suis toujours femme au foyer, une « *Stay at Home Mum* », et mon identité se résume à cela.

Je conduis les enfants à l'école le matin, je rentre, je nettoie, je fais les courses, je cuisine, je prends part aux activités du quartier et à celles de l'école, je vais voir tous les matchs de base-ball auxquels mes fils participent.

J'encourage ma fille qui veut un jour devenir *pom-pom girl* et reine de sa promotion. Elle n'a que six ans et pense déjà à son taux de popularité, à Tiktok et aux influenceuses toutes refaites. J'ai bien tenté de poser une limite lorsqu'elle s'est découvert une passion pour les concours de beauté. Deux de ses copines sont des *Mini Miss* et leurs mères les maquillent, les habillent comme des Barbie et les font performer comme des animaux de cirque.

J'ai dit non. Pendant trois mois, plusieurs mamans ont arrêté de me parler, ma gamine m'a fait vivre un enfer et Charles, mon mari m'a critiquée. Alors j'ai cédé.

Maintenant, plusieurs week-ends par an, je traîne ma mauvaise humeur et une valise pleine de robes, frous-frous et maquillage, en tenant ma fille par la main, dans des centres de loisirs et des hôtels miteux de la région, reconvertis pour quelques heures en temples des paillettes et du kitsch.

Ça sent le glitter, la folie et l'hypocrisie, mais Morgane adore ça, alors je mords sur ma chique et je la laisse faire. Je suis rentrée à nouveau dans les bonnes grâces des voisines.

La banlieue de la Valley, c'est la patrie du faux-semblant. Le drapeau américain trône fièrement sur la façade des maisons, le barbecue de compétition chauffe dans le jardin l'été, les décorations de Noël y brillent en décembre, et la bagnole tape-à-l'œil est garée dans l'allée tout au long de l'année. Tout n'est que compétition et poudre aux yeux. On se compare, on se déteste, on se sourit, on se déchire. Et pour faire bonne figure, on s'invite les uns chez les autres régulièrement.

Demain, c'est mon tour. Aujourd'hui, j'ai nettoyé la maison de fond en comble, je suis épuisée. Je dois encore faire les courses et passer ma journée de demain à cuisiner. Rien que d'y penser j'ai un haut-le-cœur.

Je prends une douche. Les enfants vont rentrer de l'école dans moins d'une heure. Mon mari restera au bureau tard, comme tous les soirs. Charles me trompe avec une femme de son boulot. Tiffany. Le cliché. Je le sais depuis plusieurs mois, mais je ne dis rien. Je vis en permanence avec une grosse boule dans l'estomac et j'ai comme un nuage épais qui me suit partout où je vais. Ma vie entière est un cliché.

Le week-end dernier, Morgane a remporté la troisième place à un concours de M*ini Miss*. Elle brandit son trophée comme si c'était la huitième merveille du monde. L'équipe de Simon et Jonathan est en finale de leur tournoi de base-ball. Ils ont plein d'amis et d'activités. Jamais ils ne voudraient rentrer vivre en France en cas de divorce, ce sont des Américains typiques, *born and bred*. Je suis coincée.

Je sors de la douche, me sèche, et je le vois.

Un minuscule grain de sable.

Sa forme se détache sur le carrelage blanc étincelant de la

salle de bains, comme une vilaine pustule au milieu du nez. Un souvenir me fait soudain exploser le cerveau. Celui de ces vacances en Italie passées avec mes parents et mes sœurs. Je me rappelle la plage, le jour où j'ai rencontré Charles. J'avais dix-neuf ans, j'étais jeune, pleine de projets et d'envies : devenir journaliste, parcourir le monde, écrire un roman. Nous nous sommes embrassés pour la première fois sur cette plage, trois jours avant la fin des vacances. J'étais loin de m'imaginer devenir celle que je suis aujourd'hui, mes rêves effacés au profit de celui qui en aime maintenant une autre.

Je ne sais pas d'où vient ce minuscule grain sur le sol. J'ai pourtant tout bien nettoyé. Je le ramasse et le jette dans la poubelle. Mais c'est comme si je me l'étais introduit dans la gorge et qu'il s'était frayé un chemin directement vers mon cœur. Pour l'enrayer. Pour me tuer. Tout s'écroule autour de moi. Malgré la chape de plomb qui m'enserre, je me vois mettre mes chaussures, prendre un sac, y déposer en vrac quelques vêtements de rechange, des sous-vêtements et quelques affaires de toilettes. Après une hésitation j'emporte aussi mon passeport et quelques centaines de dollars et d'euros, j'attrape mes clés de voiture. Et je pars.

Je roule mécaniquement. Le brouillard dans mon cerveau a atteint le grain de sable maintenant bien enfoui au fond de mon cœur. J'aperçois un panneau, et je découvre ma destination. Je me gare dans un immense parking et abandonne le véhicule derrière moi, les clés sur le contact.

Deux heures plus tard, je survole l'Atlantique.

Les enfants sont sans doute rentrés à la maison. Les jumeaux, paniqués, ont dû appeler Charles. J'imagine mon mari d'abord furieux, puis inquiet. Je n'ai pas laissé de mot derrière moi. La Chevrolet a disparu. La police la retrouvera très rapidement. Il n'y aura pas de barbecue demain.

J'ai payé mon billet avec ma carte bancaire, retiré une

dernière fois de l'argent, puis je l'ai jetée dans une poubelle. Je ferme les yeux et m'endors au rythme des réacteurs. Dans quelques heures, je serai en Italie, sur une plage. Et j'y resterai.

Stéphanie GOOSSE

Expiation

Le pire, c'était la puanteur. Les ténèbres, l'inconfort de sa position et l'humidité, Tyv s'en était accommodé, mais de la puanteur, jamais. Il avait l'impression qu'elle imprégnait tout, qu'à chaque respiration, elle pénétrait un peu plus profondément sa peau et son corps. C'était une odeur insidieuse, de celle dont l'origine reste toujours à déterminer, mélange d'humidité, d'urine et d'un je-ne-sais-quoi de faisandé.

Tyv n'avait pas respiré par le nez depuis bientôt quatre ans. Quatre ans qu'il était enfermé dans ce cachot, oublié de la surface, oublié du soleil. Chaque matin, ou plutôt chaque fois qu'il se réveillait, car le temps comme le comprennent ceux d'en haut n'a pas cours en bas, il faisait trois fois le tour de sa cellule. Deux pas en longueur, un pas et demi en largeur, il n'en avait pas pour long.

En sus de la puanteur, ce qui avait failli rendre fou Tyv, c'était l'ennui. Il ne faisait rien, n'avait rien pour s'occuper. S'il bougeait son corps, il se heurtait aux murs et la sensation d'enfermement devenait mille fois plus tangible que s'il restait immobile dans le noir et que les ténèbres donnaient l'impression de faire tomber les parois de sa cellule.

L'ennui l'avait contraint à quelque chose qu'il avait toute sa vie durant trouvé follement désagréable : réfléchir et surtout réfléchir à lui-même. Contraint comme il l'était, c'était ça ou devenir fou. Alors, chaque jour, Tyv s'asseyait en tailleur dans sa cellule et commençait à examiner sa vie sous ses moindres détails. Il avait revu encore et encore chacune de ses erreurs, chacun de ses faux pas. Il avait d'abord ressenti de l'agacement, puis de la honte et enfin de la tristesse. Il était déterminé à ne plus commettre les mêmes erreurs. Il ne se laisserait plus entraîner sur le néfaste chemin qui l'avait mené à son arrestation.

L'accumulation de privations avait eu un effet salvateur sur son âme. Alors que son corps dépérissait à l'ombre, son esprit s'était fortifié. Il s'était largement repenti de ses péchés et avait fait la paix avec son passé. C'est un nouvel homme qui sortirait d'ici. Le recueillement lui avait fait découvrir des beautés dont il se serait gaussé auparavant. Cet usage contraint de son intelligence et de son cœur l'avait sauvé et le sauverait encore, il en était convaincu.

Il y avait longtemps que la notion de temps lui avait coulé entre les doigts. Au début, il avait tenté de tenir le compte des jours, mais il avait bien vite abandonné. Ainsi, quand ce jour-là, le garde vint devant sa cellule, Tyv l'observa perplexe. Il avait déjà mangé et ne comprenait pas le besoin qu'avait l'homme de venir troubler son obscure retraite.

— Debout là-dedans, tu es libre.

Il fallut quelques secondes pour que la nouvelle fasse son chemin jusqu'au cerveau. Sans l'avoir voulu, Tyv se retrouva debout. L'autre ouvrit la porte et lui fit signe de le suivre. Tyv ne parvenait toujours pas à réaliser. Libre ? Il allait de nouveau être libre ? L'espace d'un instant, il eut envie de retourner se réfugier dans le noir. Il prit une grande inspiration. C'est la puanteur qui le poussa à suivre le garde.

À chaque pas, Tyv se sentait plus léger. Son corps, désormais habitué à évoluer dans un espace restreint, souffrait du mouvement de la marche, mais Tyv se délectait de ces douleurs physiques. Il passa en revue toutes ses bonnes résolutions, l'occasion allait lui être donnée de les mettre en pratique. Ils passèrent devant de nombreuses autres cellules renfermant un ou plusieurs malheureux. Ils montèrent plusieurs escaliers avant d'arriver dans l'entrée de la prison. Là, il put récupérer quelques vieux vêtements qu'il s'empressa d'enfiler devant le regard inconsistant du garde.

La porte de la prison fut ouverte... et la lumière du jour l'éblouit et brûla sa rétine.

Quelqu'un le poussa dans son dos. Et sans aucune autre formalité, il fut relâché, l'énorme porte de la prison verrouillée derrière lui.

Tyv contempla le monde pour la première fois. Tout l'émerveilla ; tellement de couleurs, tellement de gens, tellement de possibilités. La joie illuminant son visage, il marcha sans but dans les rues de la petite ville.

Il passa devant une fontaine et se rinça le visage. L'eau lui semblait si pure. Surtout, il inspirait par le nez, se délectant de l'absence de puanteur. Les odeurs urbaines étaient toutes plus raffinées les unes que les autres.

Un groupe de jeunes femmes remontait la rue en sens inverse. Une jolie brunette en cardigan gris lui lança un regard éloquent et il lui sourit. Elle tourna la tête pour le suivre du regard longtemps après qu'ils se furent croisés.

Oui, il ne commettrait plus les mêmes erreurs ! Tyv soupesa le portefeuille qu'il avait subtilisé à la belle jeune femme. Il n'était pas né, celui qui arriverait à l'attraper cette fois-ci !

Il entra dans un bistrot, décidé à trinquer aux nouveaux départs.

Victor WOLF

Fais ton choix !

— Si vous choisissez la pilule bleue, vous vous réveillerez à l'âge de 10 ans, avec vos souvenirs actuels. Si vous prenez la pilule rouge, vous détiendrez un million d'euros, mais vous serez plus vieux de quinze ans, sans aucun souvenir des années manquées.

L'homme en blouse blanche est là devant moi, les mains tendues… Que choisir ? Tout sauf rester dans ma vie actuelle.

Je choisis la pilule bleue, rejoins-moi au paragraphe 2

Je prends la rouge, passe directement au paragraphe 3.

2) BIP… BIP… BIP… Je me réveille dans le corps que j'avais il y a quinze ans ! C'est vraiment étrange ! Je suis dans ma chambre, chez mes parents… j'entends ma mère dans le salon !

Fébrile, je descends…

Aïe ! Je me suis cogné le genou dans l'escalier, ça m'apprendra à sauter les marches quatre par quatre !

Maman est belle ! Tellement jeune sans ses mèches grises ! Mince, l'écran de la télé est minuscule.

— Noham, dépêche-toi, il est 8h01, tu vas être en retard pour l'école !

Oh non, pas l'école ! Je viens à l'instant de retrouver la mère de mon enfance, j'ai envie de rester un peu avec elle ! Que faire ?

Je trouve un prétexte pour ne pas aller à l'école, va au paragraphe 4.

Je me prépare pour l'école, passe au paragraphe 6.

3) BIP… BIP… BIP… curieux ce réveil ! Aïe mes articulations ! Mon genou ! C'est la catastrophe, j'ai quinze ans de plus ! Wouaw, quelle magnifique chambre ! Je me précipite devant un miroir. Ça va, je m'en sors plutôt bien, quelques cheveux blancs sur les côtés, mais pour un mec de quarante ans je reste beau gosse !

C'est mon téléphone, ça ? Mince, je n'ai plus le même code... ah, c'est bon, merci le capteur d'empreinte digitale ! Janvier 2038, c'est tellement bizarre. Magnifique, mon compte en banque est plein !

J'entends du bruit dans la maison.

Je vais voir quel est ce bruit, rendez-vous paragraphe 5

Je me cache dans le placard, va au paragraphe 7

4) Premier prétexte :

J'allume mon ordinateur, imprime un mot d'excuse de l'établissement, et je le colle dans mon carnet.

Rejoins-moi au paragraphe 8

Deuxième prétexte :

— Maman, je ne me sens vraiment pas bien aujourd'hui !

Rejoins-moi au paragraphe 10

5) Qui est cette jolie femme dans la cuisine ?

— Ça va, mon Nono ?

Elle s'avance vers moi.

— Qu'est-ce qui t'arrive ? T'es tout décoiffé, on dirait que tu t'es fait renverser par une voiture !

Que faire ? Que lui répondre ?... Oh ! Une photo de mariage « Abigaïl et Noham pour la vie ! » Je progresse : je suis marié et je connais son prénom ! Pourtant, cette femme m'intimide.

BIP... BIP...

— C'est quoi ce bruit ?

— Réveille-toi ! c'est le micro-onde !

Elle me tient le poignet et m'entraîne vers la sortie.

— Allez dépêche-toi, je veux faire chauffer ta carte bleue.

Sur le meuble de l'entrée, je découvre deux badges magnétiques, BMW et Mercedes.

Je choisis la carte Mercedes, va au paragraphe 9

Je choisis la carte BMW : rends-toi au paragraphe 11

6) Wouaw ! J'avais oublié tout ça : la classe, la cantine, le vacarme, les billes, les idiots qui roulent des mécaniques, les... J'ai zéro en poésie, j'étais censé l'apprendre, mais hier, j'avais 25 ans !

C'est trop dur, je n'ai pas envie de revivre tout ça : les punitions, les moqueries, les devoirs jusque tard le soir, les boutons sur le visage...

BIP... BIP... BIP... Ils ont changé la sonnerie de l'école ?

Passe au paragraphe 12

7) Des fringues de femmes ! Que font ces vêtements dans mon armoire ? Je suis trop intrigué, je me glisse vers la pièce où j'entends toujours du bruit.

Remonte au paragraphe 5

8) — L'école est fermée pour cause de grève ? Quel ennui ! Pourquoi ne m'en as-tu pas parlé plus tôt ? J'appelle Abigaïl, ta maîtresse !

— L'école est fermée, personne te répondra !

— 2023 !? C'est quoi cette date ? Noham, c'est toi qui as tapé ce mot d'excuse ?

Je suis démasqué, rends-toi au paragraphe 6

9) — Cette carte est inutile, le voiturier nous attend, allez, viens !

— Un chauffeur ? J'ai pas besoin d'un chauffeur !

— Moi, oui ! Dépêche-toi !

BIP… BIP… Le chauffeur sonne à la porte !

— Elle est bizarre notre sonnette.

Rends-toi au paragraphe 12

10) — Oh, mon chéri… fais voir ton front. Tu n'as pas de température. Allez, paresseux ! Dépêche-toi de te préparer pour l'école !

Dirige-toi au paragraphe 6

11) J'ai donc un garage avec des voitures de luxe ! Comment ouvrir le portail ? Ah, voilà ! BIP… BIP… Pourquoi m'encombrer de toutes ces voitures ? Je déverrouille la BMW avec la carte : BIP… BIP…

Va au paragraphe 12

12) BIP… BIP… BIP… Encore cette sonnerie ? La pilule n'a pas marché, j'ai 25 ans… Je préfère ça ! Aïe ! J'ai mal partout, surtout au genou. Où suis-je ? C'est quoi ces tuyaux ? Cette perfusion ?

— Il se réveille ! Monsieur, vous m'entendez ? Comment vous sentez-vous ?

Je reconnais le médecin en blouse blanche.

— J'ai mal…

— Restez avec nous, Noham. Pouvez-vous me dire la couleur de ces stylos ?

— Bleu… Rouge

— C'est bien !

— Noham ! T'es réveillé ! Docteur ! Comment va mon fils ?

— Je crois bien qu'il est sorti d'affaire. Abigaïl, vous enlevez le Denleypom de la perfusion !

L'infirmière n'est pas très douce, j'ai l'impression de la connaître.

Nouveau départ

— Que m'est-il arrivé ?

Ma mère prend ma main.

— Tu as été renversé par une voiture, il y a quinze jours.

— Quinze jours ?

— C'est exact, dit le docteur. Vous revenez de loin, nous ne pensions pas que vous vous réveilleriez. La vie vous offre une deuxième chance !

— Oui ! Je crois que je vais apprécier ce nouveau départ !

Nathanaël PIALAT

Freedom

C'est décidé, elle part. Plus jamais il ne lui criera dessus, elle ne le laissera plus se moquer de son projet, son rêve, sa vie !

Non, Cléo ne se laissera plus faire. Elle doit faire vite, avant qu'il ne rentre.

Elle attrape sa valise, y enfourne jeans, culottes, t-shirts et chaussettes. Elle rajoute son vieux mp3 qu'il lui a offert l'année dernière, ce qui l'avait bien fait rire — qui utilise encore un mp3 à l'air du smartphone. Son ordinateur portable vient compléter la liste ainsi que son carnet et son maillot de bain, après mure réflexion, après tout, on ne sait jamais, elle pourrait pousser son voyage jusqu'à l'océan.

Une pointe de doute l'envahit. Est-ce vraiment la solution ? Doit-elle vraiment le quitter comme ça ? Elle pourrait rester, oublier l'affront et...

non. Elle sait très bien que si elle a un minimum de respect pour elle, il lui faut partir.

Elle traverse la maison, le cœur battant, sa valise à la main, en posant une dernière fois ses yeux sur le salon, la bibliothèque, cet espace cocooning qu'elle aime tant. Malgré tout, elle n'oubliera pas les bons moments qu'elle a passés, elle ne le laissera pas gâcher les bons souvenirs qu'elle a de cette maison, son chez-elle.

Cléo attrape les clés de la voiture, sa voiture à lui, mais qu'il lui prête la plupart du temps, alors c'est presque la sienne.

Elle ferme la porte à clé et les laisse sous le paillasson, elle n'en aura plus besoin. Mais elle s'en voudrait s'il se faisait cambrioler à cause d'elle, les habitudes ont la vie dure.

Elle ouvre la voiture, y dépose son sac et s'installe derrière le volant. Jamais son idée de fuite ne lui a paru aussi réelle et aboutie. Elle démarre le moteur, enlève le frein à main et met la première.

Et voilà, elle est libre maintenant. Une joie indescriptible la remplit, et pour se donner de l'entrain, elle allume la radio et monte le son. Comme en écho à sa situation, la chanson *Freedom* de Pharrel Williams se fait entendre et Cléo commence à fredonner par-dessus, et finit par chanter à tue-tête lorsque les haut-parleurs de la voiture entonnent le refrain.

Un *Freedom* dissonant envahit l'habitacle. Elle ne se retient pas. Plus personne pour lui demander d'arrêter de chanter. Plus de répression.

Freedom, freedom, freedom, freedom, freedom, freedoooooooom !

Maintenant, elle va pouvoir se préparer, entamer une nouvelle vie, aller au bout de ses rêves. Sans plus personne pour l'en empêcher. Plus de tyran domestique pour réprimer son ambition.

Elle commencera par suivre des cours, elle s'est bien renseignée. Cléo ira à Reims, c'est assez loin pour qu'il ne la retrouve pas et il y a tout ce dont elle a besoin pour amorcer son nouveau projet de vie.

L'aviation l'a toujours fascinée, c'est un rêve de petite fille qu'elle a dû mettre en sourdine, lorsqu'il s'en est moqué. Elle n'a pas pu s'empêcher de continuer à faire quelques recherches, même après avoir bridé son rêve. Son carnet est rempli de toutes les informations nécessaires du monde aéronautique.

Elle compte se rendre le plus rapidement possible à l'aérodrome, une fois qu'elle aura posé ses bagages. Elle est prête à tout, enfin, mis à part le ménage, il ne faut pas exagérer non plus.

Il faudra peut-être qu'elle trouve un petit travail à côté, pour subvenir à ses besoins.

— S'il le faut, je travaillerai, tout ce qui compte, c'est que je réalise mon rêve.

Elle est prête à se le répéter autant de fois qu'il le faut pour s'en convaincre.

Son estomac gargouille, elle a oublié de manger avant de partir. Ça ne fait que quelques minutes qu'elle est partie et elle va déjà devoir s'arrêter. Ce n'est pas grave, de toute façon, il doit bien lui rester une bonne heure de travail avant de rentrer, elle ne risque pas de le croiser dans un resto. Surtout au Mc Do.

Elle prend la direction du fastfood, qui l'éloigne de sa destination, mais elle aura tout son temps, une fois rassasiée.

À la borne, elle craque et se prend un menu Maxi Best Of, avec un Sundae. Ça fait un moment qu'elle n'en a pas mangé. Elle s'installe à une table. Il est 16 h, un peu tard pour manger, mais elle a été tellement préoccupée qu'elle en a oublié de se nourrir.

Lorsqu'elle termine son repas, elle sent qu'elle est prête, sa détermination n'a pas failli, au contraire.

Forte de sa résolution, elle reprend la route.

— Reims, me voilà ! Byebye, la région parisienne.

Accaparée par la nouvelle vie qui s'offre à elle, elle ronchonne lorsque son GPS tombe avec son support à ses pieds. Alors qu'elle attaque un rond-point, elle se penche pour le récupérer, quittant la route des yeux.

Soudain, le volant lui rentre dans le front, un choc, brutal, résonne jusque dans ses os. Un bruit, et plus rien, la voiture est à l'arrêt. Cléo est hébétée, elle ne parvient pas à comprendre ce qu'il s'est passé. Pourquoi la voiture s'est-elle arrêtée ? Au bout de son capot, un autre véhicule, un peu trop proche, tellement proche qu'il est encastré dans le sien.

Non, non, ce n'est pas possible, elle n'a pas pu avoir un accident, il n'y avait aucune voiture devant elle, comment a-t-elle pu s'emplafonner dans la seule camionnette garée ?

Les larmes envahissent ses yeux, c'est trop pour elle, Cléo ne peut pas gérer ça. Elle attrape frénétiquement son téléphone et compose un numéro. Il décroche au bout de quelques secondes.

— C'est moi, tu peux venir ? Je viens... d'avoir un accident. Je suis... pas loin de l'école Daudet... au rond-point.

— J'arrive, ne bouge pas.

Cléo raccroche et fond en larmes, tant pis pour sa liberté, tant pis pour son rêve.

Étonnamment, personne ne passe dans la rue jusqu'à ce qu'il arrive, une quinzaine de minutes plus tard. Il se gare derrière elle, met les warnings et sort à toute vitesse.

— Cléo, ça va ?

— Je suis désolée ! Je voulais juste...

Il la serre contre lui, et tapote son dos, pour essayer d'apaiser ses sanglots. Lorsqu'elle se calme, il prend les choses en main. Dégage la voiture. Laisse un mot sur la camionnette endommagée pour donner ses coordonnées, remet les clés de sa voiture à la jeune femme et attrape les siennes pour qu'ils rentrent chez eux.

Il vient lui ouvrir la portière, alors qu'elle est encore sidérée, les yeux dans le vague.

— Allez, sors. Je vais te faire un thé.

Alors qu'elle descend de la voiture, il aperçoit sa valise sur le siège arrière.

— Tu comptais partir ? Sans prévenir ?

— Je... voulais essayer...

— Encore ton idée de pilote de chasse ? Cléo, tu réalises ? Qui dit pilote de chasse dit armée. C'est pas voler dans un coucou au bon gré de ses envies ! Tu veux vraiment faire des missions de reconnaissance, tirer des missiles, combattre ?

— Je… non, je veux juste voler.

— Tu n'as qu'à prendre des cours. Et on va te trouver un vrai travail.

— Tu as raison, papa.

Finalement, elle était peut-être mieux chez elle, certains rêves sont faits pour n'être que ça, des rêves.

Lili WÄLLY
Auteure d'Effacer l'indélébile

Fuite

Il y a des moments dans la vie où tout s'entremêle. Où tout est en bordel.

On n'y voit plus rien. On ne sait plus où donner de la tête. On étouffe.

On essaie de reprendre le fil, de tout régler à la fois, on court, on cherche, on se perd.

Et si, au lieu de s'épuiser, le meilleur moyen de tout arranger était tout simplement de s'arrêter ? Oui, de tout laisser tomber, là, maintenant, comme ça.

Sans plus se soucier de rien, faire comme si tout ça n'avait jamais existé.

Juste prendre le temps de lever la tête de ce bazar, s'apercevoir que ce n'est pas parce qu'on l'a oublié que le soleil a cessé de briller. Il est toujours là-haut, fier, dans le ciel, à illuminer nos journées. Il suffit de lever les yeux pour s'en rendre compte. Le temps d'un souffle, d'un clignement de paupière, d'un battement de cœur.

Un instant pour tout changer. Une lueur convient pour tuer une éternité de ténèbres.

Alors, les ombres s'écartent, chassées par un vent nouveau, mystérieux, empreint d'une fraîcheur incroyable et d'un parfum méconnu. Celui du voyage, de la découverte, du risque ; de la Liberté.

Plus rien n'existe, le poids de toute chose s'en est allé, à quoi bon s'enfermer quand il y a tant à découvrir dehors !

C'est un nouveau départ. Un nouveau sens qui nous entraîne. Les barrières sont tombées, les frontières, éloignées. Les règles n'ont plus leurs places, les repères nous ont lâchés. Il ne reste plus qu'à foncer, sans jamais se retourner, poussée par cette bourrasque d'énergie d'une nouvelle vie, la promesse qu'on fera mieux cette fois-ci.

Je roule. Je roule les yeux rivés sur le béton gris et terne de la route. Mon pied écrase la pédale au plancher de ma veille Clio. Je ne sais pas où je vais ni ce que j'y ferai, ce que j'y trouverai. Ça n'a pas d'importance. Ce qui compte, c'est cette route qui file, ce paysage qui défile. Quelques affaires sont jetées dans un carton sur la banquette arrière. C'est tout ce dont j'ai besoin.

Dehors, les étoiles brillent encore dans le ciel, rappelant les milliers de rêves que l'on ne poursuit jamais. Jamais jusqu'à ce que l'on décide de tout détruire. De tout recommencer. De les traquer, ces étoiles.

L'horizon s'enflamme tout là-bas, chasse la quiétude de la nuit. Un nouveau jour se lève, unique, authentique. Il ne faut surtout pas le perdre, arrêter de s'attarder. Quoi que l'on attende, nous ne l'aurons jamais, car il manquera toujours quelque chose. Quelque chose qui nous empêchera d'avancer. Le tout, c'est d'y aller quand même, de forcer la situation, les choses, pour qu'elles bougent.

Je fonce. Je m'éloigne. Je m'en vais.

Les mains crispées sur le volant, je sens la route sous les roues, je vois les kilomètres s'additionner sur le compteur. Et c'est parce que je n'ai jamais été aussi loin que je sais que c'est le bon chemin.

Il y a un moment dans la vie, où tout s'entremêle. Où c'est vraiment le bordel.

Et dans ces moments-là, surtout ne pas attendre. Il faut partir. Fuir. Déguerpir.

Parce que c'est le meilleur moyen de tout éclaircir.

Tout repousser, tout chambouler. Par la force de ses choix.

Se rendre compte que la vie est une étoile qui, comme les rêves, brûle.

Nouveau départ

Prendre un nouveau virage, un nouveau tournant, repartir de rien.

Et soudain, au détour d'une courbe, le paysage se dévoile. À travers mon pare-brise où se reflète le soleil, j'essaie de deviner la route. De deviner ce qui m'attend. Alors par réflexe, j'enfonce brusquement la pédale de frein dans le plancher de la voiture. Je m'arrête, reprends mon souffle. J'ai l'impression que mon cœur était sur le point d'exploser. Je reste un moment immobile, incrédule au milieu de ce paysage qui m'a vue foncer pour lui échapper. Doucement, les yeux grands ouverts face aux rayons ardents du soleil, je sors de ma voiture, pose mes pieds bien au sol comme pour m'ancrer dans l'instant.

Alors je regarde face à moi, le chemin qui me reste à parcourir. Et je demeure bouche bée.

L'évidence me saute aux yeux alors que je surplombe un paysage sauvage, déserté.

Il n'y a pas de chemin.

H-A Lola

Il était sombre ce départ…

Répugnante, gonflée de doutes, ballonnée de tristesses et ventrue de colères…

Je suis cette grosse et grasse larve qui ne parvient pas à se mouvoir, à se prendre en main pour se débarrasser de tout ce poids qui me cloue au sol. Je vis depuis tant d'années avec ce dégoût de moi, cette nausée ne me quitte pas. J'acquiesce à cette idée qui me nourrit à chaque pas : je ne mérite pas d'exister, je ne suis pas digne d'être aimée.

Comment puis-je accepter ce corps semblable à un flan secoué ? Comment puis-je aimer cette enveloppe qui laisse entrevoir des vergetures, témoins des tremblements de terre subis depuis l'enfance ; j'ai reçu tant de paroles méchantes et humiliantes. Impossible de les rejeter. Elles sont venues fracasser mon âme autant que mon corps. Comment celui-ci peut-il devenir un allié, lui, si hideux et dégoulinant de honte ? Comment quitter cet état larvaire et briser une bonne fois pour toutes ce cocon qui me tient captive ? Au lieu de l'écouter crier cette terrible vérité de l'inceste subi, caché et enfoui, je choisis de le malmener jusqu'à le transformer en ennemi. Je lui inflige tant de maux, je ne le respecte pas. Je me mets à grossir dans l'espoir de le faire éclater. Comment le considérer ? J'ai essayé de le remodeler par des jeûnes et du sport à outrance. Dans mon désespoir, je veux mourir. Mais où est passé mon désir de vivre ? Assujettie à de terribles pensées, des visions apparaissent…

Me voilà prisonnière d'une toile tissée d'idées abjectes. Je suis incapable de respirer. Je me débats, et combats ces démons qui assaillent mon esprit et veulent y faire un nid : ils m'envahissent chaque nuit, arrachent mon âme, dévorant mon esprit. Je sombre dans la folie ? Mon corps va-t-il se craqueler pour me donner cette liberté tant espérée ?

Une nouvelle image s'impose : morte et enfermée dans un cercueil, plongeant dans les abîmes d'un océan si profond de noirceur. Je crie ma détresse à l'Auteur de ma vie, aspirant à une délivrance inouïe ! Je coule et me noie, je blanchis et faiblis.

Mais… j'entends une voix… Elle m'est chère et familière. À neuf ans, je la percevais déjà. C'est ce que j'exprime au psychologue. Il m'interpelle : « Madame Heiblé, vous m'entendez, que vous dit cette voix ? »

Je n'ose le révéler. Cette invitation me paraît impossible à réaliser, presque désaxée. Et pourtant, cette voix ne cesse de répéter cette phrase qui me précise pour quoi je suis née… Alors, mes yeux et mon cœur pétillent de joie. Un large sourire se dessine sur mon visage, l'illuminant d'une espérance nouvelle. Un autre chemin serait-il tracé ? Il me suffit d'entrer dans la danse.

Malgré cette lueur d'espoir, je suis paralysée dans ce cocon en décomposition. J'ose lever les yeux au ciel. Je crie : « Fais de cette chenille brisée dans son cocon tétanisé, un papillon léger qui, volant d'être en être, apportera l'espérance et la force, la douceur et la joie. Confirme-moi ces projets empreints de douce folie. Déploie mes ailes, oriente-les vers un avenir sans fin. »

À ce moment-là, d'autres visions surgissent : elles sont si déterminantes. Mon regard sur la vie change.

Je vois une éponge gonflée, prête à se rompre.

« Une éponge ? » me dites-vous, cher lecteur ?

OUI… plus besoin de jouer l'éponge qui absorbait toutes les souffrances du monde. Je n'ai plus à m'épuiser à effacer tous les malheurs de mes aimés rencontrés : j'espérais les guérir, soigner leurs chagrins et éliminer ces malédictions générationnelles.

« Passe l'éponge » mieux encore « jette l'éponge » ! Je concède !

« Tu vois un arbre maintenant ? »

OUI... Je m'accroche à cette branche si forte qui ne fléchit ni nc se ploie. Elle est là, ferme et couvrante, solide et vigoureuse, tellement tenace. Ses feuilles sont verdoyantes : elles m'abritent, me consolent et dansent au gré du vent.

« Oh ! Une fleur ? »

OUI... ma dernière vision : je suis l'une de ces fleurs, vêtue d'une blanche corolle. J'émane un parfum nouveau, parfum d'une pureté retrouvée, parfum de vie...

Puis-je « onduler au gré du vent, telle une danseuse au son de la musique »* ?

LA voix me répond :

« Oui, mon enfant, relève-toi, reprends courage et redresse-toi ! Je t'offre cette grâce du premier jour et cette personnalité qui t'est propre. Je te redonne ta joie, tes danses et ton parfum unique. Va et répands-le, avec la force que tu as. Je serai avec toi. »

Dix ans se sont écoulés. Cette voix est toujours présente. Je sais qu'elle ne m'abandonnera pas.

Je suis là, dans cette salle inespérée, ornée de miroirs qui rétablissent la vérité. Il fait bon glisser sur ce parquet, s'y dérouler, développant un pied, déployant un bras. Je les attends, le cœur léger et tourbillonnant de reconnaissance. Les voilà qui sautillent, qui virevoltent et zigzaguent... ma nuée de papillons colorés. Je les accompagne dans leur envol. Les voilà enfin qui décollent. Leur cœur s'étire, leur vol est joyeux, non, joyeusement lumineux, plein de cette vie offerte en « à bonds danses ! » Allez-y, volez plus haut, sans craindre de vous brûler les ailes. Votre créateur prend soin de vous : il les a cousues et brodées pour qu'elles vous entraînent vers le ciel.

Nouveau départ

Vous l'aurez compris. J'ai renoncé à mon cocon pour accepter cette transformation inédite.

Certains n'y croient toujours pas… Et pourtant, sous mes ailes bleu ciel, je les accueille ces enfants papillon. Désormais, je suis professeur de danse. Mon corps n'a pas changé, mais mon cœur OUI. Il porte ce OUI de la vie !

« C'est ce qu'il t'a dit ? »

OUI, il m'a murmuré, au creux de mon cœur, tel un vent doux et léger :

« Danse Sandra, danse pour moi ! Célèbre-moi ! Adore-moi !

Danse la vie, danse ta foi ! »

Sandra HEIBLÉ-AMOREIRINHA

*Phrase tirée de « Il était une fois un jardinier » de Françoise Auguste

Impossible

La matinée s'annonce plutôt paisible. C'est mon troisième jour en tant que stagiaire dans cette unité et je dois dire que la pile d'enquêtes en cours n'est pas extraordinaire. Soudain, un brouhaha attire mon attention à l'extérieur de l'enceinte.

— On veut parler au commissaire !

— Appelez le capitaine !

Tout le monde se stoppe, même la secrétaire arrête de pianoter sur son clavier.

— Mais qu'est-ce que c'est que ce bordel ?!

La vulgarité de mon supérieur me rend en général mal à l'aise. Bien entendu, je ne pipe mot.

— Aucune idée, commissaire !

— Garcia !

— Oui monsieur ?

— Une manifestation était prévue aujourd'hui ?

Le gars interpelé ne s'attendait visiblement pas à être consulté. Il fouille dans tous les tiroirs à la recherche d'une quelconque information oubliée. Le commissaire impatient s'adresse maintenant à tous ses subalternes toujours immobiles.

— Quelqu'un peut me dire s'il y avait un foutu évènement programmé aujourd'hui ?

Des réponses négatives fusent de toute part.

— Pas du tout.

— Non, commissaire.

— Non, seulement hier.

Les gémissements et appellations ne cessent de grandir au-dehors. J'essaie d'entrevoir par la fenêtre la cause de ce mouvement de foule, mais rien. Aucune pancarte. Aucun slogan. Uniquement des hommes et des femmes qui crient, le poing levé.

Une porte s'ouvre et s'éclate contre le mur qui manifestait déjà des séquelles de maltraitance régulière. Sûrement agacé par tout ce vacarme, le capitaine, rouge de colère, nous fait face. De ses deux mètres de hauteur, il sait se faire respecter ou plutôt obéir.

Mais qu'est-ce que vous foutez là ? Debout comme des piquets ! Personne ne va leur faire fermer leur clapet ? ! Y en a qui bossent ici…

Pris comme un petit garçon en train de fauter, le commissaire ne répond que d'un faible oui avant de se précipiter à la porte.

— Toi, toi avec moi.

Deux grands gaillards le suivent. Tout en restant à l'écart, je me rapproche au plus près afin d'entendre les émeutiers révolutionnaires. Une centaine d'hommes et de femmes se tiennent là. Rouges de colère, ils vocifèrent des paroles presque incompréhensibles. D'un signe du commissaire, le bruit cesse.

— Qu'est-ce qu'il vous arrive ? C'est interdit de venir manifester sans autorisation du préfet !

Un homme plutôt bien habillé parle le premier.

— Nous venons vous livrer cet individu.

C'est à ce moment-là que je le vois. Un gars ordinaire, je dirais même, pas très beau. Il n'a rien de menaçant, au contraire. Il est assez calme. Il se tient droit sans se débattre. Une paix remplit son regard. Comme s'il lisait dans mes pensées, il se tourne vers moi avant de me sourire. Surpris, je lui fais un signe de tête de haut en bas en vérifiant qu'aucun de mes collègues n'a vu cet échange.

— Et qu'a-t-il fait pour que vous nous le livriez ? Vous nous prenez pour des incapables pour avoir besoin de votre aide ? Qu'a-t-il fait de si horrible ?

Cette fois, c'est un autre qui prend la parole. Une sorte de politicien. Il porte un costume trois-pièces et une sacoche qu'il tient fermement.

— Il veut faire un coup d'État...

Je peux voir mon commissaire sursauter. Son visage, plutôt dur, est trahi par ses yeux interrogateurs. La foule n'y prête pas attention et continue d'exposer les faits.

— Il dit que le gouvernement est corrompu. Lui et ses partisans veulent le mettre à la tête du pays.

Le présumé accusé ne répond rien.

— Il mérite la perpétuité. Si on ne l'enferme pas, il fera un coup d'État qui entraînera une révolution populaire, voire une crise internationale. C'est certain.

À ces mots, le commissaire, comme animé, les renvoie à la loi.

— Nous n'avons rien contre lui, dispersez-vous, on a du travail...

Un type, au regard de serpent, élève la voix. Une intonation perverse.

— Et s'il arrivait quelque chose, diras-tu que nous ne t'avions pas prévenu ?!

Comme pris au piège, le commissaire appelle l'accusé.

— Viens là, toi !

Il le fait entrer dans une pièce, seul avec lui, nous pouvons entendre leur discussion à travers la vitre.

— Qu'as-tu fait ? Veux-tu bouleverser le gouvernement ?

L'homme reste silencieux.

— Souhaites-tu faire un coup d'État ?

— Le crois-tu ?

Agacé ou troublé, je ne peux le dire, le commissaire le fait sortir.

— Il n'y a aucune preuve contre lui. On vous le rend et lâchez-nous avec vos histoires à dormir debout.

Je ne peux l'expliquer, mais deux heures plus tard, ce même homme se retrouve malgré tout en garde à vue, roué de coups. À un moment, je crois qu'il est mort.

La juge arrive, et dans un procès express, le condamne à perpétuité. La foule qui l'a amené s'est agrandie, mais au milieu d'elle, des gens pleurent. J'entends même dire qu'il y a sa mère. Je dois l'avouer, la scène m'arrache le cœur. Certains de mes collègues s'en donnent à cœur joie, le frappant avec beaucoup de zèle, lui crachant dessus comme un moins que rien. Ils lui volent son manteau de marque. Je ne peux pas m'empêcher de leur dire que c'est illégal, mais ils me font bien comprendre de la fermer si je ne veux pas finir comme lui.

À quinze heures, la nouvelle tombe, il est mort. Il a succombé à ses blessures. On le descend à la morgue. Sa famille réclame son corps ; il lui sera donné dans trois jours.

Un poids immense s'abat sur moi, il me faut sortir du bâtiment. Je me sens coupable de n'avoir rien fait. Je croise des gens qui se réjouissent d'entendre l'annonce de sa mort.

Chez moi, plus rien n'a de goût, de sens. Assis dans le canapé, je remets en question mon avenir et le fait de vouloir être policier.

Je ne peux plus m'empêcher d'y penser. Le troisième jour avant que sa famille vienne chercher le corps, j'ai besoin de le voir. Je ne peux pas l'expliquer.

Je descends au sous-sol. La lumière qui vacille et l'odeur d'humidité me donnent des hauts de cœur. Quand j'arrive dans la pièce où ma respiration fait des nuages éphémères, je pousse un grand cri. La dépouille n'est plus là. Sur la table, seul le drap dans lequel on l'a mis est posé. Je crois faire une crise cardiaque lorsqu'une voix derrière moi me fait sursauter.

— N'aie pas peur !

C'est impossible. Je le reconnais : c'est lui. Aucun mot ne sort de ma bouche, elle reste juste ouverte.

— Nicolas, ta vie va prendre un sens aujourd'hui même. J'ai vu ton cœur. Je dois partir, mais je reviendrai, sois prêt.

Kiera MANCHEL
Autrice du roman Jusqu'à ce que la mort nous sépare

Incognito

Chacun de nous a un rêve particulier, une expérience qu'il souhaite vivre, un désir qu'il veut voir se matérialiser. Le mien est simple. Je veux passer inaperçue ! C'est ce qui m'a emmenée dans une ville à mille lieues de mon village natal. Là-bas, tout le monde me connaissait, m'avait vu grandir, avait été à l'école ou à la chorale de l'Église avec moi. Avec si peu d'habitants, c'était normal. Cette impression d'être sans cesse observée, examinée et jugée, je ne la supportais plus. Quand j'ai changé ma couleur de cheveux, tous m'ont dit préférer l'ancienne. Chacun y est allé de sa remarque désobligeante, comme si le fait de me connaitre depuis des années leur donnait le droit de choisir mon apparence. Ça a été la goutte d'eau qui a fait déborder le vase ! Alors je suis passée du rêve à l'action ; j'ai filé à l'anglaise. Mais avant, je me suis dit qu'il fallait que j'en parle à mon créateur. Après tout, c'est bien lui qui avait orchestré ma naissance dans ce coin-là du globe terrestre. Il m'a fallu un mois pour être convaincue de la réponse. Alors, ni une ni deux, j'ai cherché un établissement dans une autre ville du pays. Ma place garantie, j'ai dû trouver un studio à louer sur place. J'ai eu des doutes par moment, mais à présent j'en suis sûre, me jeter dans le vide de l'inconnu en valait la peine. Dans mon envol, je n'ai pas pris de parachute. De toute façon, si je m'écrase, personne ne le saura !

Il est 4 heures du matin. Je me réveille en sursaut. Un instant engourdie, je me demande pourquoi j'ai mis l'alarme si tôt. Il est vrai que mes cours débutent à 7 h 30 aujourd'hui, que chercher une tenue appropriée et trouver mon chemin jusqu'au lycée pourrait prendre du temps... Mais quand même ! Puis ça me revient. Je n'ai débarqué dans ce studio que la veille, et la seule pièce que j'ai pris le temps d'emménager est ma chambre. Reste encore à organiser la cuisine et le séjour. Hier, avant que le sommeil n'ait raison de moi, j'ai décidé de ranger tout ce bazar aux aurores, plutôt qu'après une longue journée passée en station debout. Je saute du lit, allume ma veilleuse et attrape ma bible. Il est temps de confier cette journée à qui de droit.

Trente minutes sont passées. Je vais dans les autres pièces pour ranger et déballer les cartons. Deux heures plus tard, je file sous la douche. Je fais tourner le robinet d'eau chaude et me délecte de cette sensation de vigueur et d'intimité.

À présent devant ma penderie, je réfléchis à la tenue appropriée pour ce jour de rentrée. J'opte pour un t-shirt blanc, une jupe plissée rose corail et un perfecto gris. En guise de chaussures, des sneakers blancs feront l'affaire. Je me regarde dans le miroir, le temps de regrouper mes tresses orange en queue de cheval. Je suis prête. J'attrape mon sac, traverse le petit couloir, le salon, et me voilà dehors.

J'enfourche ma bicyclette bleue achetée la veille, active le GPS. En route ! En arrivant au lycée, il est 7 h 15. Pendant que j'évolue nonchalamment dans les couloirs, des visages se lèvent vers moi, mais personne ne m'adresse la parole. Je souris discrètement. Pour une fois, c'est moi la nouvelle, celle dont on ignore tout. Grâce au plan et aux nombreuses discussions téléphoniques que j'ai eues avec la conseillère d'orientation, je retrouve assez facilement mon chemin jusqu'au casier qui porte mon nom. Je récupère mon emploi du temps et les livres utiles. La cloche qui résonne tout à coup ne suscite aucun empressement autour de moi. C'est que la ruée d'élèves a lieu plutôt dans le couloir adjacent ; j'entends les bruits de semelles d'ici.

Il est 7 h 50, je me trouve dans le couloir des Premières. Il est désert, tous les autres sont déjà dans leurs classes. Moi, j'ai dû passer par le bureau du proviseur et par celui de la chargée du personnel, histoire de faire les présentations officielles. J'inspire et expire profondément avant de pousser la porte sur ma droite. Confiante, j'avance lentement jusqu'à l'estrade, pose mon sac sur la table et lève la tête vers les élèves qui ont arrêté leurs discussions. Des regards interrogateurs me scrutent de concert. Je leur offre mon plus beau sourire, pour faire durer le suspense. Ensuite je saisis une barre de craie blanche et écris sur le tableau : « Méline Konan. Professeure de Littérature. »

Megane ZEMFACK

L'allée aux oiseaux

J'ignorais la raison de ma présence ici. Je me tenais là, devant cette gigantesque passerelle et ne parvenais pas à réfléchir correctement.

Le vent s'était levé. Une brise glacée balayait mes cheveux blancs et semblait m'inviter à avancer. Elle me poussait vers l'avant avec douceur. Le chemin n'avait pas de fin. Du moins, je ne pouvais l'entrevoir. Tout était silencieux, malgré les remous du fleuve qui s'écoulait paisiblement sous mes pieds et le vent qui forcissait. Ma jupe virevoltait autour de moi comme si elle cherchait à s'échapper et des nuages s'amoncelaient à l'horizon. Mon regard se tourna vers l'au-delà, et je commençai à traverser.

Le sol blanc étincelait, effleuré par la lumière d'un soleil timide. Deux pigeons s'envolèrent sur mon passage, apeurés. Le bruissement mou de leurs ailes me mena pendant que je marchais sur mon chemin. L'eau brillait, elle aussi et je contemplai ses reflets bleus, mauves ou jaunes, tentant vainement de me souvenir de mon identité. Mon corps semblait glisser. Je ne ressentais aucune douleur, aucun sentiment.

Alors que j'avançais encore, des mouettes et des goélands vinrent se poster sur le bord de l'allée et, tandis que je cheminais, ils m'observèrent, curieux. Je ne décelai nulle trace de méfiance dans leurs yeux d'oiseaux. Ils paraissaient attendre quelque chose. Ils baissèrent la tête à ma venue, comme s'ils éprouvaient pour moi le plus grand des respects.

Une éternité s'était écoulée lorsque j'aperçus finalement le début de l'île. Quand je l'atteignis, le vent s'éteignit. Les arbres qui m'entouraient à présent chuchotaient sur mon passage et leurs racines frémissaient sous mes pieds.

Nouveau départ

Je me frayai un chemin parmi leurs branches et débouchai sur une petite clairière au centre de laquelle se dressait une minuscule fleur en argile. Intriguée, je m'approchai d'elle.

Alors que je l'examinais, les nuages qui avaient peu à peu couvert le ciel s'écartèrent et le soleil illumina l'île. La fleur marron grandit et s'élargit pour atteindre une taille phénoménale. L'environnement se réchauffa et mon cœur aussi. Je souris.

Mais, à peine quelques secondes plus tard, le gris revint et l'air se refroidit. La plante d'argile cessa de croître et se fana progressivement. Ses pétales se froissèrent et elle mourut. Une larme perla au coin de mon œil.

Puis, la lumière revint et une nouvelle fleur d'argile naquit du cadavre de la première. Elle grandit et se flétrit ensuite lorsque la froidure arriva. Le cycle se reproduisit à l'infini. Je ne saisissais pas l'intérêt de tout cela. J'avais l'impression qu'il s'était écoulé des centaines d'années depuis le début de mon chemin. Je restai là longtemps, à observer la plante avant de me décider à tendre vers elle une main fripée et à l'effleurer du bout des doigts. À l'instant où ma peau entra en contact avec l'argile, tout disparut et je me retrouvai dans le noir complet. Je me sentis soudainement petite et insignifiante.

Au cœur de l'obscurité, j'aperçus une lueur blanche et avançai vers elle. Une clarté douloureuse m'enveloppa bientôt tout entière et je poussai un cri d'enfant.

« C'est une petite fille, madame ! » entendis-je dire.

Alors seulement, je me rappelai de ma mort, de ce qui avait précédé et compris ce qui m'était arrivé. Puis, le vide m'envahit, le souvenir de tout ce que j'avais traversé s'évanouit et raviva mon envie de vivre.

La fin de mon long périple annonçait le commencement d'une nouvelle existence.

Iana OBERSON

La chaleur du foyer

Anatole sent une chaleur tiède envelopper son corps. Il ferme les yeux et prête l'oreille à l'instant offert.

Une musique arachnéenne se dissémine alentour. Sans inconfiance, il se laisse bercer par les notes, apaisantes et fascinantes à la fois, qui exhument de sa mémoire un lointain souvenir : le crépitement du feu de bois dans l'âtre de la cheminée.

Emporté par la fumée, il remonte le cours du temps, jusqu'à ses dix ans.

Il se retrouve un soir de Noël, le dernier du siècle, le plus réussi de sa vie, passé aux côtés de sa grand-mère, Léontine.

Léontine est gravement malade. Pour l'épargner d'une tristesse à laquelle il sera pourtant inévitablement confronté, on le lui cache. Mais lui, il a beau n'avoir que dix ans, il a tout deviné.

Léontine a toujours été attentionnée envers lui. Son père n'ayant jamais voulu se remarier, c'est elle qui l'a élevé après le décès de sa mère, emportée par une hémorragie foudroyante à peine avait-il poussé son premier cri. Elle a épargné ses plus jeunes années de la dureté d'un chef de famille inconsolable, vétéran de la guerre de soixante-dix et, par-dessus tout, nostalgique du Second Empire. Anatole comprend que, bien que son père ne semble pas vouloir s'embarrasser de lui, il ne le déteste pas pour autant. Il a simplement d'autres préoccupations, d'autres responsabilités et aussi, sûrement, d'autres chagrins. Le garçon ne lui en veut pas, car il ne manque pas d'amour : il y a Léontine.

Anatole se souvient de cette fin de siècle. Avant que ne débutent les vacances de Noël, son maître d'école, lui d'ordinaire si distant, lui a soufflé sur un ton bienveillant de profiter de chaque instant, comme s'il devait être le dernier. Monsieur Rougecroix avait-il recueilli des confidences qu'il ne pouvait s'arroger le droit de lui révéler ? Des aveux sur l'état de santé de sa grand-mère ? Anatole n'a jamais interrogé sa mémé sur ses quintes de toux, de plus en plus fréquentes et intenses avec le temps. Il ne veut pas l'embarrasser. De toute manière, il sait de quoi elle souffre : c'est la tuberculose. Il en a entendu parler en leçon de choses.

À dix ans, la mort recèle bien des mystères. Anatole n'est pas vraiment instruit sur le sujet. Il sait qu'on enterrera Léontine dans le cimetière communal et, qu'après, sa vie sera différente. Il aurait aimé connaître le latin, pour saisir ce que le curé rapporte des évangiles, lors de la célébration hebdomadaire de l'eucharistie. Malheureusement, tout comme sa grand-mère, il n'a jamais été initié à cette langue morte. Quelques années plus tôt, elle lui avait néanmoins révélé que les bonnes gens allaient au Ciel. De là-haut, ils veillaient sur les vivants. Anatole se réjouit de ces paroles réconfortantes : Léontine prendra encore soin de lui. À chaque sortie de classe, il pourra se confier à elle, en fleurissant sa tombe, puis se dépêchera de rentrer à la ferme. Cela durera un temps. Après le certificat d'études primaires qu'il a bien l'intention d'obtenir, il se contentera du dimanche, après la messe, car la semaine, il assistera son père dans les travaux des champs et aura alors fort à faire.

Anatole n'a rien perdu de ce souper de Noël. Le foyer fascine par la danse de ses flammes vacillantes. Léontine le regarde et sourit. À quoi pense-t-elle ? Son visage n'est empreint d'aucune peur. Le mal dont elle souffre ne semble pas suffisamment l'atteindre pour gâcher cette période de joie familiale. Son seul désir est d'offrir un merveilleux moment au petit garçon. Des cadeaux sont disposés autour de l'arbre décoré. Ils sont plus nombreux que les années précédentes. Doit-il comprendre que les années à venir lui en apporteront moins, qu'il s'agit de son dernier Noël d'enfant ?

Oui, Anatole écoutera son maître d'école. Oui, il savourera chaque instant.

Après ce réveillon inoubliable, l'état de santé de Léontine s'aggravera brutalement. De plus en plus affaiblie, elle sera alitée. Son père essaiera, avec sa maladresse coutumière, de le préparer à son départ. Mais lui, il refusera de baisser les bras, parlera sans relâche des jours et des nuits entières à sa grand-mère et la suppliera maintes fois :

— Mémé, s'il te plaît, ne me laisse pas seul.

Anatole se souvient des événements passés, qui remontent à une époque heureuse. Ses prières seront exaucées. Sa grand-mère ne l'abandonnera pas. Pas à ce moment-là tout du moins. Elle jouira d'un répit miraculeux et comblera Anatole de bonheur pendant encore quatre Noëls, avant que la tuberculose ne récidive, pour de bon cette fois.

C'était un Noël formidable, le dernier du siècle.

Les lèvres imprégnées d'un sourire d'enfant, Anatole est ramené à la réalité.

Douaumont. 24 octobre 1916.

Il est étendu sur le sol boueux, ne souffre plus de la douleur brûlante de la balle reçue du Mauser ennemi, ne souffre pas davantage du froid de ce midi d'automne. Les yeux clos, il sent la chaleur tiède finir d'auréoler son corps.

— Mémé, s'il te plaît, ne me laisse pas seul.

Nouveau départ

Une main effleure sa joue ensanglantée. C'est Léontine.

Le cataclysme s'abat autour de lui. Pourtant, ce ne sont plus les mitrailleuses qu'il entend, mais le crépitement du feu dans la cheminée ; ce n'est plus l'embrasement du champ de bataille qui perce le brouillard, mais les flammes avivées du foyer de son enfance.

Anatole redevient enfant. Il a dix ans.

Christophe MESEURE
Auteur de Seuls les souvenirs ne se perdent jamais
aux éditions Morrigane

La Cinquième Saison

Depuis plus de vingt ans, je mène une existence ordinaire, sans saveur, sans surprise. Je me sens engluée dans une routine oppressante : tout est organisé, planifié et d'une monotonie affligeante.

J'ai rencontré Philippe, mon mari, lorsque nous étions étudiants en droit. Je suis tombée enceinte quelques mois plus tard de mon premier fils et j'ai abandonné mes études. Quant à Philippe, il est devenu un brillant avocat fiscaliste. Deux autres garçons ont suivi et je n'ai jamais songé à reprendre les cours : les tâches domestiques ont rythmé mon quotidien.

Les enfants ont déjà déserté le nid et ils ne prêtent plus attention à moi. Philippe non plus, depuis longtemps dans son cas. Même si je n'en ai aucune preuve, je pense qu'il me trompe, je le sens. Mais il ne me quittera pas : la pension alimentaire serait trop élevée et, en bon avocat, il le sait.

Pour échapper à la morosité de ma vie, je m'évade grâce à mes précieux romans, en rêvant d'une destinée plus excitante. La vacuité de mes journées laisse une place importante à mes lectures et je vis par procuration, au gré des ouvrages que je dévore. Je traverse les époques, les frontières et je m'offre mille destins exaltants. Au fil des pages tournées, j'incarne tantôt la marquise de Merteuil, tantôt Lisbeth Salander. Je rêve de devenir Jane Eyre, alors que ma vie ressemble à celle d'Emma Bovary — les amants en moins. Mon existence est d'un ennui à mourir, jusqu'à mon nom — Marie Dupont, épouse Dupré — qui affiche une banalité absolue.

Tous les mois, depuis que nous avons emménagé dans ce

quartier, je me rends chez le même coiffeur qui me propose invariablement la même coiffure : même couleur, même coupe, même brushing. Mais pour mon anniversaire, Philippe m'a offert un bon cadeau dans un salon de coiffure à la mode. Il s'était occupé de tout : la réservation avec la date et l'heure, le choix des prestations, le règlement. J'étais touchée, d'autant que ce genre d'attention ne lui ressemble guère.

— Cela te ferait du bien de changer un peu. Les femmes de mes collègues ne jurent que par ce coiffeur, j'ai pensé que cela te donnerait un coup de jeune.

Et voilà, retour à la réalité. Même si mon enthousiasme avait disparu, j'ai décidé de me rendre à La Cinquième Saison.

Quelques jours plus tard, je me retrouve donc à arpenter le trottoir en direction du salon. À quelques mètres de la devanture, quelqu'un me heurte l'épaule. Je m'apprête à lui reprocher son incivilité, mais aucun son ne sort de ma bouche.

— Marie ? Marie Dupont ?

Je suis surprise qu'il m'ait reconnue, après toutes ces années. Aurélien se dresse devant moi. Aurélien, mon premier amour de jeunesse, celui à qui l'on jure fidélité éternelle.

— Aurélien ? C'est bien toi ?

— Je sais que j'ai vieilli, mais tu me vexes là !

Je retrouve sa petite cicatrice, héritée d'une chute d'enfance, qui barre son menton. Son sourire malicieux et ses yeux verts hypnotiques n'ont pas changé : seules quelques charmantes pattes d'oie viennent entourer son regard. Confuse et troublée, je me sens comme une jeune fille qui redécouvre l'amour : je suis Anna Karénine. Grisée par cette rencontre fortuite, je bafouille une réponse lamentable. J'ai soudain honte : il ne doit voir en moi qu'une vulgaire ménagère mal attifée, mal coiffée, un peu négligée, avec quelques kilos en trop. Si au moins je l'avais croisé en sortant de chez le coiffeur...

Comme s'il avait lu dans mes pensées, il lance :

— En tout cas, toi, tu n'as pas changé ! Toujours aussi pétillante.

Je sais bien qu'il ment, car je suis tout sauf pétillante. Pourtant, je veux croire que sa seule présence peut ranimer la jeune femme piquante que j'avais été.

Il me propose d'aller prendre un café et j'accepte volontiers, oubliant le rendez-vous chez le coiffeur. Nous passons l'après-midi à discuter, à nous remémorer les années lycée, nos premiers baisers, nos promesses. La magie opère. Je redeviens cette fille de seize ans, pleine de rêves et d'idéaux, intrépide et farouche. Je l'ai trop longtemps muselée, enfermée dans le carcan de ma petite vie.

Aurélien me prend la main, en me disant qu'il veut me revoir. Son regard ne laisse place à aucune ambiguïté : il souhaite que nous redémarrions là où nous en étions restés, trente ans auparavant. Nous n'avons pas abordé nos situations personnelles, mais je m'en moque. Plus rien ne compte, je deviens enfin l'héroïne de ma propre existence : une seconde chance m'est offerte.

Il se lève pour aller payer nos consommations et, quand il fouille ses poches, à la recherche de monnaie, un morceau de papier s'en échappe, tombant au sol. Je le ramasse et y jette un œil. Un tsunami m'engloutit et en une fraction de seconde, je comprends ma crédulité. Bien décidée à tourner la page, je cours hors du café, le papier froissé toujours dans ma paume. Je regarde de nouveau les quelques mots écrits de la main de mon mari : « Salon La Cinquième Saison — 8 rue Victor Hugo — mardi 10 à 14 h 30 ».

Fabienne ABEL

La France ou rien

Après être descendu du gros bateau qui avait fait chavirer notre embarcation, le capitaine, avec son nez rouge et boursouflé, m'a dit au revoir.

Ensuite, ils m'ont emmené dans un immense hôpital tout propre, à Marseille, mais je n'y suis resté qu'une journée. Une femme blonde en blouse blanche avec des gestes pleins de douceur venait me voir tout le temps dans la chambre et, malgré mes six ans, elle me répétait sans cesse que j'étais un très beau garçon et que j'allai faire fureur plus tard.

Alors que je luttais contre la peur qu'ils me renvoient au Mali, un homme habillé en uniforme bleu est venu m'annoncer que j'allai prendre l'avion, et mon cœur est remonté jusqu'à ma gorge.

Au Mali, j'en avais déjà vu, mais uniquement dans le ciel. Ils paraissaient si proches que parfois, en jouant au football, je frappais la balle de toutes mes forces dans leur direction pour essayer de les toucher. Une fois, j'y suis presque arrivé.

En passant les portes de l'avion, des femmes avec du rouge à lèvres nous ont accueillis avec un sourire tout blanc. L'odeur donnait mal à la tête. Le monsieur en bleu restait avec moi en permanence et nous nous sommes assis l'un à côté de l'autre dans un silence étrange. Je n'osais pas lui demander où nous allions et lui non plus n'avait pas l'air décidé à me le dire, comme si ça tenait du secret. Puis au moment d'attacher nos ceintures, je me suis lancé, car un enfant a toujours besoin de réponses à ses questions.

— Où allons-nous, monsieur ?

— Appelle-moi Gilles, m'a-t-il répondu en faisant bouger sa moustache. Nous allons à Calais mon garçon.

— Kalay ? C'est en France ?

Il a rigolé avec des dents jaunes.

— Oui, c'est ça. Tu vas t'y plaire là-bas. Il y a des gens comme toi.

Je ne savais pas de quels *gens comme moi* il parlait, mais cette nouvelle m'a soulagé d'un énorme poids.

Mon ami Gilles n'avait pas l'air rassuré quand l'avion s'est mis à décoller et il se cramponnait aux accoudoirs, les yeux fermés en serrant les dents de toutes ses forces. On a enfin pu se détacher, car l'horizontal est moins dangereux. Vu d'en haut, tout était vert. Mon cousin Issa n'avait pas menti. Il me disait qu'on appelait ça la campagne et que les Français avaient travaillé dur pendant des centaines d'années pour arriver à ce résultat éblouissant.

— La campagne ce n'est pas la nature, c'est la nature façonnée par l'homme, m'avait-il dit sur le bateau.

Les gens tristes, c'est partout. Et Gilles faisait partie de ces personnes où toutes les émotions sont cachées, sauf sur son visage, car c'est souvent dans la tête que les soucis s'amassent jusqu'à en déborder.

À côté de Gilles, la vieille femme faisait beaucoup de bruit lorsqu'elle bougeait la tête à cause de ses boucles d'oreilles qui brillaient et pendouillaient dans tous les sens. Elle avait de multiples bijoux en or, aux mains, et autour de son cou ridé par l'âge. Je pense qu'elle portait plein de choses brillantes pour faire oublier à son mari qu'elle était vieille et moins belle qu'avant. Ce qui avait l'air de marcher, car il lui jetait des regards furtifs de temps en temps. L'amour, ça met du temps à partir.

Derrière nous, un enfant à peine plus vieux que moi n'arrêtait pas de faire des caprices bruyants. Avec ses pieds, il frappait le fauteuil devant lui et le monsieur qui aimait encore sa femme se retournait comme s'il allait se fâcher, mais au dernier moment il se ravisait en disant : « C'est pas grave ».

Comme je le redoutais, le voyage a fini par prendre fin. Je serais bien resté un peu plus longtemps ici à admirer les lents paysages qui défilaient trop vite. Lorsque nous avons rebondi lourdement sur la piste d'atterrissage, les gens se sont mis à applaudir, car des fois ça se passe mal. Le gamin derrière s'est mis une nouvelle fois à chouiner quand sa mère lui a demandé de ranger son jeu dans le sac. J'étais pressé de descendre et d'apprécier enfin la France, car jusqu'à maintenant, je ne l'avais vu qu'à travers des vitres d'hôpital et des hublots d'avion.

Après avoir attendu devant l'aéroport que Gilles finisse sa cigarette, un véhicule de police nous a récupérés. Ils avaient des routes sans trous sur lesquelles des voitures respectaient toutes sortes de règles insensées.

Au bout d'un moment, Gilles s'est retourné vers moi après avoir rigolé à une blague d'un de ses collègues.

— Nous arrivons chez toi, Bakary.

— La jungle de Calais, a commenté le conducteur en crachant de la fumée par la fenêtre.

Nous sommes descendus de la voiture et j'ai attendu qu'un des policiers finisse de discuter avec plusieurs messieurs noirs comme moi qui patientaient devant une queue. Après quelques instants, Gilles est revenu vers moi et m'a dit que c'est là qu'on se quittait. Notre amitié aura été de courte durée.

Ensuite, les deux inconnus m'ont dit de les suivre et de patienter avec les autres.

Ici, personne ne pleurait, tout le monde semblait espérer. Après de nombreuses minutes, j'ai fini par remonter la queue, et je crois que ce que je voyais en face de moi était ma nouvelle maison. D'innombrables tentes colorées se dressaient sur un terrain parsemé d'arbres aux feuilles vertes et jaunes. C'était plus sale que mon ancien village au Mali, mais nous étions en France, mon nouveau pays, celui de la tour Eiffel.

Soudain, j'ai eu très peur. Mon premier et seul ami français venait de m'abandonner et je ne connaissais personne dans cet endroit où j'allai devoir vivre. Le bonheur, c'est mieux à plusieurs.

Les gens avaient l'air de tous se connaître, se serrer la main, discuter, se courir après, rigoler, se montrer du doigt, crier, se chamailler.

Et moi j'étais là.

Fabien BOUVET

La loupiote

Tout s'était enchaîné avec violence. Après le déni de la rupture annoncée — elle lui avait demandé de reporter la date et l'heure de la séparation — elle avait cru que tout rentrerait dans l'ordre, qu'il redescendrait sur terre en somme. Que les velléités d'une nouvelle vie avec une autre se dissiperaient. La crise de la cinquantaine, il fallait bien qu'il la fasse, mais ça lui passerait.

Ce soir-là, lui s'était senti piégé. C'était ainsi qu'il avait vécu la tentative de se projeter sur de futures vacances familiales. Il avait explosé malgré lui et tout avait vrillé d'un coup. « Comment peut-on parler de vacances alors qu'on sait tous que je vais quitter la maison ? » avait-il hurlé au beau milieu du repas qu'il avait laissé en plan sur le champ. Dans le détail, le reste était flou. D'abord parce que le souvenir s'estompait un peu, mais aussi et surtout parce que la violence psychologique de la scène avait fini par voiler ce dont il ne voulait pas se remémorer.

Puis elle l'avait foutu dehors. « Demain matin, tu dégages ».

Ça, il se le rappelait bien. Au bout d'une nuit blanche, il avait rempli d'affaires des sacs poubelle, avait embrassé son enfant présent en l'assurant qu'il aimait par-dessus tout et avait pris la route.

Sept ans après, ce moment-là était encore vivace, terriblement et profondément douloureux. Avait-elle toujours à l'esprit de l'avoir mis à la porte ? Il se disait, en y pensant de temps à autre, qu'il n'aurait pas eu la force d'aller au bout, consumé de l'intérieur par la culpabilité. Il n'aurait pas franchi le pas de quitter cette vie, cet endroit. Mentalement insurmontable. Et les enfants... n'en parlons pas ! La force lui aurait manqué.

Reste que l'histoire des vacances, il ne l'avait pas vu venir, et encore moins sa réaction instinctive, brutale, qui avait tout fait exploser et précipiter l'impensable.

S'en étaient suivies deux années d'égarement, de descente jusqu'au tréfonds de la culpabilité, quand les pensées obsédantes vous tiennent, vous empêchent de tout, vous font mal physiquement, s'emparent de votre esprit et de votre corps, finissent par vous pousser vers l'irréparable.

D'abord la menace, puis le passage à l'acte. La seule envie, devenue obsessionnelle, est de ne plus penser. Le seul moment de paix est le sommeil. Alors, dans un instant de désespoir plus fort que les autres, on absorbe tous les somnifères précieusement conservés au fil des prescriptions. S'évader une bonne fois pour toutes. Ce n'est pas le nouveau départ espéré, mais tant pis. Il fera du bien, il soulagera. Une bonne fois pour toutes.

À l'heure de quitter le service d'urgence psychiatrique, la récidive immédiate écartée, le médecin avait allumé la loupiote de l'espoir, petite lumière blafarde à laquelle on ne confierait pas spontanément la mission d'éclairer un nouveau départ. Et pourtant…

Le psy l'avait écouté vider tout son sac, parler de la séparation, des relations tellement difficiles avec les enfants, du mensonge — leur faire croire que tout allait bien alors qu'il sombrait —, dire combien il était redevable à celle qui l'avait sauvé et qui avait supporté ses errements depuis deux ans, qu'il ne devait pas lui gâcher la vie. Il voulait s'en sortir et savait qu'il devait prendre ses responsabilités et affronter la réalité. C'est à cet instant précis que la lumière était apparue là-bas au bout du tunnel, tout petit filet à peine perceptible, mais qui ne demandait qu'à s'intensifier.

« À partir du moment où vous êtes conscient que vous devez agir et que tout n'est pas la faute des autres, alors c'est possible. Vous pouvez rebondir, c'est très positif. Ce serait bien de vous faire accompagner sur ce chemin. »

Il avait demandé à sa compagne qui l'aimait et souffrait avec lui encore un peu de temps. Six mois. ; il voulait s'assurer de lui-même, régler l'indispensable, agir. Elle n'avait guère eu le choix, lui avait fait confiance, et avait mis ses ultimes forces dans cette bataille. Il avait tenu parole. Elle aussi avait patienté. Le moment venu, il avait su qu'il était prêt. Elle, fragile après tant de doute, l'avait accueilli définitivement.

« Je suis mon chemin, lui avait-il dit, c'est dur, très dur, mais j'avance. J'ai l'impression de marcher sur une route couverte de cailloux, avec des semelles toutes fines. À chaque pas, c'est douloureux, je sens les cailloux me faire un mal de chien, mais j'avance. »

« Ce n'est pas d'un psychiatre dont j'ai besoin, c'est d'un cordonnier » avait-il fini par plaisanter. L'image les avait amusés au point qu'ils ne parlèrent plus jamais du médecin qu'en l'appelant le cordonnier.

« Je rentre plus tard ce soir, j'ai rendez-vous chez le cordonnier. »

De rendez-vous en rendez-vous, les cailloux se faisaient de plus en plus petits, les plaies se refermaient, laissant la place à des cicatrices asséchées et supportables. On n'efface pas, on apprend à vivre avec, on apaise. On donne un sens. On renoue avec soi-même. Et on tisse avec l'autre.

Dans un coin de sa tête, il lui arrive encore, de temps en temps, de se demander comment tout cela aurait fini si elle ne l'avait pas mis à la porte ce matin-là. Ne lui doit-il pas, en quelque sorte, d'avoir pu changer de vie, et de s'épanouir, d'aimer autant que d'être aimé aussi intensément, de s'autoriser à tenter des choses sans peur du qu'en-dira-t-on ? Vivre simplement et amoureusement.

Le prix à payer avait été si élevé qu'il aurait sans doute

renoncé s'il avait su avant les épreuves auxquelles il allait se confronter, ce qui l'attendait.

Ses enfants sont toujours là, chacun avait pansé ses blessures comme il avait pu. Et c'est déjà beaucoup. Il les aime, il est fier de ce qu'ils étaient devenus.

De temps en temps, quand ils se retournent tous les deux, ils regardent le fatras dans lequel leur histoire a pris corps, ils se disent qu'ils ont de la chance. De s'en être sortis et de s'aimer.

La loupiote, celle du fol espoir, veille sur eux.

Christophe GILLET

La main tendue

J'ai si froid. Malgré mon manteau, l'air pique ma peau sensible. Et puis je n'ai ni gants, ni chaussettes, ni bonnet. Le vent mordant gèle mes oreilles si fragiles. Des larmes perlent au bord de mes yeux rougis par l'effort.

Ce soir, je me sens minuscule, si faible que j'ai envie de me rouler en boule dans un coin pour pleurer sur mon sort, mais je sais que ce n'est pas une bonne idée. Il faut que je continue ma route, que j'avance, coûte que coûte. Je me le dois.

Je me suis enfui il y a quelques jours déjà, et malgré mes difficultés actuelles, je suis persuadé que c'était la meilleure solution pour moi. Jamais je n'aurais survécu si j'étais resté là où je vivais depuis ma naissance.

Ma mère ne voulait plus de moi. Elle me frappait dès que je m'approchais d'elle. Pourtant, j'avais encore tellement besoin de sa tendresse, de ses caresses. Oh, combien elle me manque, malgré son comportement à mon égard !

Ma mère n'était pas la seule à me maltraiter. Ce n'étaient que coups de pied ou gifles, dès que je croisais quelqu'un. Ce jour fatidique où j'ai pris la décision de partir, on a même tenté de m'étrangler.

Une main meurtrière serrée autour de mon cou, je me balançais, les membres dans le vide, essayant vainement d'échapper à l'étreinte de mon agresseur. Il pressait ma gorge si fort qu'il m'était impossible de crier.

Heureusement, l'arrivée du maître de maison l'a surpris et j'en ai profité pour m'enfuir. Je savais que je n'avais plus rien à faire là-bas.

J'avance en longeant un mur de pierre, avec précaution, silencieusement. J'ai si peur d'être rattrapé. Suis-je assez loin ?

Je suis trop jeune encore, je n'ai pas la notion des distances, mais j'ai l'impression d'avoir parcouru un très long trajet. Je suis tellement fatigué…

Peut-être que je pourrais m'installer en haut des marches de pierre que j'aperçois, plus bas dans la rue ? Elles s'enfoncent entre deux hauts murs qui me protégeront un peu du vent. J'aurai toujours froid, mais j'ai vraiment besoin de me reposer un peu, avant de reprendre ma route.

Couché sur le flanc à même le sol glacé, je grelotte si fort que mes dents s'entrechoquent. Mon corps s'engourdit petit à petit ; mon manteau ne me protège pas très bien du contact de la pierre gelée. Mes forces m'abandonnent doucement. Je bâille, pris d'une fatigue terrible. Le sommeil que j'entrevois ressemble à la mort, j'ai peur de fermer les paupières. Je me suis enfui avec dans le cœur l'espoir d'une vie meilleure, je n'ai pas prévu de mourir ici. Mais il fait si froid… et je suis exténué, et faible, si faible…

Soudain, la porte de bois contre laquelle repose mon dos s'ouvre, et un rai de lumière jaune tombe sur mon manteau miteux. Je ferme les yeux par réflexe. Je suis terrorisé.

Est-ce qu'on va me frapper, pour me punir d'avoir osé m'abriter sous ce porche ? Est-ce qu'on va me donner un coup de pied, ou m'attraper par la nuque pour me rejeter dans la rue ? Les poils se hérissent sur mes membres, mais je suis tellement brisé que je ne trouve même plus l'énergie de me redresser pour me défendre.

Quelqu'un se penche sur moi et j'entends une voix mélodieuse murmurer des paroles indistinctes.

Cette douceur m'apaise un peu. Nul ne m'a jamais parlé aussi aimablement, jamais. Est-ce que cette personne est différente ? Est-ce que je vais bénéficier d'un peu de répit ? Je fournis un gros effort pour lever le visage et observer la femme accroupie auprès de mon corps tremblant de froid.

Elle me sourit, caresse ma tête avec gentillesse avant de m'aider à me relever. Comme je ne tiens pas debout, elle me soulève sans difficulté et me porte dans ses bras, attentive à ne pas me faire mal.

Je ne comprends pas ce qu'elle dit, trop épuisé pour me concentrer sur le sens de ses mots, mais je devine en elle bonté et bienveillance.

Elle ferme la porte d'entrée d'un coup de talon avant de se diriger vers une pièce doucement éclairée par un feu de cheminée. La vive chaleur me rassérène tandis que la femme m'installe sur un canapé moelleux. Il fait si bon, la main qui me caresse le front est si douce et légère que je m'endors en quelques minutes, enfin soulagé de mes maux.

Je suis réveillé de mon sommeil par un homme qui me manipule avec délicatesse. Il tire un peu sur mon oreille. Ça ne fait pas mal, mais je proteste pour la forme, fâché d'être ainsi palpé. La personne maintient ma tête et frotte mes yeux et mon nez avec un linge humide. Encore fatigué, je me débats légèrement, surtout pour le principe ; j'ai bien compris qu'ici, on ne me frapperait pas.

La femme qui m'a fait entrer hier soir se penche sur moi. Un gentil sourire éclaire son visage un peu ridé.

— Alors, qu'en dis-tu ? Il a l'air en assez bonne santé, non ? Enfin, il faut le requinquer, bien sûr, mais...

Le jeune homme qui m'examine sourit à son tour, avant de me soulever comme si je ne pesais rien. Il effleure gentiment mon front du bout des doigts.

— Je pense que tu peux l'adopter, maman. Il a l'air abandonné. Il a visiblement marché pendant longtemps. Il sera très bien, ici, j'en suis sûr.

— Oh, je suis tellement contente ! Depuis votre départ, à toi et tes frères, je me sens si seule, ici ! Et puis j'ai toujours rêvé d'avoir un petit chat...

Je mordille le doigt de la gentille femme quand elle me gratouille sous le menton. Elle rit avant de me gratifier d'un bisou entre les oreilles. Je crois que je vais être très heureux, dans mon nouveau foyer.

Patricia ECKERT ESCHENBRENNER
Autrice de la saga Black Ink Tattoo Shop

La page blanche

Une lettre étrange est arrivée ce matin. Plus exactement une enveloppe, libellée à mon nom. À l'intérieur, rien qu'une feuille blanche. Pas même une quelconque encre sympathique lisible à la lumière ou à la chaleur. Tu parles d'un cadeau d'anniversaire !

J'ai pensé que quelqu'un avait glissé cette feuille par erreur, laissant la vraie lettre sur son bureau. Ou bien que c'était une blague nulle d'un de mes frangins, ils ont un don pour être idiots. Il y a dix ans, pour mes huit ans, tous les deux m'avaient offert un paquet énorme, contenant un carton, dans lequel était un deuxième carton, puis un troisième... Tout au fond, minuscule, un recueil de blagues écrit par eux sur un petit carnet rouge. Ils sont comme ça mes grands frères, idiots, mais adorables.

Le coup de la feuille blanche, ce n'est pas eux, m'assurent-ils par SMS. « Mais... » Mais quoi ? Je les harcèle de questions. Rien que des smileys en réponse. Ils ne diront rien, ni l'un ni l'autre.

Sont-ils commanditaires de cet envoi ? Alex a pu supplier sa femme de le faire pour lui... non, Mary aurait craché le morceau mille fois depuis ce matin, trop impatiente de savoir si la blague de son gamin de mari avait réussi !

L'expéditeur les aurait-il mis dans la confidence ? Non plus ! Il n'y aurait que moi pour partager pareille idiotie avec eux... sauf si... si eux aussi un jour ont reçu une telle lettre. Mais alors ? Maman ? Elle n'a pas mon adresse ! Et puis l'enveloppe serait vide, sans feuille... maman dont je dois porter le nom, le visage et l'histoire jusqu'à la fin de ma vie.

« Votre nom, vous ne serez pas obligés de le garder pour

toujours », nous a assuré Pap un jour.

Pap, c'est lui qui nous a élevés tous les trois, avec Mam, courageusement, pour assumer les bêtises de leur droguée de fille… Je me souviens de cette discussion, pendant le goûter, un triste samedi de juin. La météo était superbe ; nos cœurs étaient à plat, Mam nous réconfortait par un délicieux chocolat chaud d'hiver. Tout l'après-midi, nous avions vu Maman, accompagnés d'une éducatrice qui semblait désolée pour nous. Je devais avoir cinq ans.

C'est vrai, Pap ?

Oui, Manu. Toi le premier, tu pourras changer de nom, à ta majorité.

Mais Pap, avait murmuré Alex, on choisira quoi comme nom ?

Vous y réfléchirez en temps voulu. À dix-huit ans, le conseil de famille et l'administration vous laisseront prendre vos responsabilités. Votre vie d'adulte sera une page blanche à écrire vous-mêmes.

Une page blanche ! Elle est de toi, Pap, cette lettre étrange, toi plein de patience face à nos craintes et nos révoltes, toi plein d'espérance pour tes trois petits cabossés. Toi qui as transmis ton nom à ta fille unique, Maman. Toi qui as continué de voir ce qu'il y a de beau en elle alors même qu'elle s'acoquinait de notre père, trafiquant intriguant qui refusa de reconnaître les garçons et qui, quelques mois après sa sortie de prison, s'enfuit en apprenant qu'il allait de nouveau être père… Toi qui croyais encore en elle durant son incarcération, et qui l'embrasses tendrement quand tu la visites dans son asile, même lorsqu'elle te repousse.

J'ouvre la page blanche en grand. Au milieu, en lettres majuscules, j'écris ton nom de famille, Pap. Celui qui est aussi le mien depuis ma naissance, celui qui s'affichait dans les journaux, dont j'avais honte et voulais me débarrasser. Je le choisis aujourd'hui, en ton honneur Pap, comme l'ont probablement choisi Manu et Alex il y a dix et neuf ans, même si, malgré notre complicité, on n'en a jamais parlé.

Sophie DE LA SERRE
Auteure de Mission Saint Cast aux Editions de La Licorne

La Perle Rouge

Ce jour-là, Ji-Hun n'avait amassé que quelques perles, et il n'était même pas certain de leur valeur. Il en tirerait, au mieux, une poignée de pièces, mais jamais de quoi acheter à son grand-père les fruits qu'il avait demandés la veille.

Lorsque le temps était clément et que la Providence était de son côté, le jeune garçon pouvait trouver plus de trente perles d'un blanc éclatant. Il connaissait par cœur les côtes de l'île de Jeju et excellait en apnée, il était d'ailleurs la fierté de sa famille et reprenait le flambeau d'une longue lignée de pêcheurs.

Ce n'était pas de sa faute si la mer était aussi agitée, mais il était quand même triste de rentrer chez lui avec un si maigre butin en poche.

Le jeune garçon s'accroupit sur le sable mouillé et contempla le fruit de sa chasse avec amertume. Les yeux dans le vide, il souffla sur l'une des perles pour l'envelopper d'une buée qui disparut d'emblée.

Il recommençait à sentir ses doigts, victimes d'une eau cruellement glacée. Ji-Hun croisa les bras, appuya son corps contre une planche de bois, et observa le paysage qui se dessinait devant ses iris. Les nuages avaient noirci le ciel et un léger brouillard planait autour de lui. La mer s'agitait à l'horizon, mais les bateaux amarrés au petit port tenaient encore le coup.

Il s'apprêtait à se lever pour faire demi-tour, puisque tôt ou tard, il devrait bien rentrer chez lui, mais une couleur assez inhabituelle attira son attention.

C'était un point rouge.

Ji-Hun courut vers la forme colorée qui se dessinait devant ses yeux, au beau milieu des roches noires. Il ralentit dès qu'il arriva suffisamment près du port pour s'apercevoir que la simple tache de couleur rouge, la forme éphémère au loin, était devenue un corps échoué, sans cesse repoussé par les vagues et percutant inévitablement les rochers.

Le jeune pêcheur escalada et contourna quelques carcasses de bateaux que la plage avait gardées en son sein, et se laissa tomber à côté du corps, prêt à venir en aide à cette personne. Il la contempla, et quand ses yeux se posèrent sur les membres inférieurs, Ji-Hun eut la surprise de découvrir une sirène.

Sa peau lui rappelait les perles blanches qu'il allait chercher au fond de l'eau, ses écailles, elles, étaient si rouges qu'on aurait dit du corail. Il n'avait jamais vu de sirène, il les avait seulement imaginées à travers les récits que son grand-père lui racontait de son enfance. Elle ne l'effrayait pas, au contraire, elle le fascinait. Sans réfléchir, il pressa sa joue contre sa poitrine et entendit son cœur battre.

Il plaça d'abord une main sous le dos, et l'autre sous le muscle rouge qui se plia aussitôt, comme une vraie jambe humaine l'aurait fait. Il la porta là où il avait laissé ses affaires, car le sable y était lisse et qu'il ne voulait pas risquer de la voir se blesser davantage.

Il s'affaissa doucement à côté de la jeune femme, qui respirait de plus en plus calmement. Il la croyait en train de rêver, mais il n'en était rien. Ses yeux grands ouverts scrutaient chaque recoin de la plage, à la recherche d'un moyen de fuir le danger que représentait l'humain installé à ses côtés, et sûrement un peu trop silencieux à son goût.

— Je ne te veux aucun mal, dit le pêcheur en reculant sur ses deux genoux pour prouver ses bonnes intentions.

La figure parut s'apaiser, ou du moins, elle cessait d'explorer les lieux, et regardait désormais le visage de Ji-Hun. Sa bouche s'entrouvrit, mais aucun son n'en sortit. Savait-elle parler ? Que voulait-elle ?

La sirène se mit à se traîner sur ses coudes en direction de Ji-Hun, et le garçon s'avança vers elle pour lui faciliter la tâche. Elle agrippa brusquement ses poings, tira un peu sur les doigts engourdis par la mer, à la recherche d'une réaction, et voyant qu'il ne lui ferait rien, elle lui ouvrit complètement la main.

Elle cachait quatre perles d'un gris vitreux, les moins belles qu'il n'avait jamais attrapées. Pourtant, elles intéressaient la sirène plus que de raison. Elle les regardait une à une avec des yeux si brillants qu'on aurait pu les confondre avec des perles de jade.

— Tu peux les prendre, si ça te fait plaisir. Moi, elles me rendent triste... soupira le pêcheur.

Sans aucune hésitation, la sirène les attrapa, et, contre toute attente, sembla les chérir beaucoup plus que leur ancien propriétaire. Ji-Hun les observa une dernière fois, sans rien comprendre.

— Qu'ont-elles de spécial ? demanda-t-il sans pour autant s'attendre à une quelconque réponse. Elles sont ternes et vitreuses, elles ne valent rien. Si tu aimes les perles, tu en trouveras de plus belles...

— Mais elles ressemblent à ça, d'où je viens. C'est pour ça qu'elles me plaisent tant. Il y a longtemps que je me suis perdue, car je pensais qu'ailleurs les choses étaient plus belles. Aujourd'hui, grâce à ces perles que tu trouves laides, je me sens enfin chez moi.

Ji-Hun crut rêver. La voix de la jeune femme était pure et claire, elle sonnait à ses oreilles comme une douce journée d'été.

— Tu peux donc parler ? Comment te sens-tu ? Que puis-je faire pour t'aider ? balbutia-t-il.

— Rends-moi à la mer... Je promets de rentrer chez moi avec l'aide de tes perles.

Le pêcheur s'exécuta, il attira la sirène contre lui et la porta jusqu'à l'eau. La mer s'était calmée, comme si la Providence avait décidé d'avoir pitié d'eux. Une fois dans son élément, elle remercia le pêcheur d'un doux baiser sur la joue.

Il la regarda s'enfoncer dans l'azur, jusqu'à ce que sa silhouette disparaisse complètement dans les vagues, et agitait la main, comme on le fait à ceux que l'on est certain de revoir un jour lointain, par un coup du destin. Ce jour-là, Ji-Hun rentra chez lui sans une perle à la main, mais au grand étonnement de sa famille, il avait le visage d'un homme à qui la chance avait souri.

Maeva CHÉRASSE

La poésie des vagues

Il était beau le temps où tout allait bien. Où les rires venaient s'écraser sur les murs de ce cocon que l'on avait construit ensemble, où les bisous servaient de bonjour et les câlins remplaçaient le traditionnel : « bonne nuit ».

C'était doux, chaleureux, comme s'enrouler après la douche dans une serviette restée sur le chauffage. C'était réconfortant, paisible. C'était bon comme l'odeur du pain au beurre le matin quand elle se mêle aux effluves du café qui vient de couler.

Et puis un jour, sans comprendre pourquoi, ce n'est plus. C'est vide, c'est froid, ça fait mal, ou peut-être même plus, qui sait. C'est un sentiment tellement inconnu qu'il est quasi impossible de mettre des mots dessus.

Je suis là sans vraiment être là. Je suis toujours au volant, mais j'ai activé le pilotage automatique. Je m'éteins un peu plus chaque jour. Ce n'est pas violent, vois-tu. C'est lent, pénible, à la limite du supportable.

Ça dure longtemps, ou seulement quelques jours. Difficile à dire tant la surface semble loin. J'en ai perdu la notion du temps.

Puis, c'est le fond. Plus bas, il n'y a rien. Je le sens sous mes pieds, ce sol. Il est si dur qu'il en est effrayant. C'est donc ça, toucher le fond ? C'est ça qu'on éprouve quand on arrive au bout ? Au bout de tout, au bout de mes forces, de mon courage, de ma patience, des sourires usés pour faire bonne figure, des larmes séchées au coin d'une rue ?

Est-ce que je ressens encore quelque chose ? Je ne sais pas. Le silence ici-bas est assourdissant. Il m'empêche de réfléchir. Je n'arrive plus à me sonder, à m'écouter, à m'entendre. Et si j'attends là, immobile, que va-t-il se passer ? Que va-t-il advenir de moi, du moins de ce qu'il en reste ?

Non, je ne peux pas traîner ici. Je me l'interdis, je le refuse. Je refuse de voir la fin. Je suis épuisée, mais non, ce n'est pas la fin. Ce n'est que le début, la première marche, le premier pas vers le renouveau.

Je plie mes jambes, je les sens à peine, je suis en apnée, mais j'ai l'impression de prendre une grande inspiration. De toutes mes forces, je repousse ce sol. Oui, je remonte. Le silence me fait moins mal aux oreilles, j'entendrais presque le chant des dauphins. L'obscurité se teinte de reflets. Gris, bleus, verts. On dirait même que les rayons de soleil essayent de se faufiler entre les vagues. C'est joli, ça a un air de poésie.

Et d'un coup, ça y est. Mes poumons se remplissent d'un air nouveau, pur et réconfortant. Il fait jour. L'eau n'est plus mon ennemie, elle n'est plus cet endroit sombre où j'ai failli me laisser aller. Elle est mon alliée, elle me porte, me transporte, elle m'a redonné naissance.

Je prends une vraie, grande inspiration. Le soleil caresse mon visage. Il est chaud, apaisant.

Je suis en vie. Oui, je suis là. Rien n'a eu raison de moi. Pas même les abysses. Pas même le désespoir des profondeurs. Oui, je suis là, je suis moi, et aujourd'hui, j'écris le premier jour du reste de ma vie.

Marjorie MAVITIDI

La promesse

Alicia n'arrivait toujours pas à croire qu'elle préparait la dernière étape de son déménagement. Elle avait pris sa décision seulement trois semaines auparavant, lors d'une soirée à laquelle elle avait été invitée. Normalement, une préparation d'au moins plusieurs mois aurait été nécessaire. La propriétaire du nouvel appartement qu'elle avait visité lui avait dit d'arriver le plus vite possible, l'obligeant à accélérer la cadence pour être dans les temps.

Elle était du genre à aimer son confort et sa routine, cette décision avait donc fait du bruit. Sans compter qu'elle avait encore des choses à régler, son nouveau logement lui ayant pris tout son temps pour penser à d'autres détails. Cependant, personne ne s'était vraiment opposé à son projet. Elle avait même eu de l'aide, notamment celle de sa sœur et de quelques membres de l'Église. Toute seule, elle aurait sûrement perdu courage.

On aurait dit qu'elle partait au combat, ses cheveux bruns attachés en chignon flou et ses yeux bleus fixant chaque recoin de son ancien cocon. Sa chambre était la dernière pièce contenant des affaires à emballer. Afin de rester concentrée, elle alluma son ordinateur et lança de la musique. C'était une playlist qu'on lui avait donnée, après ce fameux moment qui avait bouleversé son univers. Depuis, elle repassait toutes ces chansons en boucle, inlassablement. Et elle risquait de ne pas changer de registre avant longtemps !

Après une bonne demi-heure, un sourire fier naquit sur ses lèvres. L'un des points positifs dans cette histoire, c'était qu'elle avait fait le plus grand tri de sa vie. Entre les papiers administratifs, les vêtements à donner, les souvenirs de voyages ou encore les choses qu'elle gardait « au cas où », elle avait bien travaillé. Elle allait pouvoir partir dans cette nouvelle aventure, l'esprit et la valise plus légers !

Elle continua sur sa lancée, fermant les dernières poubelles. À peine sortie du local à ordures, elle croisa une voisine en pleine promenade. Une petite mamie fort sympathique, son chapeau orné d'un tournesol sur la tête, tenant la laisse de son compagnon canin.

— Oh, Alicia !

— Bonjour, madame, répondit la jeune femme, un sourire aux lèvres.

Flocon, un caniche très joyeux, se rapprocha d'elle pour demander des câlins. Cadeau que la brune lui offrit sans sourciller. Sa propriétaire les observait, les trouvant adorables. Ne plus voir ces deux-là jouer ensemble allait lui manquer, bien plus qu'elle ne l'aurait cru.

— Tu pars quand ? demanda la vieille dame.

— Cet après-midi. Je n'ai plus qu'à attendre ma sœur, pour charger la voiture et faire un dernier grand ménage !

— C'est plutôt rapide, pour un déménagement !

Alicia ne pouvait pas le nier, bien que le plus surprenant pour son entourage était certainement son changement récent d'attitude. Elle n'avait jamais eu de problèmes, était plutôt réservée, solitaire. Elle se laissait difficilement approcher, il fallait du temps pour l'apprivoiser et construire une relation. Mais les liens n'étaient pas ce qu'elle cherchait, préférant rester cloîtrée dans sa bulle.

Qui aurait pu croire qu'un changement si radical dans sa vie puisse se produire ? Sûrement pas elle !

— C'est indéniable. Mais je suis contente que tout se passe ainsi. Un ami cher m'attend, là où je dois me rendre.

— Je vois... Le principal c'est que tu sois heureuse !

La jeune fille montra qu'elle l'était, effectivement. Elle

avait hâte de découvrir une nouvelle ville, faire de nouvelles rencontres. Elle qui était fataliste de base, des milliers de projets jaillissaient dans son esprit. Et cela dut se voir, vu le regard doux de son interlocutrice sur elle.

— Je vais te laisser, tu dois encore avoir des choses à faire. Et cette boule de poilsne va pas se promener toute seule ! poursuivit la mamie en voyant que Flocon ne tenait plus en place.

— En effet, je dois remonter. Bonne journée, madame, répondit Alicia, en se redressant.

— Bonne chance, dans ta nouvelle ville !

Après un dernier remerciement, Alicia rejoignit son appartement. Sa sœur n'allait plus tarder. Il fallait rassembler les cartons dans l'entrée pour se faciliter la tâche au moment du départ.

En fin de compte, ce fut plus rapide que prévu. Il ne restait qu'une boite, posée sur son lit ; elle l'ouvrit doucement. Elle ne contenait que deux objets, qu'elle avait reçus lors de la dernière soirée où elle s'était rendue. Le premier était un livre, offert par une nouvelle connaissance. Bien que neuf, il avait déjà plusieurs passages surlignés ainsi que des Post-it un peu partout. Le deuxième était un simple bout de papier contenant un petit message. Elle le relit en silence, se laissant gagner par l'émotion.

Pour quelqu'un d'autre, ces lignes auraient sans doute semblé trop vagues. Pourtant, elles avaient directement parlé au cœur de la jeune femme. Cette dernière avait déjà pensé à un futur, sans avoir le courage de se lancer. Ce moment, cette rencontre, cette parole avaient été l'élément déclencheur. La dernière pièce du puzzle dans son esprit était arrivée si vite, d'une manière si surprenante. Mais la sérénité qu'elle ressentait la poussait à croire que c'était le meilleur choix. Elle ferma les yeux quelques secondes, pour remercier ce Père qui s'était révélé à elle. Remplissant ce vide, que lui seul pouvait combler.

Son téléphone sonna, signalant l'arrivée de sa sœur. Elle sortit en gardant sa bible et sa parole prophétique serrée contre sa poitrine, comme pour ancrer encore plus ce que Dieu lui avait offert. Ce cadeau donnait un sens à sa vie, une direction dont elle avait besoin, elle qui s'était perdue en chemin.

« *Dieu t'attend là-bas, afin de bâtir une maison solide sur le roc. Il veut changer ta vie en profondeur, te donner sa vision et cet héritage qui t'attend. Il veut t'utiliser dans ce cadre et toucher d'autres personnes, ayant traversé des épreuves similaires aux tiennes. Marche avec lui, fais-lui confiance. Avec lui, tu ne te sentiras plus jamais seule.* »

La promesse d'un nouveau départ.

Johanna DELMAS

La routine des jours

Il brique le pont d'un navire qui reste attaché au même quai depuis des années.

Albatros, mouettes et goélands planent au-dessus de sa tête.

Rêver d'envol ne lui suffit plus !

Quand larguera-t-il les amarres ?

Dol de Bretagne. Samedi 29 mai 2010. 9 h 15. Arsène Jacob sortit de chez lui pour se rendre à son travail à Saint-Malo. Dehors, vent et crachin breton. Une atmosphère de grisaille. « À l'image de ma vie, pensa-t-il. *Une vie grise et terne, où il ne se passe rien. Rien d'extraordinaire. Rien qui mériterait d'en faire un livre. Routinière, ma vie est routinière !* Il s'engagea dans la rue de la gare qu'il avait déjà empruntée des centaines de fois. Le regard intérieur fixé sur son vide existentiel, il ne jetait qu'un œil distrait sur cette rue qu'il connaissait par cœur. À 9 h 22, il dépassa la salle dite du chalet. En ce samedi 29 mai 2010, à 9 h 23, ses yeux aperçurent un détail qu'il n'avait jamais remarqué dans cette rue pourtant si familière. Sur un pan de mur gris et terne, sans attrait particulier, une plaque émaillée, rectangulaire et blanche dévoilait une inscription en bleu marine :

« Ici, le 17 avril 1891, il ne se passa strictement RIEN ».

Arsène se figea sur place, absorbé par la contemplation de cette plaque énigmatique, surréaliste.

« *Je suis passé plusieurs centaines de fois ici et je n'ai jamais vu cette plaque ! Mais qui donc a écrit ce texte et a eu la volonté de le donner à lire pour les siècles à venir ?* »

Il en savoura l'humour. Et quel humour ! Un humour

qui le touchait particulièrement. Par ces quelques mots, cet auteur inconnu, 120 ans auparavant, avait décrit parfaitement sa propre vie à lui, Arsène, citadin dolois du 21e siècle. Une vie où il ne se passait strictement rien. Une vie grise et terne, comme ce mur où cette plaque était fixée, miroir intime de son âme.

« *Comment puis-je être hypnotisé par la fadeur des choses au point d'être aveugle sur les détails qui enrichissent la vie et la rendent joyeuse ?* »

Il se remit en route vers la gare. La glace de son cerveau congelé par ses habitudes d'existence trop routinières commençait à fondre. Tandis qu'il marchait, l'eau de ses pensées s'était remise à couler tel le ru naissant et prometteur d'une source bienfaisante et rafraîchissante.

Il se rappela cette histoire d'une famille qui voulait quitter l'Europe pour les États-Unis. Elle avait travaillé dur pour mettre suffisamment d'argent de côté. Elle embarqua sur un navire pour traverser l'Atlantique. Elle avait fait provision de fromage et de biscuits afin de se nourrir le temps du voyage. Alors que les jours et les semaines passaient, ils restèrent confinés dans leur petite cabine. Ils y mangeaient leur maigre pitance, tandis qu'ils entendaient dans les couloirs les pas et les rires des autres passagers se rendant à la salle des banquets.

La dernière nuit de leur périple maritime, le capitaine annonça que le bateau accosterait le lendemain à New York. Le père décida de fêter cela en conduisant sa famille à la salle des banquets, là où tous les passagers avaient mangé pendant les trois semaines précédentes.

Il s'approcha du capitaine et lui demanda le prix du repas. Le capitaine le regarda avec surprise et lui dit :

— Dois-je comprendre que vous n'avez jamais mangé ici ? Mais ces repas sont inclus dans le prix du voyage !

Arsène se vit dans la peau de cet homme confiné qui

passait à côté du bonheur pourtant à sa portée. Il réalisa que la vie qu'il avait menée jusqu'à présent était une vie au rabais. Il eut alors une vision en son esprit, celle d'une abeille très occupée à puiser le suc de chaque fleur qu'elle rencontrait sur son chemin.

« Comment ai-je pu me priver de tout le suc gratuitement mis à ma portée ? Pourquoi n'ai-je pas su extraire le bonheur des choses simples ? »

Il était entré maintenant à l'intérieur de la gare et il prit place dans la queue des voyageurs qui piétinaient devant le guichetier pour acheter leur billet. Une autre histoire s'infusa en son esprit. Celle d'un homme rusé qui avait trompé son père et volé à son frère la bénédiction paternelle. Il s'était enfui, car il craignait d'être tué par son frère, habile chasseur. Le récit du livre de la Genèse nous dit que « *Jacob arriva dans un lieu où il passa la nuit, car le soleil était couché. Il prit une pierre dont il fit son chevet et il se coucha dans ce lieu-là.* » Ce lieu n'avait rien de particulier, c'était un lieu anodin, avec une simple pierre. Arsène repensa à cette rue menant à la gare, si banale, jusqu'au moment où il avait découvert cette plaque.

« Jacob *eut un songe. Et voici, une échelle était appuyée sur la terre, et son sommet touchait au ciel. Et voici, les anges de Dieu montaient et descendaient par cette échelle...* » À son réveil, Jacob dit : « *certainement, l'Éternel était en ce lieu, et moi, je ne le savais pas !* » *Il eut peur et dit :* « *que ce lieu est redoutable ! C'est ici la maison de Dieu, c'est ici la porte des cieux !* »

Arsène Jacob se vit dans la peau de son lointain homonyme. Il le savait maintenant, cette plaque avec son inscription était à l'origine d'un changement profond de sa mentalité et de sa perception spirituelle de l'existence. Elle jouait pour lui le même rôle que cette vision d'échelle et d'anges pour Jacob. Certainement, l'Éternel avait planté son échelle rue de la gare à Dol de Bretagne, et lui, Arsène, n'en avait jamais eu conscience. Il savait maintenant qu'il lui serait impossible de vivre comme auparavant. À 10 h 10, les portes du TER s'ouvrirent avec fracas. Mais Arsène ne monta pas dans le train pour partir vers son lieu de travail. En ce samedi 29 mai 2010, à 10 h 30, en sortant de la gare de Saint-Malo, pour Arsène Jacob, c'en était fini du train-train habituel.

« *C'est décidé, terminée la non-vie au bureau ! Je vais m'embarquer sur un bateau. Et pas question de me contenter du fromage et des biscuits !* »

Arsène Jacob avait maintenant tant à vivre, tant à découvrir. Ce qu'il avait à cœur par-dessus tout : ne plus être enfermé sur lui-même, mais vivre en étant ouvert aux autres et être utile au bonheur de ceux qu'il allait rencontrer.

Jean-Luc ROLLAND

Laisse-moi recommencer

Le paysage était étrangement calme, là où le cœur de Daemon était lourd et sombre depuis bien des jours déjà. Son soupir tremblant embua la vitre et floута l'extérieur, mais au lieu de l'essuyer pour reprendre sa contemplation, il observa la buée se résorber lentement, glisser sur le verre propre, jusqu'à disparaître. S'évanouir comme si elle n'avait jamais été présente, comme si on l'avait rêvée, comme si elle n'avait jamais compté.

Un peu comme lui.

Partir n'avait pas été une décision simple, mais une nécessité. Cela faisait bien trop longtemps qu'il niait la réalité, mais ces derniers jours avaient été atroces. Daemon s'était rendu compte qu'il n'avait aucun proche. Aucun être qui comptait réellement à ses yeux.

Peut-être, car lui-même ne comptait pour personne.

Il serra compulsivement son bras gauche, si fort qu'il se fit même un peu mal. Il avait refusé la réalité, jusqu'à il y avait une semaine. Où il s'était décidé à partir. À tout laisser derrière lui pour, peut-être, une nouvelle vie de lumière et de douceur. D'amour et non de haine.

— Excusez-moi…

Daemon sursauta et observa la jeune femme s'installer à sa gauche. Elle glissa son sac sous le siège, enleva sa veste pour la poser sur son dossier et ramena ses cheveux noirs et bouclés derrière son oreille. Daemon s'était écrasé contre la vitre pour ne pas l'effleurer, craintif de cette étrangère, et il faillit glapir lorsque le coude de celle-ci entra en contact avec son bras.

— Désolé, dit-elle en souriant. Ça a été une longue journée.

Elle avait effectivement l'air d'avoir couru. Après un

à-coup, le train reparti lentement; Daemon déglutit et baissa les yeux sur ses mains. Il tenait fermement son vieux téléphone rayé, dont il ne pouvait plus faire grand-chose. Il avait jeté la carte SIM, ce qui ne l'empêchait pas d'avoir mis ses écouteurs, même si aucun son ne s'en échappait. Ce n'était pas plus mal : avoir des écouteurs était un message clair pour faire comprendre qu'on n'était guère disposé à servir d'auditeur à quiconque.

Un message qui n'était pas clair pour tout le monde apparemment, se dit-il, lorsqu'elle lui demanda ce qu'il écoutait.

Daemon cligna des yeux et se mordit l'intérieur de la lèvre. Il aurait pu sortir un millier de titres, une centaine d'artistes, il aurait pu inventer un titre de toute pièce, lâcher un mot au hasard, pourtant son esprit était vide. Noirci par le stress. Il se colla un peu plus à la fenêtre dans un geste inconscient qui ne passa pas inaperçu.

La jeune femme recula dans son siège, garda ses bras sur ses cuisses et se présenta d'une voix plus posée.

Angèle. Elle pouvait se montrer un peu expansive et elle en était désolée, elle ne le faisait pas exprès. Elle aimait simplement faire découvrir, nouer des liens, apprendre à connaître les gens. Et ne pas passer quatre heures dans un train sans rien faire d'autre que rester immobile sans même pouvoir regarder par la fenêtre, car il avait clairement la meilleure place.

Devant ce reproche, Daemon bafouilla et voulut se lever pour lui laisser son siège, mais elle se contenta de rire en s'amusant de sa susceptibilité.

— Je ne vais pas vous voler votre siège.

Daemon ne dit rien, il préféra la regarder du coin de l'œil alors qu'elle ouvrait son sac pour y prendre un petit livre un peu abîmé. Elle avait l'air en fin de vingtaine. Ses ongles étaient bleus, ses paupières dorées, et un parfum de bois et de mandarine glissait dans l'air. Elle était jolie, contrairement à lui qui se terrait sous des vêtements gris, le cheveu rêche et emmêlé, les ongles rongés. Ce n'était pas la première fois que ce genre de pensées lui venait, il ne fallait pas être un génie pour se rendre compte que Daemon était loin des critères de beauté. C'était cela aussi qui lui avait rendu la vie si difficile.

Il pinça les lèvres en s'efforçant de penser à autre chose qu'à sa vie passée. Tout cela était derrière lui, il allait tout recommencer, repartir sur de bonnes bases.

— Vous n'avez pas l'air dans votre assiette. J'ai de l'eau, si vous voulez.

Angèle avait l'air un peu inquiète, peut-être parce qu'il avait commencé à se gratter la peau autour de l'ongle. Daemon savait qu'il était étrange, qu'il avait des manies bizarres, c'était ce qui avait toujours poussé les autres à être méchant avec lui. Même ses propres parents. Sous son sweat-shirt élimé, il cachait pathétiquement ses bleus. Sous sa frange, une bosse. Et dans son sac...

Les seuls souvenirs qu'il avait.

Il n'avait pas eu d'autre choix. Malgré tout, Daemon *aimait* sa vie. Il ne voulait pas partir, il avait des attaches. Des passions. Des envies. Il se battait pour elles, mais lorsque le monde devenait notre ennemi, que pouvait-on faire d'autre que fuir ? Il avait décidé de tout laisser derrière lui, car sans cela, il savait que la fin serait proche. Il se demandait pourquoi tout le monde le détestait, pourquoi on profitait de lui, pourquoi on ne lui voulait que du mal.

« T'es dégueulasse » lui crachait-on parfois. « Bizarre ». « Sale ». « Répugnant ». On disait de lui qu'il était un perdant, un lâche, un faible, et bien d'autres choses plus vulgaires encore.

Il ne voulait pas y penser.

— Je vais avoir un nouveau travail dans cette ville. J'ai hâte, c'est un peu un nouveau départ, sourit Angèle avec timidité.

Daemon déglutit sans rien dire.

— Et vous ?

Pour lui aussi, c'était un nouveau départ. Il baissa les yeux vers son sac reprisé. Il y visualisa son tout petit porte-cartes, la seule possession quasi neuve qu'il avait. Son bien le plus précieux. Il ramena alors son regard sur Angèle qui, souriante, attendait encore sa réponse. Elle avait de très beaux cheveux ondoyants.

— Pour moi aussi, répondit-il finalement.

Il s'était dit qu'avec un peu de volonté, il arrêterait enfin de tuer.

Mais il n'avait pas de mèches noires bouclées dans sa collection.

— Un recommencement.

K. SADD

Hello, Eli !
J'espère que tu as apprécié cette nouvelle à sa juste et délicieuse valeur...

K SADD

Le camion aux bâches vertes

Je vis ici sans espoir d'en partir, la porte a été fermée à clef par le Maître. Il répète sans cesse qu'il nous aime tous comme si nous étions ses propres enfants, moi je sais que ce n'est pas ça l'amour.

Je l'ai appris avant d'atterrir ici, avant d'être orphelin, avant que ma vie bascule.

Je vis ici depuis deux étés, certains croupissent là depuis leur plus jeune âge, ils n'ont rien connu d'autre que les paroles trompeuses du gourou, les chants religieux, les coups de fouet, la gamelle, et ce dortoir sordide. Parfois, il vient en chercher un le soir, pour lui tenir compagnie, dit-il.

Ah, comme je le hais, ce sale type !

Autour du campement, de hautes barricades empêchent de sortir, nous avons le droit de jouer dans la grande cour, mais aucun enfant n'a la possibilité de franchir les limites marquées par les barbelés. Un jour, il y en a un qui est mort. Cinq jours de maladie où il vomissait tout ce qu'il avalait, cinq jours de fièvre, de terreur, de frissons. Il se tordait de douleur, le Maître n'a pas voulu faire d'exception, même quand sa femme a dit que peut-être il faudrait l'emmener sur la route de l'hôpital puis l'abandonner. Quelqu'un s'arrêterait, le conduirait. « Il ne parlera pas, il ne dira rien, il se contentera d'être ravi de ne plus être au campement ». C'est ce qu'elle avait dit à son mari.

Un mort sur la conscience, ça ne lui plaisait pas à la femme du Maître.

Le centre recevait de l'argent pour s'occuper de nous, des dons venus du monde entier. Deux fois par an, en file indienne, on enfilait une veste propre qu'il fallait rendre juste après, y en avait de quatre tailles différentes. Nos cheveux étaient peignés, nos visages débarbouillés, il fallait sourire et la femme du Maître prenait une photo de chacune de nos têtes de gamins tirés à quatre épingles. Elle préparait un courrier imitant l'écriture enfantine, bien sûr personne ne nous apprenait à lire et à écrire. Le modèle de lettre était unique, ça parlait de l'école, de nos bonnes notes, de notre santé aussi, elle ajoutait juste quelques détails en fonction de notre âge, de notre sexe, et on n'avait plus qu'à signer et à dessiner un cœur, ou un soleil, ou un animal.

Je pense souvent à mes parents, ils me manquent...

Ce qui me fait tenir, c'est le souvenir de mes deux grandes sœurs qui ont réussi à fuir le massacre. Où sont-elles ?

Parfois la nuit, je rêve qu'elles me retrouvent, qu'elles arrivent avec un grand camion aux bâches vertes, comme s'il s'agissait d'un transport de légumes, mais c'est vide à l'arrière. Y a toute la place pour délivrer tous les enfants pris au piège ici. Mais la plupart du temps, je fais des cauchemars, et je crie au milieu des autres. Je ne suis pas le seul, et les plus grands prennent dans leurs bras les plus petits.

Oui, je vis ici sans espoir d'en partir, et pourtant la nuit je vois mes grandes sœurs qui foncent dans le portail, chacune a un fusil, elles mettent en joug le Maître et sa femme, crient mon prénom, font monter les enfants dans le camion et attachent nos bourreaux à un poteau avec des menottes toutes neuves ! Elles brillent dans les rayons du soleil.

Ces matins-là, au réveil, j'ai un grand sourire, je regarde le ciel plutôt que le sol, mon cœur est moins triste.

J'ai compris que si j'y pense très fort avant de m'endormir, alors souvent c'est ce rêve-là qui vient ! Y a différentes versions, mais ça finit toujours bien ! On s'en va tous avec mes deux grandes sœurs.

Quand les petits pleurent trop, je leur raconte ce rêve. Je leur dis qu'un jour, elles viendront nous chercher, je leur dis comment elles s'appellent, je donne des détails sur le camion, sur la couleur des bâches, et j'ajoute qu'elles ont apporté des beignets bien sucrés ! Les yeux des petits se font plus gais.

Aujourd'hui, comme les autres jours, on a cultivé le potager du campement, conservé les patates douces les moins présentables pour la préparation du repas collectif. Tous les autres légumes, on les met dans de grandes caisses et c'est le Maître qui va les vendre au marché.

C'est ce jour-là que j'ai eu l'idée ! Grâce au rêve qui revient souvent.

On pourrait mettre au fond d'une des caisses le plus petit d'entre nous et le recouvrir de patates douces. Il se faufilerait au-dehors, raconterait tout au policier qui fait la circulation.

Le problème ce serait d'expliquer où le campement se situe, mais au loin on voit une large route goudronnée, il pourrait leur dire ça. Et aussi montrer le Maître de loin au marché.

Ils viendraient tous nous libérer et puis ils chercheraient des personnes de notre famille, s'il y en a encore. Moi je suis sûr que mes deux sœurs sont vivantes.

Les uns après les autres, on charge les cageots en bois dans le camion, y en a un qui est plus lourd, mais l'espoir nous donne des forces pour le hisser au milieu des autres. Puis on prend le ballon de foot pour jouer comme d'habitude. Il vérifie qu'il n'y a personne à l'arrière. Il ne peut même pas imaginer qu'il y a un gamin caché dans une caisse parce qu'elles ne sont vraiment pas grandes.

Le petit a réussi à retrouver la forme qu'il avait dans le ventre de sa mère, ça doit lui faire bizarre. J'espère que la route n'est pas trop longue. On lui a dit de pousser quelques patates douces pour respirer et de les remettre sur lui quand il entend que le moteur s'arrête.

Nouveau départ

Le camion quitte le campement, et avec lui le chargement de patates douces.

Plus que quelques heures à attendre.

Virginie LARTEAU
3e prix du concours de nouvelles du prix Alain Spiess en décembre 2022, pour sa nouvelle Les confettis.

Le chalet

La vie d'Henri avait basculé du jour au lendemain. Il avait suffi d'une seconde de distraction et d'un SMS. Un foutu SMS les avait tuées... Non, c'était le mensonge qu'il se racontait, c'est lui qui les avait tuées. Anna, sa femme adorée, et Julia, sa petite fille, son rayon de soleil, étaient mortes parce qu'il avait consulté un SMS, alors qu'il conduisait. Un coup de volant, un arbre mal placé et pour lui le pire des châtiments : rester en vie avec son chagrin et sa culpabilité.

Le quotidien d'Henri dans cette immense maison vide, jadis si vivante, lui était devenu insupportable. Un matin, alors qu'il croisait une fois de plus son reflet accusateur dans le miroir de la salle de bain, il prit une grande décision. Il devait prendre un nouveau départ, et cela commencerait par fuir cet endroit qui le révulsait désormais.

Il ne partit qu'avec un sac de sport rempli de vêtements, ses papiers, et un peu d'argent liquide. Il s'occuperait de la vente de la maison plus tard, Anna l'avait ironiquement mis à l'abri lorsqu'il avait touché son assurance vie. Il s'acquitta d'un billet de train qui le mènerait vers l'un de ces petits patelins, en pleine montagne. Il y trouva un chalet, dans un état déplorable, qu'il acheta. Des semaines durant, il se plongea de tout son être dans la rénovation de son chalet. Il mit du cœur à l'ouvrage pour que cet endroit lui ressemble, qu'il s'y sente bien, en sécurité et peut-être un jour, à nouveau heureux. Il descendait régulièrement au village, en particulier au magasin de bricolage où il avait sympathisé avec le gérant. Il se dit qu'il pourrait même s'en faire un jour un ami. Henri commençait peu à peu à croire en la vie.

Chaque soir, il s'endormait paisiblement en pensant à

toutes ces choses qu'il pourrait améliorer et construire dans son foyer. Une nuit, Henri se réveilla brusquement, le cœur battant la chamade. Il avait cru sentir un souffle contre sa nuque. Un souffle chaud et une légère odeur de rose, le démaquillant d'Anna.

— Allez, respire, mon vieux, tu deviens dingue, se morigéna-t-il.

— Henri...

Il ferma très fort les yeux. Il ne pouvait pas avoir entendu ce murmure.

— Henri... Tu m'as tuée !

Il ne supporta pas cela une seconde de plus, il bondit hors de son lit et, à moitié dévêtu, dévala les escaliers. Il se retourna lorsqu'il entendit un écho de pas derrière lui. Personne. Il devenait cinglé.

— Papa, il fait tout noir ici ! Tu nous as abandonnées !

Henri attrapa ses clés de voiture. Il devait partir loin d'ici, tout de suite ! Il roula de longues heures sur les chemins de montagne, ne sachant plus s'il dormait ou était éveillé, ni ce qui était réel ou imaginé. L'adrénaline retombée, il s'arrêta au bord d'un chemin et s'endormit.

Au petit matin, Henri fut réveillé par les rayons orangés du soleil qui se levait. Il pensait avoir fait un horrible cauchemar avant de remarquer qu'il était bel et bien dans sa voiture. La route accidentée le long de laquelle il était arrêté lui semblait familière. Il avait pourtant roulé des heures et n'avait jamais mis les pieds dans cette région si ce n'était dans son village. Son cœur manqua un battement quand il leva les yeux et aperçut son chalet. Il était revenu à son point de départ. C'était tout bonnement impossible.

La journée passa et il finit par occulter l'incident en se replongeant dans ses travaux. La nuit d'après, elles lui rendirent à nouveau visite, le traitant de meurtrier. Et les nuits qui suivirent, encore et encore... Il ne dormait plus et chaque fois qu'il essayait de quitter cet endroit, il se retrouvait systématiquement à son point de départ. Il devait se faire une raison. Il avait amené ses fantômes avec lui et elles le retenaient prisonnier. Son nouveau départ était devenu son cauchemar.

Marine BRIXTON

Le choix de Flore

Les premières chaleurs imprimaient déjà les verts et les bruns sur le paysage. Les coquelicots étaient revenus et les pissenlits brillaient sous le soleil de printemps. Flore décida de ne pas retourner chez elle par le chemin le plus court et longea les champs, songeuse. Elle remarqua une personne assise au pied d'un arbre, faisant semblant de regarder dans toutes les directions sauf vers elle. Elle s'approcha et, sur un ton plus courtois qu'amical, lui dit :

— Bonjour, Daniel.

Daniel, qui avait vu Flore de loin, tenta maladroitement toutes les mimiques de la surprise, signifiant l'heureux hasard qui les avait mis ainsi sur le même chemin. Il s'efforça de garder un ton calme, mais sa voix resta hésitante.

— B… bonjour, Flore.

Sans s'attarder davantage, Flore poursuivit son chemin et Daniel lança, sur un ton tout aussi faussement naturel :

— Tu permets que je t'accompagne un peu ? Je me dirige vers…

— Si tu veux, répondit Flore sans se retourner.

Daniel pressa le pas pour la rejoindre et attendit quelques instants dans le silence, incapable de trouver le premier mot. Avant que la chose ne devienne gênante, il s'exclama :

— C'est un beau soleil aujourd'hui !

Comme premier mot, c'était un peu court, surtout parce qu'il ne sut pas quoi rajouter d'autre.

— Oui, mais père dit qu'il ne pleut pas assez, répondit Flore. J'ai vu un couple d'hirondelles voler longtemps sur les champs, en tournoyant l'une autour de l'autre, traçant d'étranges dessins dans le ciel. J'aurais tant aimé être capable de lire leur message...

— Elles disent peut-être qu'il va pleuvoir ?

— Si nous avions vécu à l'époque de l'ancienne Rome, j'aurais été initiée au langage des oiseaux, et j'aurais prédit les augures, soupira Flore.

Daniel baissa la tête et rentra le menton. À cette remarque, il ne sut pas quoi répondre.

— Et ça marchait ?

— Qu'est-ce qui marchait ?

— Ben... de lire les oiseaux qui volent.

— Bien sûr que ça marchait ! Les Romains étaient très savants !

— Ah bon...

À nouveau, Daniel ne trouva aucun moyen de contrer le silence.

— Y'a pas que les oiseaux qui aiment voler ensemble, tenta-t-il avec hésitation.

— Que veux-tu dire ?

— Ben... Y'a aussi les humains.

Daniel venait de faire preuve d'une audace qu'il se mit presque à regretter. Surtout quand Flore tourna un regard scrutateur vers lui. Elle décida qu'il était temps de parler clairement.

— Daniel... Ce que tu espères n'arrivera pas.

— Qu'est-ce qui n'arrivera pas ? demanda Daniel qui avait très bien compris. Les oiseaux ?...

— Non, Daniel, pas les oiseaux. Je veux dire toi et moi.

Daniel baissa à nouveau la tête, désarçonné.

— Tu sais... Mon père a une grande ferme, et quand j'hériterai...

— Je sais, tu seras un homme important dans le village, et tu auras le plus beau troupeau de vaches de la région. J'essaye de te faire comprendre que...

— Et je ferai planter des fleurs ! Beaucoup de fleurs ! Toutes les fleurs que tu voudras...

— C'est gentil de ta part, mais je ne peux pas accepter.

— Mais pourquoi ? protesta Daniel d'une voix gémissante. Quelqu'un d'autre a demandé ta main ?

— Non...

— Alors pourquoi ?

— Je ne... peux pas, Daniel.

— Mais... avec le temps... Tu verras, nous serons heureux... et tu ne manqueras jamais de rien. Je t'en fais le serment !

— C'est une belle promesse, et je te remercie. Je ne souhaite pas te faire souffrir par d'inutiles attentes. S'il te plaît, comprends que je ne me marierai pas avec toi.

— Mais avec qui, alors ?

— Je ne sais pas. Peut-être que je ne me marierai jamais.

— S'il te plaît, Flore, dis-moi ce que tu veux. Je te le donnerai.

— Être libre.

— Libre de quoi ?

— Libre, Daniel...

— Mais tu es libre !

— Non, je ne le suis pas...

— De quoi es-tu prisonnière ?

— D'une vie qui m'a fait naître pour que je travaille aux champs, que je me marie, que je fasse des enfants, puis que je les voie grandir en vieillissant.

— Mais... qu'y a-t-il de mal à ça ?

Flore soupira, car elle savait d'avance qu'elle ne parviendrait pas à lui expliquer ce qu'il ne comprendrait de toute façon pas.

— Tu te souviens la troupe de musiciens, de jongleurs ?

— Quoi, les saltimbanques ?

— Oui... Tu te souviens, après leur spectacle, je les ai

rejoints, ils ont partagé avec moi du pain et du fromage, j'ai chanté quelques chansons avec eux...

— Oui, les miséreux n'étaient pas bien gros... Heureusement qu'ils avaient trouvé bon accueil chez nous, leur ventre criait famine, répondit Daniel pour prévenir ce qu'il soupçonnait déjà.

— Ils ont dit... que j'avais une belle voix.

— Mais... moi aussi, je trouve que tu as une belle voix.

— Ils ont dit qu'ils remontaient vers la capitale.

— Si loin ? Avec un ventre si creux, ils ne feront pas dix lieues !

— Quand je leur ai fait ma demande, ils m'ont prévenue. Ils m'ont dit que l'art est un amant qui nourrit fort l'esprit, mais pas l'estomac.

— Et ils ont bien raison ! C'est folie...

— Daniel, tu t'es toujours montré bon ami avec moi, je te demande de l'être aujourd'hui encore. Je ne peux pas rester. Tu trouveras une autre femme, qui se sentira comblée par ta tendresse et ta richesse. Il faut que je parte...

— Mais... tu risques de mourir, ainsi en chemin !

— Ici, je suis déjà en train de mourir peu à peu. Je te le demande, en amie : ne révèle pas ce que je viens de te dire. Laisse-moi quelques jours.

— Tu vas... partir, comme ça ?

— Je vais d'abord revenir à la maison, prendre quelques affaires et manger autant que je peux, je ne sais pas quand sera le prochain repas. Demain à l'aube, je ne serai plus là. Promets que tu garderas cela entre toi et moi.

Daniel ne sut quoi répondre. Il eut l'expression d'un enfant triste.

— Je... te le promets...

— Merci, Daniel.

Flore se pencha et posa un baiser sur sa joue. Elle le regarda une dernière fois puis reprit son chemin sans se retourner.

Immobile, Daniel la vit s'éloigner. Il ne chercha pas à comprendre pourquoi ses jambes faiblirent, posa un genou à terre et s'exclama :

— Flore !

Surprise, Flore se retourna.

— Je ne peux pas, murmura Daniel.

— Qu'est-ce que tu ne peux pas ?

— Je ne peux pas... sans toi.

Incrédule, Flore le contempla et s'accroupit pour être à sa hauteur.

— Oh Daniel, je... je ne supporterai pas cette vie...

— Et si... j'allais chercher des fromages...

— Des fromages ?

— Et du pain...

— De quoi tu parles, Daniel ?

— Et d'autres choses aussi, des œufs, des noix...

— Qu'est-ce que tu veux dire ?

— Et si je mettais tout cela dans un sac et que je venais avec toi, est-ce que les hirondelles voleront ensemble, libres comme l'air ?

— Des hirondelles avec un paquet de nourriture ? bredouilla Flore qui commença à rire.

Elle laissa s'épancher un long rire pendant que Daniel esquissait un sourire inquiet dans l'attente d'un signe. Puis Flore prit un air songeur.

— Tu es sûr de ce que tu me proposes, là ?

— Oui, Flore, nous aurons déjà de quoi manger pour les prochains jours et...

— Non, nous partagerons nos repas avec les autres, comme ils ont partagé de leur avec moi.

— D'accord, nous le partagerons.

— Tu es vraiment sûr de ce que tu dis, Daniel ?

— Dis-moi que nos ailes voleront ensemble, et je n'aurai aucun regret.

Flora contempla le ciel d'un air distrait puis conclut :

— Demain à l'aube, devant le porche de l'église.

Flore se redressa et lui adressa un sourire.

— On dit que c'est de là que les hirondelles prennent leur envol pour parcourir l'infini.

Daniel voulut se relever, la serrer passionnément dans les bras, l'embrasser, mais pendant que son être franchissait un porche invisible, il laissa le genou à terre, les yeux humides, souriant aux anges.

Guillaume AMORIN

Le fils de l'étoile

Il naquit de l'amour d'une étoile tombée sur terre et d'un érudit qui avait voué son existence à l'observer de loin lorsqu'elle brillait là-haut. Le garçon venu au monde avait vécu toute son enfance entre les murs de l'académie. Seul enfant à y être élevé, il n'avait pas eu l'occasion de se faire des amis, ni même de jouer. Il avait occupé son temps à apprendre, à accumuler les connaissances de toute sorte avec voracité. Il assistait à tous les cours et toutes les conférences que les vieux maîtres prodiguaient à leurs disciples. Et, bien que sa petite face de Lune émergeât à peine des rangs de l'amphithéâtre, il ne perdait pas la moindre miette de ces enseignements. Mieux encore, à l'heure où les salles d'étude se vidaient et quand chacun regagnait ses pénates, le gamin se faufilait jusqu'à la bibliothèque pour découvrir par lui-même ce que l'on n'avait pas encore daigné lui révéler.

Cette situation n'avait rien de normal. Bien des étudiants, et même quelques professeurs, regardaient l'enfant de travers lorsqu'ils le croisaient dans les interminables couloirs de pierre froide. Mais nul n'osait rien dire. Nul n'osait douter du recteur. Sa Magnificence Clairvoyant III avait été présente le soir où l'astre vivant était descendu des cieux, où le grand astrologue s'était consumé en son cœur et où il ne resta plus enfin qu'un nourrisson couché sur les dalles de marbre de la cour d'honneur. Le vieux sage avait décrété que l'enfant était un don divin et qu'il faudrait le chérir et le protéger comme le plus précieux des trésors. Nul n'aurait jamais osé douter du recteur... au moins tant qu'il était en vie.

Un soir, alors qu'il faisait nuit depuis deux bonnes heures et qu'il se préparait à une nouvelle expédition à la bibliothèque, le garçon faillit crier de surprise lorsque la porte de sa chambre s'ouvrit à la volée. Rolande, l'intendante des lieux, fit irruption. Le souffle court, le visage trempé de sueur et de larmes, elle était au bord de la panique.

— Nicolas, le ciel soit loué, tu es là ! Viens avec moi, vite !

— Que se passe-t-il ?

La grosse femme terrifiée tira le gamin par le bras hors de la pièce.

— Il est mort mon garçon. Clairvoyant a été empoisonné. Tu n'es plus protégé. Ils vont venir pour toi.

À mesure qu'elle parlait, l'intendante entrainait Nicolas dans le dédale de l'académie, de plus en plus bas, dans des couloirs à présent sombres et aveugles.

— Le recteur n'était pas le seul à avoir compris combien tu es précieux. Fils d'une étoile, élevé dans une académie ; te rends-tu compte à quel point tes prédispositions naturelles aux prodiges célestes et la quantité colossale des connaissances que tu as acquises ici depuis toutes ces années, font de toi un être exceptionnel ?

— Exceptionnel, mais, semble-t-il, dangereux, pensa Nicolas, sinon pourquoi en vouloir à ma vie et celle de mon protecteur ?

Comme si elle l'avait entendu, Rolande poursuivit :

— Ils sont si nombreux à te craindre, à voir en ce que tu peux accomplir une menace. Il y a tant de pouvoir en toi que tu pourrais déjà tous les surpasser et être le recteur de cette académie. Tu pourrais même sans doute être le recteur suprême, celui qui a autorité sur les recteurs de toutes les académies.

Alors qu'il continuait à fuir, le garçon réfléchissait. Il comprenait ce que l'intendante lui disait. Il savait que son ascendance céleste faisait de lui une personne hors du commun, dotée de capacités presque illimitées. Mais être capable de faire quelque chose ne signifie pas qu'on en ait l'intention. En cela, la haine et la peur des érudits étaient profondément injustes à ses yeux. Perdu dans ses pensées, il n'avait pas remarqué que leur course les avait menés hors des murs de l'institution. Rolande ralentit le pas et desserra son étreinte autour de son poignet.

— Que veux-tu faire maintenant mon garçon ? J'ai promis, il y a longtemps, de ne jamais t'abandonner, quelles que soient les circonstances. Nous pourrions alerter le recteur suprême et lever une armée. Nous pourrions embarquer sur un navire marchand et fuir au-delà des mers. Nous pourrions...

— Nous pourrions être libres, la coupa doucement Nicolas. Toi seule sais qui je suis, Rolande. Tant que tu ne le dis pas, personne ne le saura. Tu pourrais très bien passer pour ma mère. Partons sur les routes. Toi et moi. Nous serons pauvres, mais nous serons libres, et nous nous installerons là où nous nous sentirons bien.

Il se remit en marche. Rolande, dont les larmes mouillaient à nouveau les joues, posa la main sur l'épaule de Nicolas. Le garçon avait levé les yeux vers le ciel scintillant et perçu du coin du regard le clignotement bienveillant d'un astre en particulier. Sa mère, d'en haut, veillait sur lui et approuvait la vie qu'il s'était choisie.

Alexandre GENESTAR

Le gazouillis des oiseaux

Qu'est-ce que la mort ? Une seconde vie ? Une issue de secours ?

Une prison ? Ou une punition ?

La mort ne tue pas qu'un être, malgré ce que l'on peut penser.

La mort tue la personne qui est aimée, et la personne qui aime.

La personne aimée s'en va, la personne qui aime reste.

Il lui faut alors surmonter pire que la mort : la solitude, le manque d'amour, la perte d'espoir.

Mon récit sera court, mais poignant. Je me livre entièrement, le cœur à nu.

Hugo, mon amour, ces quelques mots sont pour toi. Amis lecteurs, s'il vous plaît, écoutez notre histoire.

Avez-vous déjà connu cette sensation de puissance et de force auprès de votre âme sœur ? Cette source intarissable d'énergie qui vous donne l'envie d'avancer jour après jour malgré les averses ou les orages ? Oui ? Alors, conservez-la, précieusement. Il s'agit de votre plus beau trésor.

Moi, ce sentiment, on me l'a enlevé, volé, brisé.

Alors, je ne peux que vous présenter ce que le mot « fin » signifie, à mon sens.

Continuez à m'écouter et surtout, remontez le temps à mes côtés.

Hugo avait promis de venir me chercher après le travail, mais il avait la fâcheuse habitude d'être en retard. Alors que j'attendais depuis plusieurs minutes, je le vis traverser à la hâte cette rue. Il me souriait avec son air innocent, et ses cheveux bruns valsaient autour de son tendre visage. Comment aurais-je pu lui en vouloir ? Il était tout simplement magnifique, et faisait pleuvoir sur moi tant d'amour, de reconnaissance, de compréhension, que ses étourderies m'importaient peu.

C'est alors que je vis l'objet de mon calvaire, de mes ténèbres, de ma peine.

Elle roulait vite, beaucoup trop vite, cette voiture. Le crissement de ses pneus hante mes jours et mes nuits.

Je restais figée, ne pouvant assimiler correctement tous ces éléments. Ne pouvant accepter les faits. Pourquoi n'ai-je pu lui crier de s'enfuir ? Pourquoi n'ai-je pu le protéger ?

Son corps meurtri par le choc gisait à terre. Ce sol si noir et dur se teintait peu à peu de rouge.

Il était tard, trop tard, pour que je puisse intervenir. Il agonisait sur le sol, tremblant, murmurant des paroles à peine audibles. Des larmes se mirent à couler, le long de mes joues.

Mon corps devint humide, en réponse à la scène d'effroi qui se jouait sous mes yeux. Ma stupéfaction condamnait ma raison. Le sang se répandait tout autour de nous, et se mêlait à la pluie impitoyable qui nous frappait. Mais quelle importance ? Seule notre étreinte comptait. Mes bras tremblants serraient son corps, et mes prunelles le contemplaient, une dernière fois. Ses yeux étaient vides, ils n'exprimaient plus rien. Ni l'amour, ni la haine, ni la tristesse. Sa peau devenait froide comme du marbre. Puis, sa main, que j'avais saisie, relâcha peu à peu son emprise.

Je compris alors que tout le soutien que j'avais quotidiennement avait cessé d'être et que la femme que j'étais devenue n'était désormais plus que néant. Je n'étais rien. Plus rien du tout.

Je sus que mes lèvres n'embrassaient plus que son âme. Tout ce que je chérissais et admirais n'était plus. Je n'avais plus aucune raison d'exister.

Soudain, une alarme stridente et des gyrophares m'ordonnèrent de revenir à la réalité. Mais qu'est-ce qu'une réalité sans mon bien-aimé ? J'étais perdue. Pourquoi tout devenait-il subitement flou ? Pourquoi ne sentais-je plus le corps de mon tendre amour ?

Étais-je également en train de partir ?

J'entendais un son, vague. Si vague. Cette voix si dure et rauque me faisait comprendre que je ne le tiendrais plus jamais au creux de mes bras.

Les bruits stridents s'estompèrent au rythme des lumières tourbillonnantes qui s'évaporaient.

J'étais seule, sous cette pluie qui me glaçait le sang.

Maintenant, très chers lecteurs, accompagnez-moi jusqu'à la fin. Nous y sommes presque. Hugo, je sais que tu es là, toi aussi.

Aujourd'hui, je suis seule, face à mon deuil, et je suis seule, face au monde.

Pourquoi a-t-il fallu que cela nous arrive, Hugo ? J'aimerais te rejoindre dans ton paradis, car je suis lasse de ces années sans toi à mes côtés. Je suis brisée, et tu es le seul qui peut me réparer, tu le sais.

Mon cœur me dit d'aller te retrouver, et ma raison me dit de t'oublier. Nous le savons tous deux, mon amour, cela m'est impossible.

Est-ce une preuve d'égoïsme que de ne plus vouloir vivre avec toutes ces souffrances ?

De ne plus être rongée par le mal que laisse ton absence ?

Que me dirais-tu, Hugo, en voyant ces mots ?

Ta mémoire m'a portée. Ton âme m'a soutenue.

Tu m'accompagnes, mon chevalier invisible, mais aujourd'hui ton armure céleste ne suffit plus pour nous deux. Sa protection s'estompe à l'instar de nos souvenirs partagés.

Nouveau départ

Tu ne peux maîtriser le poids des années qui s'abat sur mon corps.

Je me rends au bord du lac que nous aimions tant. Ce havre de paix qui a vu naître notre amour. Les oiseaux que tu aimais chantent encore aux creux des arbres. Je crois qu'ils te cherchent. Ton absence dans cet univers est une perte que tout le monde subit.

Je ferme les yeux. Pourrais-je un jour survivre à ton absence ? Cette légère brise qui me caresse le visage, est-ce toi, Hugo ?

Je m'efforce alors de ne penser à rien, pas même à toi.

Et, dans ce silence, tout se brise, tout s'envole.

Pleut-il ?

Non, il ne pleut pas.

Brusquement, mon cœur se serre, mon souffle devient court. Qu'est-ce qu'il m'arrive ? Hugo, aide-moi ! Je comprends alors que la vie s'échappe de mon corps affaibli par le temps, et que mon cœur ne peut plus se résoudre à battre sans le tien.

La vie aussi cruelle que belle a décidé de nous réunir.

Je te rejoins enfin, Hugo. Entends-tu le gazouillis des oiseaux ? Ils me portent vers toi.

Notre amour ne connaîtra jamais de fin, je te l'avais promis.

Enlaçons-nous éternellement et dansons avec les anges pour notre nouveau départ.

Victoria VERMEILLE

Le rang

« Non, c'est impossible ! » C'était la première fois que ça arrivait. Au début, je crus que je me trompais, que mon subconscient avait interprété à sa façon cette vision incongrue. Après tout, cela était tout à fait impossible : ça ne s'était jamais vu et ça ne risquait pas d'arriver.

Continuant à marcher, je jetai un regard furtif devant moi. Mon compagnon suivait la cadence, régulier telle une horloge — ainsi que nous tous d'ailleurs, comme nous le faisions toujours tous, comme nous l'avions toujours fait et comme nous le ferions toujours. Cette pensée me rassura. Haussant les épaules, je poursuivis ma route au sein du rang.

« Et si j'avais bien vu ? » Cette question m'assaillit de nouveau. Je ne pouvais m'empêcher de réfléchir à ce que je croyais avoir vu. J'entendais au loin le son du tambour qui résonnait dans ma tête comme autant de coups de poing qu'on aurait assénés à mon visage. Mon esprit se mit alors en ébullition, les idées formant un tourbillon de paradoxes si intenses que bientôt mon cœur se mit à battre la chamade, comme si tout en moi luttait contre cette pensée qui grandissait telle une flamme indomptable. Je fermai les yeux. Mon esprit était incapable d'être conséquent avec ce qu'impliquait ce que j'avais vu… ce que je croyais avoir vu. Je me décidai à affronter l'inconfort du doute.

Ouvrant un œil, puis l'autre, je tournai légèrement la tête vers la droite, ignorant la honte et la peur qui commençaient à grandir en moi. « Mais que fais-tu donc ? Tu n'as pas à savoir, tu n'as pas à comprendre, il te suffit d'avancer, droit devant, sans te soucier de quoi que ce soit ! » Combattant à nouveau ma propre volonté, affaibli par ces luttes intestines, je désirais tout à coup avec moins d'intensité connaître la vérité : on m'avait toujours enseigné que celle-ci me détruirait. Alors que je me résignais à rentrer docilement dans le rang et à mettre de côté ces idées hérétiques, j'aperçus l'objet de mon désarroi. Mon cœur cessa de battre, comme si ce que je venais de voir suffisait à révoquer pour toujours mon droit à la vie. « Cet... cet... cet homme ! »

L'incongruité de la vision était telle que mon univers s'ébranla en sa base, secouant les fondations de dogmes si fortement ancrés en moi qu'il ne m'était jamais venu à l'idée de les remettre en question. Suffocant sous la pression, haletant, je me forçai à respirer, cherchant dans cette bouffée d'air frais un semblant de sécurité, une bouée par laquelle je sauverais mon âme. Les forces me revenaient peu à peu. Mon esprit était comme ce chat que j'avais vu, un jour, retombant sur ses pattes après une chute fortuite. Alors que je croyais avoir échappé à la tempête, la pensée revint vers moi avec une nouvelle intensité, plus vive qu'auparavant ; je compris qu'elle était trop puissante pour être étouffée. « Cet homme... cet homme est en train de sortir du rang ! » Je ne pouvais y croire. C'était la première règle du Grand Livre sacré. Et cet homme venait de l'enfreindre, sous mes yeux de surcroît. Tout à coup, cette pensée m'effraya.

Sans savoir pourquoi, une grande crainte envahit mon être tout entier, comme si le froid avait trouvé en moi un refuge adéquat pour épandre ses tentacules glacés en toute impunité. Je ne pouvais m'empêcher de fixer cet homme qui profanait sous mes yeux la totalité de mes convictions. Lentement mais sûrement, il marchait en dehors de son rang, se dirigeant vers la Montagne interdite d'un pas décidé, comme s'il obéissait à un appel lointain, mais persistant. Ce fut alors que me vint l'Idée. Je secouai la tête vigoureusement, tentant de chasser l'emprise tentaculaire de ma propre folie. Étonnamment, je me surpris à cajoler et à entretenir le germe qui s'était planté en moi. Je n'avais plus peur. Au fond de moi, je sus que je savais.

Une chaleur m'envahit, chassant du même coup ce froid et cette lividité qui avaient pris d'assaut la forteresse de ma volonté. Je me surpris ensuite à repenser à cette idée qui venait de poindre en mon esprit, à cette lueur d'espoir qui ne m'était pas familière, mais que j'apprenais à apprivoiser avec bonheur. « Et si je le suivais ? » Accueillant définitivement cette idée en moi, un flot d'énergie nouvelle s'écoula en trombe dans mes veines, assouvissant pour la première fois mon âme assoiffée. Relevant la tête, je regardai mon compagnon qui marchait toujours devant moi. Je voyais sa nuque se balancer telle une horloge de gauche à droite au rythme des pas réguliers qui m'étaient devenus familiers. Le flot se changea en torrent. Je fis un premier pas en dehors du rang, puis un deuxième.

Je levai les yeux au ciel et aperçus pour la première fois le soleil. Contrairement à ce qu'on m'avait enseigné, ses rayons ne m'éblouirent pas. J'entendis alors l'acolyte derrière moi chuchoter : « Non, c'est impossible ! »

Alors que je courais, j'esquissai un sourire. La libération avait commencé.

Olivier VOYER

Le sacrifice

Adam prend son argent dans le tiroir de son bureau. 843 euros et des centimes. Il ne garde que les billets. 835 euros. Et l'enveloppe, qu'il fourre dans la poche de sa salopette en jean. Il prend son sac de sport. Zip. D'un coup d'œil, il vérifie qu'il n'a rien oublié d'y mettre pour le voyage. Audrey, sa mère, un plaid en friches sur les épaules, insiste.

— Mets ce pull, tu l'adores. Tu as bien tout ce qu'il te faut, tu n'oublies rien, t'es sûr ?

— J'ai ce qu'il faut, c'est bon, la rassure Adam.

Il va dans la chambre des jumeaux, déposer un dernier baiser sur leur front. Tom babille dans sa grenouillère grise et Olivia gigote dans la sienne. Ils sont innocents, ces deux-là. Ils vont lui manquer.

En bas de l'escalier, Yohan, son père est à la porte, les clefs de la Volvo vert pomme à la main. Les cheveux en bataille, habillé à la va-vite, cernes cendrés sous les yeux, mal rasé. L'odeur de pain perdu se balade depuis la cuisine. Au son de la radio, elle piaffe, la môme : « *balayés pour toujours, je repars à zéro* ».

— Tu es prêt, mon grand ?

Adam hoche la tête du haut de son mètre quatre-vingt.

— Bonnes vacances, Damdam, lui lance sa mère, les yeux brillants.

Son Rimmel bon marché risque de couler si elle continue. Et son rouge à lèvres, de craquer.

Dehors, les oiseaux chantent la fraîcheur du matin.

Son père derrière le volant, mâchoire crispée. Jamais bavard, aujourd'hui il parle un peu. Circonstance exceptionnelle oblige.

— Bon, alors, on récapitule, OK ?

— Yes, acquiesce le fiston.

— La famille Toussaint...

— Léon, le père. Marion, la mère, enchaîne du tac au tac le garçon.

— Ils ont un chat aussi, mais je sais pas son nom, ricane son père. Et tu oublies pas de dire merci. Ils sont sympas de t'accueillir pour les vacances.

Adam ne dit rien. C'est mieux comme ça, de ne rien dire. Il regarde le sapin odorant parfum vanille se balancer sur le rétroviseur. Les mots de la veille résonnent encore. *Il est costaud. Il s'en sortira très bien.*

La gare est là. Coupe le contact, sort de la voiture, la portière ouverte sur le trottoir pas loin de l'entrée, Yohan fait signe à son fils. Dans sa main, un billet de 50 euros. Même à son anniversaire, Adam n'a jamais autant d'argent. Yohan le glisse au fond de la poche de sa salopette. Trois petites tapes sur la poitrine d'Adam pour finaliser son geste.

— Écoute, mon gars. Tu montes dans le train et tu attends bien la dernière station. Tu t'inquiètes pas, Léon vient te chercher au terminus. Tu bouges pas jusqu'au bout du voyage. Et après, les vacances. OK ?

Adam hausse les épaules en le regardant dans les yeux, cherchant quelque chose. Ses yeux sont secs. Son cœur aussi, se dit Adam dans sa tête.

— Oui. Je sais.

— Le billet ?

Adam tire le billet de train. Il l'agite comme on agite un ticket de loterie. Quelle comédie !

Yohan lui fait un signe du menton, au revoir pudique, un sourire amer au coin de la bouche.

— Allez. File. Va pas rater le train. T'as tout juste le temps.

Converses usées jusqu'à la gare, le gosse s'engouffre dans

le vieux bâtiment. Il n'entend pas le lourd soupir de son père dans son dos.

Claquement de portière, mains accrochées au volant râpé, Yohan attend que la chamade dans sa poitrine se calme. Il respire l'air poussiéreux dans l'habitacle miteux de la bagnole, tout va bien. C'est fait, il fallait le faire, c'est tout. Autour, un peu de vent dans les branches des marronniers. Personne. Yohan préfère ça, personne.

Il remarque du coin de l'œil une tache blanche sur le siège passager. Une enveloppe neuve, peau nette, pas de destinataire. Il l'ouvre, déplie le papier carreaux déchiré d'un cahier, reconnaît tout de suite l'écriture de son fils. La chamade recommence.

Monsieur,

(maintenant qu'on est des étrangers, c'est monsieur, c'est mieux !)

Je sais tout.

Le souffle de Yohan s'arrête. Il sent ses nerfs se durcir, ses muscles se ratatiner. Il espère avoir mal compris, avoir mal lu.

Je vous ai entendu parler du « projet » Audrey et toi. Monsieur Toussaint et son exploitation, moi qui devrai faire le larbin, mon salaire envoyé à la famille. J'en ai rien à foutre. Je me tire. Va falloir trouver une autre solution parce que c'est pas mon problème. Je serai jamais esclave. No happy family! Sorry Daddy.

Dans la voiture, figé sur la lettre, Yohan est rouge et tremblant. Tout remonte comme une intoxication. Il se sent acculé, perdu.

— C'est pas vrai, c'est pas possible.

Il tape sur le volant.

— Petit salopard, comment il sait, c'est pas vrai.

Dans sa poitrine, le marathon de New York sous amphétamines bat son plein. Il lève la tête vers l'entrée de la station. Peut-être qu'il a le temps de rattraper le gamin, de lui expliquer, de le faire céder. La famille, c'est le plus important bordel. Il peut pas fuguer, les laisser en plan, les lâcher !

Yohan sort de la voiture et s'élance jusqu'à la lourde porte de la gare. Derrière la vitre du guichet, l'employée au chignon lui lance un regard inquiet. Le hall est désert, les sièges en plastique mauve délavé sont vides, son visage en sueur se crispe. Il fonce vers le quai, mais il sait que c'est déjà trop tard. D'un coup d'œil, il voit le train au loin qui s'éloigne encore. Les bras à l'abandon, Yohan observe les rails et le point qui rétrécit. Son horizon qui s'enfuit, son avenir qui s'écroule, le ciel qui se moque de lui et de son infortune. Son fils parti.

No happy family, boy.

No.

Gilles ALLIAUME

Auteur de la nouvelle Dreamer Boy chez Bleu Héron Editions

L'envol

Voilà, cette fois je suis allée trop loin.
C'est fini, il n'y aura plus d'hier, d'aujourd'hui ou de demain.
Il n'y aura plus de douleurs, plus de caresses...
J'ai peur et bizarrement je me sens bien.
Je n'entends plus rien, un grand calme m'envahit.
J'ouvre les yeux, je les vois s'agiter autour de moi.
Mon corps n'existe plus, j'ai envie de sourire,
j'aurais vraiment aimé ressentir ça avant.
Avant lui, nous, cette folie !
C'était bon de vivre vite, jusqu'au jour où
la maudite lueur dans ses yeux est apparue.
Je n'ai pas compris, c'était si soudain !
J'ai voulu la combattre, l'éteindre ;
peine perdue, elle rejaillissait plus vive,
et moi, affaiblie plus encore.
Je n'ai pas perdu espoir,
il fallait retrouver l'avant,
le « nous » tendre,
le « nous » amoureux,
le « nous » plein d'avenir.
J'ai mené bataille, il en valait la peine,
enfin, je le pensais...
Il était si gentil, affable, après le combat,
si désireux d'obtenir le pardon.
Les périodes de paix succédaient aux périodes de guerres.
Des moments délicieux,
mon cœur cicatrisait,
mon corps cicatrisait,

le « nous » réapparaissait,
l'espoir était permis.
Mais la lueur dans ses yeux n'était qu'un signe
du feu qui le consumait intérieurement.
Un feu, un incendie, une fureur, une rage !
Ah ! Ah ! Mais j'étais toujours là, prête à en découdre !
Ne m'avait-il pas dit qu'il m'aimait ?
Qu'il fallait l'accepter ?
Avec ses bons et ses mauvais côtés ?
Je ne suis pas couarde ni impressionnable.
Je suis allée au combat,
jour après jour.
Les moments de paix ont cessé,
la guerre était permanente.
Mais voilà, cette fois je suis allée trop loin…
Le « nous » tendre, amoureux et plein d'avenir
n'existe plus… j'y ai mis fin.
J'ai mis fin à la guerre permanente,
le cœur ne cicatrisait plus,
le corps… n'en parlons pas !
D'ailleurs, je ne le sens plus du tout,
ce corps qui ne m'appartenait plus,
ce corps meurtri,
ce corps au cœur mort
se désolidarise…
Je me vois, allongée au sol,
longs cheveux blonds épars
autour d'un visage tuméfié ;
nuisette blanche diaphane
constellée de taches rouges ;
au pied des escaliers
où de bonnes âmes tentent de me réanimer.
Mais non, cette fois je suis allée trop loin…

Nouveau départ

Plus de demain, plus de guerre.
J'ai vaincu l'ennemi tant aimé !
À quoi bon rester sur terre ?
Je m'envole, je suis prête.
Je sens la tiédeur du vent,
Je sens l'apaisement en moi,
Je me sens partir vers l'au-delà,
moi, victime de féminicide,
si l'on m'avait dit ça !

Je suis prête, pour cette nouvelle vie,
cette vie après la vie,
ce nouveau départ au pays des anges,
enfin, j'espère...
Avec la chance que j'ai,
je vais le retrouver en enfer,
il me fera payer
de l'avoir entrainé au pied des escaliers.

Séverine FALIK

L'envolée finale

Les mots traversent mon esprit à plus vive allure que mes doigts ne peuvent taper sur mon clavier. Ils filent d'un côté à l'autre, s'entrechoquant entre eux, essayant certaines résonances, de nouvelles sonorités, pour vous faire voyager, vers des contrées encore inconnues.

Puis, le calme plat s'impose à moi.

Et si, enfin, tout était écrit ?

Et s'il n'y avait plus rien à dire qui ne serait de trop ?

Les derniers mots sont posés, la ponctuation est revue, le rythme apprécié et l'ensemble s'en trouve parfaitement bien modulé. Chaque lettre doit être à sa place. Chaque mot doit avoir un sens propre, un sens trop figuré risquant de défigurer le sens initialement souhaité... On s'embrouille, non ? La brume hante ma tête, la peur me guette.

Puis l'anxiété se tait : le point final est posé. Les doigts sur le clavier ne pianotent plus. Les mains ne virevoltent plus d'un côté à l'autre, elles viennent de terminer leur envolée finale : du F au I, puis du I au N.

Étonnamment, il est très certainement le mot le plus court, mais aussi le plus long à taper. On apprécie ce moment, on s'en délecte lentement, prenant tout notre temps, il marque la fin d'une ère, plus qu'à se taire et écouter le bruit du silence.

Certains pleurent.

Certains sourient.

D'autres rigolent.

Tant de temps, d'ardeur, de rigueur et d'imagination pour que tout se finisse toujours par ces trois lettres apposées en bas d'une page : F, I, N.

L'auteur, essoufflé, respire à nouveau, son histoire est

terminée.

Les lecteurs vont-ils l'apprécier à la hauteur de l'exigence qu'il s'est fixée ?

D'ailleurs, savez-vous, lecteurs, à quel point il peut être difficile de se détacher de ses personnages, de son histoire ?

Je suis sûre que vous le savez ! Combien d'entre vous n'ont-ils pas transformé les trois lettres du mot « fin » en un filigrane, sous les coups de larmes silencieuses, armes malheureuses ?

Combien d'entre vous n'ont-ils pas refermé un livre, un sourire aux lèvres, en passant du rire aux rêves ?

La fin en elle-même est toute une histoire. La fin de chaque roman pourrait se raconter dans un autre. Pourquoi avoir choisi telle ou telle fin ? Pourquoi avoir décidé que ce moment-là était le bon pour apposer ces trois lettres, tel un sceau de cire protégeant un courrier précieux ?

Tout comme vous, lecteur, l'auteur aussi, après ce mot « fin », doit tourner la page.

Il doit redécouvrir en lui d'autres histoires à conter, d'autres péripéties à narrer par d'autres personnages qui les vivront.

Fermer un livre dans lequel on a mis tant de soi, ce n'est pas rien. C'est s'abandonner, s'oublier, pour passer à autre chose.

Un nouveau départ, une nouvelle histoire, un nouveau bout de soi qui, on l'espère, ne vous laissera pas indifférent.

Le lirez-vous, cet autre morceau de nous ?

Vous laisserez-vous emporter par notre plume dans le vent de cette nouvelle envolée ?

On tourne une page de notre passé pour ouvrir celle de

notre futur. Mais la tourner est effrayant !

On sait d'où l'on vient, ce que l'on a dû affronter, les épreuves traversées et les moments de joie partagés. Mais que savons-nous vraiment de ce qui nous attend après le présent ? Cette suite de lettres qui va s'écrire, nous servira-t-elle à remettre les compteurs à zéro ? Tenter de faire mieux, qui sait ? On apprend de nos erreurs, encore faut-il savoir les identifier et les corriger pour que notre vie en soit enjolivée.

Un nouveau départ résonne en moi comme la première page blanche d'un roman naissant. Une page vide de mots, mais emplie d'idées renouvelées, où rien n'est écrit et où tout est à construire. Du début à la fin.

Lostris SMITH
Autrice de la trilogie Une promesse à tenir

Les archéologues

Accrochée dans l'angle d'un de ses écrans, une photo. Celle d'Asra enfant et de sa mère, entourées par des dizaines de livres. Elle replonge dans ses souvenirs avec tendresse et nostalgie. Elle entend encore la douce voix de sa mère, lui raconter, pendant des heures, les légendes de ces civilisations disparues. La première histoire dont elle se souvient concerne l'Egypte Antique. L'incroyable découverte archéologique d'Howard Carter. Lui qui, après des années d'obstination, inhume un trésor oublié pendant plus de 3000 ans : la tombe de Toutankhamon. Il y en a tellement d'autres. Depuis la révélation d'Akrotiri de la civilisation des Cyclades enfouie par une éruption volcanique à l'âge de bronze jusqu'à la découverte de la grotte de Lascaux, trouvée par quatre adolescents, 20 000 ans après avoir été peinte. Elle réalise aujourd'hui un de ses rêves d'enfant. Celui d'être archéologue. Le chemin a été long et parsemé d'embûches. Il existe encore tellement de civilisations de l'Histoire dont on ne connaît rien.

Dès le début de sa carrière, Asra s'est passionnée pour une période que personne n'étudie. La majorité des chercheurs lui ont affirmé que cette époque n'avait plus rien d'intéressant à offrir. Ils l'appellent d'ailleurs « la phase de régression ». Quelques-uns lui ont avoué à demi-mot que des personnes haut placées auraient vivement déconseillé de fouiller dans cette direction. Il ne subsiste quasiment plus rien de cette période. Pourtant, la curiosité d'Asra est plus forte. Son obstination lui a permis de faire des découvertes clefs. Il y a quelques années, elle a mis la main sur les outils que les êtres humains de cette ère utilisaient dans leur quotidien. De ses recherches, elle a émis l'hypothèse qu'ils étaient tous reliés les uns aux autres. Avec l'aide d'Imogène, elles ont pu redonner vie à cette technologie ancestrale. Imogène est la première personne à l'avoir suivie dans ce projet insensé. Cette vieille femme d'une intelligence lumineuse est l'ingénieure la plus talentueuse de sa génération. Ensemble, aujourd'hui, leurs théories vont trouver leurs réponses. Ce n'est plus un test en laboratoire, mais bel et bien la réalité.

Tout à coup, Asra se ressaisit. Il est temps d'y aller. Elle ressent au creux de son ventre ce mélange d'excitation et de peur que chaque nouvelle étape importante lui procure. Elle inspire profondément, retient sa respiration quelques secondes et souffle lentement pour se recentrer. Elle jette un coup d'œil à Érasme, dont l'impatience s'entend à la légère vibration de son bureau. Il a rejoint l'équipe plus par conviction que par ses compétences. Il a toujours pensé que le gouvernement leur cachait des choses. Pourquoi tout un pan de l'Histoire a-t-il été mis sous silence ? Il attend ce jour depuis l'instant où il a rencontré Asra.

Une guirlande au ton chaud adoucit ce bunker austère. La température commence à monter lentement. Asra sait que dans quelques heures, la chaleur y sera insupportable. Pourtant, elle n'a pas le choix, il faut garder cette expérience à l'abri des regards pour le moment. Elle s'assied à son poste. Elle tourne la tête avec détermination vers Imogène. Elle est installée dans un coin de la pièce. Elle ne fait qu'une avec ses machines. Un sourire accentue les rides malicieuses autour de ses grands yeux bleus. Elle attend le top départ. Asra se lance dans une ultime vérification du matériel. Les outils sont prêts. Les branchements sont solides. Les générateurs tournent à plein régime. Les réserves de vivres pour les prochains jours sont complètes.

Toute l'équipe est prête à rendre la parole d'un passé qui, jusqu'alors, est resté en grande partie oublié.

Nouveau départ

3… 2… 1…

Direction le XXIe siècle pour débuter l’exploration de ce curieux système appelé : Internet.

```
[10 h 19] Asra
Connexion réussie
Lancement de la première procédure de recherche
…
                    [10 h 21] Ia-V327
                             Bonjour.
                           Qui est là ?
```

Marion DAGOT

Les tulipes blanches

Il est 9 heures passées lorsque Jeanne pousse la porte de l'atelier de céramique. S'il y avait un top 3 des choses que Jeanne déteste le plus, être en retard serait sans doute sur la première marche. Elle ne comprend pas bien ce qu'elle fait là. Ce dont elle aurait envie, elle, c'est de partir loin d'ici, loin de tout : de son job, de son tyran de patron et de la pression constante qu'il met sur ses épaules, et surtout loin de tout ce qui lui rappelle Jules. Elle a l'impression de le voir de partout, à chaque coin de rue. Comme s'il habitait les trottoirs, les murs, les parvis d'immeubles et les terrasses de cafés. Comme s'il avait laissé des traces de lui dans tout Paris. Depuis qu'il est parti, elle survit, du moins elle essaye. Elle est comme en apnée, profitant de chaque occasion pour reprendre son souffle entre deux vagues. Elle est épuisée, vidée, à bout de forces.

En marchant dans les rues pavées de la capitale, elle se souvient de ces mots que sa mère avait prononcés en lui tendant cette enveloppe en guise de cadeau d'anniversaire.

— Tiens ma chérie, j'ai longtemps réfléchi à quoi t'offrir et je suis tombée sur ça en allant à la boulangerie, un atelier créatif, je suis sûre que ça te fera du bien de prendre un moment rien qu'à toi et de couper un peu du quotidien. Je t'ai réservé une place pour samedi.

Jeanne avait attrapé le bon cadeau, peu convaincue, puis elle avait remercié sa mère d'une étreinte avant de partir pour ne pas rater le dernier bus.

Lorsqu'elle entre dans la salle, tout le monde est déjà installé, elle s'excuse discrètement de son retard et prend place sur le seul poste encore libre.

Devant elle, quelques morceaux de ce qui semble être un

vase, des grands, des petits, et toute une panoplie d'outils, de produits et de pinceaux.

— Bienvenue à tous, aujourd'hui, nous allons faire une initiation au kintsugi. Quelqu'un en a-t-il déjà entendu parler ?

Kintsu quoi ? Jeanne est perplexe. Sa mère a toujours tenu à lui offrir des cadeaux originaux, voire décalés, mais celui-ci décroche la première place du classement.

— C'est simple, voyez-vous ces morceaux brisés, nous allons non seulement les recoller, mais créer une pièce unique encore plus jolie que l'originale.

Cet art ancestral japonais consiste à réparer, restaurer, embellir et sublimer le vase qui a été brisé ou ébréché grâce à des produits qui imitent l'or.

Machinalement, Jeanne s'exécute, telle l'élève modèle qu'elle a toujours été, ou plutôt qu'on a en tout temps exigé qu'elle soit : impeccable, irréprochable, tirée à quatre épingles. Au travail, en famille, dans son propre foyer, elle ne s'autorise aucun échec, aucun manquement, c'est comme ça qu'elle a appris à être. Et c'est aussi ce que Jules lui reprochait. De vivre une vie millimétrée, réglée tel du papier à musique, sans aucune place à la surprise, à la folie, à la spontanéité. Lui rêvait de voyages, d'imprévus, de dîners de dernière minute un jeudi soir et de verres en terrasse après le travail. Jeanne, elle, se complaisait dans une routine qu'elle trouvait rassurante et qui lui permettait de ne jamais être prise au dépourvu.

Elle est concentrée, elle veut bien faire, tellement bien faire qu'elle ne perçoit pas l'essence même de l'exercice, la vertu presque thérapeutique qui se cache derrière.

Ces morceaux devant vous, ce sont votre personne, vos expériences, vos joies, vos peines, vos réussites, vos chutes, tout ce qui vous a amenés à être exactement là où vous êtes. La poudre d'or, c'est le pardon, l'acceptation, la résilience, la décision d'aller de l'avant. C'est la beauté de vos imperfections, de vos failles, de vos cicatrices et la force qui s'en dégage. C'est le chemin vers le renouveau, c'est une ode à la fragilité, c'est l'espoir que même les marques les plus douloureuses de la vie peuvent devenir précieuses.

Jeanne sourit.

En sortant de l'atelier, Jeanne ira flâner dans les ruelles parisiennes, elle achètera des tulipes blanches chez le fleuriste et s'installera en terrasse pour prendre un café. Elle regardera les gens, le ciel, les nuages. Elle écoutera les oiseaux, les rires et les klaxons. Elle savourera le biscuit à la cannelle qui sera déposé sur la sous-tasse puis elle fermera les yeux. Trois secondes, peut-être cinq ou dix. Pour la première fois depuis longtemps, il n'y aura plus de patron, de dossiers, de pression ni même de Jules. Les rues auront la saveur du bonheur, de la liberté, de la légèreté et de l'insouciance.

En rentrant chez elle, elle installera le vase sur sa table de chevet. Elle le remplira de tulipes pour ne jamais oublier qu'il est toujours possible de prendre un nouveau départ, que même les orages les plus sombres laisseront place au soleil et que même si la nuit semble parfois interminable, demain il fera jour.

Marjorie MAVITIDI

L'homme des bois

À la suite de son licenciement, Patrick a rapidement tout perdu. C'est bien connu, seule notre fonction nous définit en tant qu'être humain, notre utilité pour faire vivre cet écrasant et inégalitaire système. À la question « et toi, qu'est-ce que tu fais dans la vie ? », chacun répond invariablement par sa profession, à croire que tout se résume à cette activité.

Il a décidé de fuir définitivement cette civilisation et son inconsciente hypocrisie. Celle des écolos qui mangent des steaks de soja et qui roulent en Tesla. Celle des jeunes rebelles qui finissent PDG d'une société cotée au CAC40. Celle des supporters qui assistent à un match de foot à 230 euros la place, mais ne peuvent pas acheter un vélo à leur enfant. Ou encore celle des médias qui débattent une semaine sur la dernière polémique sans intérêt et qui ne se fendent même pas d'un bandeau sur la guerre au Yémen.

Se servant une ultime fois d'internet, Patrick choisit ce qu'il espère être sa destination finale, en cherchant ce qui s'approcherait le plus d'une forêt primaire. Son périple le mène alors vers la Loire. Quelques objets rudimentaires et vêtements chauds l'accompagnent ; ils lui serviront au moins au début, le temps de s'habituer à sa nouvelle vie. Après plusieurs heures de marche, Patrick s'enfonce au plus profond de cette végétation de plus en plus dense. Il trouve enfin le lieu idéal, protégé des regards et proche d'un ruisseau. Son abri s'élève difficilement entre trois grands arbres. Il se dit qu'il l'améliorera au fur et à mesure. Il a le temps maintenant. Les semaines, puis les mois passent, au gré des saisons, chacune apportant son lot d'avantages ou d'inconvénients. Patrick vit de ce que lui offre la forêt. Il est totalement autonome, loin des gens qu'il ne supportait plus et de la technologie avilissante.

Pourtant, depuis quelque temps, il sent une présence et a l'impression d'être observé. Une nuit, il entend des pas, faisant craquer des branches au sol. Que quelqu'un passe par ici, cela peut arriver, comme un agent de l'Office National des Forêts, mais de nuit, c'est suspect. Quoi qu'il en soit, Patrick retourne vaquer à ses occupations. Dix jours plus tard, il entend des hurlements de loups. Ça ne s'est jamais produit depuis qu'il est là, et il sait bien qu'il n'y en a pas dans cette région. Après tout, pourquoi pas, la nature est surprenante. Pourtant, quelque chose le gêne dans le son de ces hurlements ; quelque chose qui n'est pas naturel.

La nuit suivante, des grognements se font entendre. Paniqué, Patrick soulève l'épais tissu lui servant de porte et aperçoit à environ quinze mètres ce qui lui semble être un ours. Patrick hurle en espérant chasser l'intrus. Le lendemain matin, il découvre des traces dans la boue, qui témoignent de la présence d'un animal. Mais les poils retrouvés sur l'écorce des arbres aux alentours lui paraissent bien étranges.

Après ces événements, tout rentre dans l'ordre, jusqu'au jour où Patrick perçoit ce qui semble être des chuchotements. Il sort lentement et entrevoit une lumière qui s'éteint aussitôt. Des murmures incompréhensibles lui parviennent. Il se met à courir en direction des voix, mais il ne trouve rien arrivé sur place. Il ne sait plus trop où il en est et commence à se poser des questions à haute voix. Sa pire crainte a toujours été de devenir fou au milieu de nulle part. Ça devait bien arriver un jour, personne ne peut rester seul aussi longtemps dans un environnement hostile. L'intelligence humaine vient justement du fait que cette espèce est totalement inapte à une vie à l'état sauvage, et trouve refuge dans de multiples alternatives artificielles.

Patrick commence à s'éteindre lentement. Le bonheur

d'être libre s'estompe au gré de ses nuits sans sommeil, perturbées par ces bruits anormaux qu'il pense être dans sa tête. Une belle journée de juin, Patrick aperçoit quelque chose qui reflète le soleil en haut d'un arbre. Intrigué, il grimpe tant bien que mal et découvre un boîtier sombre. Il s'en approche tout près afin de déterminer ce que c'est. Tout à coup il comprend. Il comprend toutes les choses qui lui sont arrivées et surtout que la société ne l'a jamais quitté.

Une caméra.

Devant leur écran, des millions de téléspectateurs comprennent également qu'il s'agit de la dernière émission de « La vie secrète de l'homme des bois ».

Karim HELMI

L'inconnue de la gare

Les rails vrombissaient au départ de la correspondance que je quittais. Perdu dans un décor de campagne, j'entrais dans une petite gare vêtue d'un jaune que les tournesols lui enviaient et qui semblait avoir conservé la candeur de ses premiers instants, l'été 1960. Les plus observateurs des voyageurs qui foulaient le sol de l'escale pouvaient apprécier sur les deux étages de la bâtisse, le vert forêt des volets s'accordant avec les quelques arbres qui s'étaient rangés de part et d'autre de la voie ferrée.

Les tuiles rouges qui composaient la toiture ne faisaient qu'accentuer le charme méditerranéen de cette petite gare. Le train précédent m'avait transporté au temps jadis et la civilisation que je connaissais me semblait bien lointaine. Seul le distributeur qui se postait près du guichet me renouait avec notre temporalité. Après avoir fait le tour des lieux, je sortis et m'assis sur un des deux bancs blancs près des portes d'entrée. À ma gauche, au bout du mur, l'horloge de la gare qui retardait de trois minutes, et à ma droite, des rails à perte de vue, ombrés partiellement par les arbres qui veillaient de chaque côté. Je sortis ma lecture de mon sac lorsqu'un train entra en gare et s'arrêta le long de l'autre quai. Le convoi reparti aussi vite qu'il arriva, une seule passagère s'arrêta et s'assit sur le banc face au mien. Elle posa près d'elle son sac brun, rangea une mèche de ses longs cheveux noirs derrière son oreille, croisa les jambes tout en s'appuyant sur ses mains. Et le corps penché en avant, elle fixa le bout du tunnel que formaient les arbres autour des rails qui s'étendaient à perte de vue.

L'arrivée de cette femme suscita une fascination étonnante. Elle possédait une aura, une sorte de magnétisme émanait de sa personne ; je ne pouvais, ne serait-ce qu'un instant, décrocher mes yeux de ce qu'il m'était permis de contempler. Je me sentais privilégié. Le menton levé, les paupières fermées, elle semblait se satisfaire de la douceur qu'insufflait la légère brise du mistral. Le vent surfait sur les vagues de sa robe fleurie et sur les courbes de sa chevelure ondulée. Je me risquais à m'attarder plus en détail sur son visage.

Ses lignes semblaient avoir été dessinées de la main d'un ange, aucune asymétrie, pas la moindre rature, les mots me manquent pour décrire la douceur que ses traits dégageaient. Ses pommettes saillantes et d'un rose léger, s'estompaient en douceur sur le velouté de sa peau mate. Sa bouche pulpeuse s'accordait parfaitement avec celles-ci imitant la même teinte lilas, et un petit signe s'était délicatement déposé sur la rive gauche de sa lèvre supérieure.

Je m'éternisais sur elles, lorsque soudainement elle se tourna vers moi. En levant la tête, je rencontrai ses yeux en forme d'amande, le marron assombri par son air grave. Je déglutis et m'empourprai. Elle semblait s'interroger sur l'inconnu qui la fixait depuis l'autre quai, mais un sourire entraina ses lèvres lorsqu'elle se rendit compte de mon embarras. Elle passa vite à autre chose et saisit un livre qui trainait dans son sac. Évidemment, elle devait avoir l'habitude d'être observée, néanmoins je sentais que le cadre et l'émotion qui embrasait mes pommettes apportaient un intérêt singulier à la scène. Gêné de mon indiscrétion, je tentais en vain de me concentrer sur les mots de mon bouquin, m'autorisant quelques fois à jeter un coup d'œil sur ce qu'elle faisait. J'avais une irrépressible envie de lui parler, mais je n'allais pas débarquer comme ça, un refus frontal m'aurait trop chagriné. C'est alors que j'eus une idée, je déchirai une page de mon carnet et lui écrivis un mot pour m'excuser de mon inconvenance, un prétexte comme un autre pour initier le contact. J'écrasai la feuille et la lançai à côté d'elle, si elle ignorait mon mot ce n'était pas grave, je ne comptais plus la regarder après ça, de toute façon. Je me plongeais dans mon livre comme jamais je ne l'avais fait auparavant, si bien que je ne pouvais même plus apercevoir mes mains. Mon cœur palpitait de stress sous ma poitrine lorsqu'une boule de papier heurta ma tête. Je levai les yeux et vis l'inconnue me lancer un regard au-dessus de sa lecture avant de la reprendre tranquillement, je dépliai le papier et découvris le mot qu'elle m'adressa.

« Des excuses tardives, mais acceptées. Je crois que je vous en dois moi aussi, vous n'étiez pas aussi rouge avant. »

Et je rougis davantage, je fus surpris qu'elle le prît avec humour et je tentai de continuer la conversation avec un nouveau mot, je n'avais plus rien à perdre.

« Où vas-tu ? »

« À Arles, et toi ? »

« Nice. »

« Tu comptes continuer à me balancer des mots comme en CE2 ou tu vas venir discuter ? »

Je regardai l'heure et me suis senti rassuré, j'avais encore quelques minutes devant moi avant de repartir. J'écrivis le dernier mot, « *J'arrive.* » et le lui lançai puis je rassemblai mes affaires et mon courage pour la rejoindre. J'enfilai les bretelles de mon sac, tirai la poignée télescopique de ma valise et m'avançai vers la passerelle pour gagner l'autre quai.

La merveilleuse inconnue suivait mes mouvements du regard, calme, avec un air doux, je m'impatientais de cette dernière étape interminable qui nous séparait. Je tournai la tête et vis avec effroi, l'inévitable issue de notre halte à tous les deux. Son train arrivait, je me dépêchai de monter les marches pour au moins avoir la chance de la recontacter, mais en haut de la passerelle je la vis se lever, le wagon arrêté devant elle. Je compris qu'il était trop tard, je lui fis signe de la main pour lui dire au revoir, n'osant pas imaginer la perspective d'un adieu ; elle me rendit mon geste avec une mine compatissante et un peu boudeuse. Elle monta dans la voiture numéro 4, je m'assis contre ma valise. Les rails vrombirent et le convoi emporta mon inconnue. Je restai là, seul dans cette gare d'un autre temps, la tête déjà plongée dans un souvenir passé.

Thomas C. SIMON

L'odyssée

Ils ont 40 ans, quatre beaux enfants, un chien, une maison agréable, de jolies voitures, des métiers presque confortables, ils sont en bonne santé, leur couple est stable.

Est-ce un cliché ?

Ils ont travaillé très dur pour façonner ce portrait de famille. Ils se sont affairés pendant vingt ans, le nez dans le guidon.

Ils sont diamétralement opposés. Ils ont traversé les épreuves grâce à leur complicité. Mais l'amour n'est pas sans concessions. Il laisse des traces : magnifiques et douloureuses.

Ils ne sont pas très jeunes, ils ne sont pas très vieux, ils sont l'entre-deux. Ils ne veulent pas céder au ronron ennuyeux.

Et maintenant ? L'heure du bilan. Quel est le sens de leur vie ?

Son projet est d'embarquer avec les siens, et de voguer vers le large sur la Méditerranée. Parce qu'il ne veut pas se rompre à la simplicité. Il aspire à un destin extraordinaire. Il aime plus que tout le dépassement. Il a besoin de s'impressionner, en épatant la galerie.

Elle a toujours rêvé de tout quitter, et de partir avec ses bien-aimés dans les lointaines contrées. Parce qu'elle avait besoin d'instruire sa curiosité. Parce qu'elle ne voyait pas l'intérêt d'accumuler, sans profiter.

Seulement, cette fois-ci, elle n'est pas au rendez-vous. Parce qu'elle n'est pas prête à habiter dans une embarcation de 10 m2, à 6. Parce qu'elle n'a pas envie de vivre sur les eaux. Parce qu'elle n'aime pas le vent, le froid, l'humidité, le mal de mer. Parce qu'elle a besoin de stabilité. Est-ce si compliqué à comprendre ? C'est du bon sens. Pourquoi ne l'entend-il pas ?

Elle s'est consacrée à ses enfants. Elle a toujours suivi et soutenu son mari. Elle a lutté des années, pour se sentir bien dans sa vie, dans sa ville, dans sa maison, dans son travail et dans sa famille. Elle a trouvé son équilibre. Elle est simplement heureuse d'être heureuse. Alors pourquoi faut-il maintenant tout balayer? Ne mérite-t-elle pas un peu de répit ? Elle est enfin disponible pour ses projets professionnels. Libre dans sa tête, elle aspire désormais à son autonomie.

Pour mieux aimer, il faut cela, n'est-ce pas ?

Aveuglément, elle n'a pas envie de le suivre. Parce qu'il faut l'avouer, la mer n'est pas son élément. La croisière s'amuse, c'est mieux à la télé. N'y a-t-il pas qu'un capitaine, à bord ? Elle veut être l'unique maître de son destin. Elle refuse qu'un autre décide pour elle. Elle n'a plus l'âge, elle a toujours donné, sans compter, elle est fatiguée.

Bien sûr, dans l'absolu, ce projet la fait rêver. C'est la liberté. C'est l'immensité de l'horizon. C'est l'abolition des stéréotypes imposés par la société. C'est la force des éléments. C'est l'ouverture au monde. C'est penser la vie autrement.

Déconstruire ses croyances, et se découvrir.

Elle n'est pas capricieuse, pourtant des résistances en elle refusent de céder. Ce sont ses entrailles et son cœur qui hurlent. Elle fait confiance à son intuition. Ne pas se laisser entraîner dans une histoire qui la dépasse totalement.

Elle a fait son choix. Celui de se respecter et de se faire respecter.

Ils ne se parlent plus. Il est très contrarié qu'elle ne soit pas emballée. Il n'est pas habitué à ce NON !

Elle pourrait culpabiliser de priver son clan d'une si belle aventure.

Mais elle s'applique à rester ferme et à être juste.

Ce projet vient réveiller les failles. N'avaient-ils pas remarqué les fissures qui lézardent la belle façade? Que se cache-t-il derrière ce décor ? Elle veut comprendre, réparer, assainir la base. C'est son unique ambition pour ce nouveau départ.

C'est le moment d'évaluer les comptes et de remonter les pendules, en toute bienveillance. Serait-ce possible ? Un devoir de s'asseoir, un face-à-face, pas un débat, mais une écoute active et constructive. Sont-ils des étrangers, des amis ou des ennemis ?

Pour cela il faut être deux. Il ne faut pas avoir peur. Il faut accepter ses propres limites. Il faut accueillir ses blessures. Il faut demander pardon. Il faut pardonner. Il faut consoler. Il faut espérer. Il faut croire. Il faut aimer. Changer ? Non. Progresser ? Sûrement.

Parce qu'il n'y a pas de recommencement possible. On ne redémarre jamais à zéro. On poursuit notre chemin, en essayant d'évacuer quelques pierres, pour rendre la route plus agréable. On transporte toujours notre bagage, en tâchant de l'alléger.

C'est un voyage et une introspection, au cœur de leur relation, auxquels elle l'invite, aujourd'hui.

Pour le moment, ce dessein ne semble pas l'inspirer. Il n'est pas réceptif. Il rêve de conquêtes, de découvertes, d'exploits, de nuits étoilées, d'océans déchainés, de mers d'huile, et de grands espaces.

Portant elle demeure certaine que c'est fondamental, pour préparer ensemble cette odyssée, et concevoir ce nouveau départ.

Accepter les vagues et la tempête, si chacun fait le choix de prendre le large.

DE RAULIN Emmanuelle

Loin d'ici

« Il arrive ! »

Mes gémissements se mêlaient aux incantations d'Adiza qui fixait sans cligner des yeux mon bas-ventre. Ravagée par cette douleur inouïe, j'agrippai le drap du lit que je sentis se déchirer sous mes ongles. Elle dénoua le bout de son pagne et sortit une amulette qu'elle me glissa dans la main, en m'intimant l'ordre de la serrer très fort.

« Parle à ton enfant, dis-lui de te libérer. »

Je prononçai un chapelet de phrases aussi insensées les unes que les autres, assaillie par cette douleur que je n'avais jamais connue auparavant.

« Je vois sa tête, pousse. »

J'usai de toutes les forces qui restaient encore en moi. Il glissa hors de moi, et je ne pus m'empêcher de lâcher un hurlement qui incita ma sage-femme à me mettre une main sur la bouche.

« Ne crie pas, tu vas attirer les mauvais esprits. »

L'instant d'après, j'entendis mon bébé pleurer à grands cris dans la pénombre et aussitôt mes larmes de douleur cédèrent place à des larmes de joie. Comme tant de femmes avant moi, j'étais mère...

« Tu as été très brave. C'est une jolie petite fille ! »

Elle la couvrit d'un de mes pagnes et me la donna. Je séchai mes larmes et contemplai ma fille, elle était si fragile que j'avais peur de lui faire mal. Je ne prêtai plus une once d'attention à ce que faisait Adiza qui rangea le foutoir dans la case avant de prendre congé de nous. Je passai des minutes à caresser ses petites mains, ses petites joues, son petit corps sans m'en lasser. Un moment magique qui aurait duré des heures, si elle ne s'était pas remise à pleurer. Je la rapprochai de mon sein pour lui donner la tétée et mon cœur fit un grand bond en moi.

Ma fille avait une dent dans la bouche. Je me jetai sur la lampe-tempête posée dans un coin de la case pour voir si je ne me trompais pas ; elle avait bien une dent sur la mâchoire inférieure. Mon sang se glaça, connaissant le sort réservé à cette catégorie de bébés que notre coutume « baatonu » qualifie de « bii yon'bou », sorciers. J'aurais voulu crier ou pleurer, mais je n'en eus pas la force.

Dans notre village et ceux avoisinants, tout le monde savait ce qui arrivait aux nourrissons nés en présentant le siège, face en direction du sol, en présentant l'épaule, les pieds en premier, avec les dents ou dont les mères décédaient en couche ; mais personne n'osait en parler. Cette barbarie se passait dans le secret total, les nourrissons étaient asphyxiés, empoisonnés, déposés sur des termitières ou fracassés sur des arbres jusqu'à ce que mort s'ensuive. Neuf mois passés à porter cette grossesse dans la douleur et les larmes pour que des croyances fondées sur des superstitions viennent m'arracher le fruit de mes entrailles ? Je savais tout au fond de moi que Kossi, mon mari, ne bougerait pas le moindre petit doigt pour sauver notre progéniture ; lui pour qui seuls les mâles semblaient avoir de la valeur.

Moi, par contre, mon cœur de mère ne s'en remettrait jamais. Elle venait juste de naître et déjà je l'aimais plus que ma propre vie. Je sortis mon sein comme si de rien n'était, et donnai la tétée à ma fille qui s'endormit une fois le ventre plein. Que faire quand le poids des traditions devenait trop pesant ? Nul besoin d'être un devin pour savoir que tout combat était perdu d'avance. Tous les enfants n'étaient pas systématiquement tués. Il y en avait que l'on abandonnait sur les voies, dans la forêt ou que l'on confiait aux centres chargés de recueillir les enfants en situations difficiles.

Mais moi je ne voulais pas non plus de cette alternative-là. Si ma fille était indésirable, alors je n'avais d'autres choix que de partir. Mon mari et ma belle-famille n'allaient pas tarder à venir voir l'enfant, je n'avais pas beaucoup de temps. Je rassemblai quelques affaires et le peu d'économies que la villageoise que j'étais possédait, mis ma fille au dos avant de m'engouffrer dans l'obscurité, bravant la fraîcheur de ce soir d'août. Je traversai le village en priant tous les dieux que personne ne croisât mon chemin. Plus que quelques mètres, et j'aurais été hors de cet endroit.

« Où vas-tu jeune femme ? »

Je me retournai au son de cette voix que je connaissais très bien. Adiza se tenait là derrière moi.

« Je... je... je..., répétais-je sans savoir quoi répondre. »

Lentement, elle s'approcha de moi et posa une main sur ma bouche.

« Je n'ai pas eu ton courage, il y a de cela bien des années, et cela m'a coûté un fils. Que nos dieux me pardonnent si mon instinct de mère domine sur le culte que je leur voue. Rassure-toi, je ne serai pas la source de ton malheur. »

Je n'eus de réponse qu'une larme qui ruissela le long de ma joue. Une larme pour Adiza et son fils qu'elle n'avait pas vu grandir, et pour toutes ces mères qui subissaient sans broncher le dictat de nos us et coutumes.

Je la serrai dans mes bras et me hâtai de poursuivre ma route. Je n'avais qu'une seule envie, prendre un nouveau départ, loin d'ici.

Aimé DA CRUZ
« Prise au piège » aux éditions du printemps

Ma neuvième vie

Vous connaissez cette théorie qui prétend que chaque âme, humaine ou animale, choisit sa vie en fonction des étapes qu'elle a à franchir pour évoluer sur le plan métaphysique ?

Non ?

Je ne la maitrise pas assez précisément pour vous en faire un cours magistral, mais l'ayant expérimentée, permettez-moi de vous en faire le récit empirique. J'ai l'audace de croire qu'il vous ravira de le connaitre, car il est d'autant moins banal qu'en ce qui me concerne, ainsi que les autres de mon espèce, j'ai eu neuf vies.

Là, normalement, même sans être un fanatique des sciences occultes, de la réincarnation et du karma, vous devinez aisément que je suis un chat.

Un chat transcendé puisqu'à première vue je pense, je parle et j'écris comme vous. C'est un peu déstabilisant, je sais, mais vous oublierez vite.

Bien ! On ne bondit pas dans sa neuvième et dernière vie comme dans la deuxième ou la troisième.

La neuvième est déterminante, une fois arrivée à son terme, dans le parcours de notre âme. On doit donc être extrêmement attentif à la trajectoire que l'on va choisir, au sens qu'elle aura et aux leçons que l'on veut donner et recevoir.

Non pas que la vie sur terre soit désagréable, surtout si l'on a de bonnes croquettes et des plaids moelleux dans lesquels se blottir, mais je n'avais pas particulièrement envie de m'attarder, cette fois-ci.

J'ai donc opté pour une carrière courte, de moins de dix ans, mais avec un fort taux d'impact.

Comme je n'avais pas de temps à perdre, je voulais me

mettre au travail dès qu'il était possible pour moi de tenir sur mes quatre pattes et de ne plus téter ma mère.

J'ai rencontré ma trajectoire à environ six semaines de vie. Elle n'a pas été très difficile à convaincre. Un coup de fil et trois autres chatons ridiculement banals dans un carton plus tard, j'ai fait deux pas vers elle et j'étais adopté.

Je ne lui ai jamais dit (et pour cause, le langage est une faculté dont je ne suis doté que depuis ma dernière mort), mais le coup de foudre a été réciproque ce jour-là.

Je me souviens de son visage qui reflétait l'innocence et l'amour les plus sincères. C'était l'été et un immense soleil brillait, mais, à ma rencontre, elle s'est mise à rayonner presque jusqu'à l'éclipser.

Ça m'a naturellement donné un peu la confiance. J'ai carrément abusé de mes charmes. Je n'étais qu'un chaton après tout, j'avais droit à un peu d'ego et de prétention.

Je ne lui ai pas franchement facilité la vie au début. Je l'avoue, même si j'ai un peu honte, ça ne servait pas toujours ma trajectoire. J'avais juste envie de la faire chier, très clairement.

Il se trouve que dans ma vie précédente, j'avais été adopté par un couple totalement dysfonctionnel dans lequel le mâle était ce qu'on appelle un pervers narcissique, swinguant sans cesse entre charme et cruauté. J'ai testé sur elle.

Franchement, croyez-moi, je ne suis pas très fier de ça aujourd'hui, mais en toute honnêteté : je me suis bien marré. Bien que la tentation – parfaitement entendable – de m'abandonner lui ait traversé l'esprit, elle était totalement acquise à ma cause !

Très vite, on a développé une relation incroyable. Même moi je ne pouvais plus me passer d'elle. Elle savait soigner son intérieur comme personne et dans tous les endroits où l'on a vécu, elle a toujours pris un soin particulier à ce que ce soit cosy et douillet.

On était si bien ensemble que j'en oubliai que j'avais choisi une trajectoire courte. J'avais compris, pourtant, qu'elle comblait avec moi tous les trous laissés par ses chagrins d'enfance. Des chagrins, elle en a connu après aussi, mais j'étais toujours là pour la consoler.

Je l'ai vue trébucher pas mal de fois, se blesser, se soigner, puis repartir. Puis un jour, elle est tombée plus lourdement. Son âme en a été brisée. Elle s'est renfermée encore plus sur nous. Elle ne sortait quasiment plus. Elle m'avait moi et même si j'aimais ça, ce n'était pas bon pour elle.

Elle avait tant d'amour à revendre, de l'ambition et des rêves plein la tête, elle n'avait juste plus aucune énergie et mon amour inconditionnel était sa seule source de joie.

J'étais devenu à la fois son réconfort et sa mission de vie. Mais je n'étais pas assez égoïste pour croire que c'était sain pour elle. Il fallait qu'elle sorte de notre bulle. Et ma trajectoire était courte, souvenez-vous.

Moins de dix ans.

Or cela faisait déjà presque huit ans… L'échéance arrivant et son mal-être grandissant, j'ai compris que le moment était venu. Je n'ai pas voulu la prendre au dépourvu. J'ai opté pour une maladie grave, diagnostiquée tard, mais pas trop, pour qu'on ait le temps de profiter encore l'un de l'autre et qu'elle se prépare doucement à mon départ.

« Six mois », c'est ce qu'avait pronostiqué le vétérinaire. J'ai lutté jusqu'au dernier jour du sixième mois, pour être avec elle jusqu'au bout de ce que mon corps physique pouvait endurer, et je suis parti. Notre bulle s'est divisée et je me suis envolé.

Encore longtemps après mon départ, elle a senti le petit poids de mon corps se blottir contre elle, la nuit. C'était parfois son imagination, parfois moi. Il ne faut pas croire, j'ai souffert de la quitter. Du moins comme il est possible de souffrir dans une conscience métaphysique qui connait l'ordre des choses.

Et elle était le sens de ma neuvième vie. Aujourd'hui, je la vois remonter la pente. Elle a retrouvé le rose aux joues et l'éclat qu'elle avait dans les yeux à vingt ans. Elle sort, elle danse, elle rit, mais surtout, elle ose à nouveau laisser entrer des gens dans sa vie. Elle a crevé la bulle.

C'était le sens de ma neuvième vie, lui rappeler qu'elle n'en avait qu'une seule — en tout cas jusqu'à connaissance du contraire !

Laetitia DEBOURGE

Ma vie sans toi

Il dansait et riait avec Nancy au milieu de la piste. Les tourtereaux semblaient heureux et très amoureux. Marc avait repris du poids et faisait bonne mine.

Pourtant, quelques mois auparavant, on aurait pu le croire perdu à jamais.

À cette époque, Marc n'était plus que l'ombre de lui-même. Il passait ses nuits à errer dans les bars, noyant son chagrin et crachant sa haine ainsi que sa frustration à la figure de ses compagnons de beuverie.

Tout avait commencé un soir de 14 février, lorsqu'il avait trouvé des messages compromettants sur le téléphone de sa petite amie. Julie, sa tendre et douce, sa bien-aimée, le trompait. Marc s'était mis dans une colère noire, puis avait quitté l'appartement en claquant la porte. Fou de rage et de chagrin, il avait passé une partie de la nuit à divaguer dans les rues avant de rentrer. Une fois chez lui, il avait cherché Julie pour arranger les choses, mais ne l'avait pas trouvée : elle était partie en emportant toutes ses affaires.

Affalé dans son fauteuil en cuir, le jeune homme de trente-six ans était resté éveillé toute la soirée à réfléchir aux raisons de cette trahison.

Comme tous les couples, les deux trentenaires traversaient des périodes compliquées de temps à autre, pourtant, rien ne présageait d'une séparation. Cela était d'autant plus difficile à digérer pour le jeune homme qu'il y a deux semaines, Julie et lui prévoyaient d'emménager dans une nouvelle maison à la campagne et d'avoir un enfant.

Contrairement à Julie, Marc était éperdument amoureux; il croyait qu'elle était la femme de sa vie. Depuis le premier jour où leurs regards s'étaient croisés sur cette plage de la Réunion, son amour pour elle n'avait jamais faibli.

Avec le départ de sa « fleur des îles », comme il se le répétait souvent, c'était une page qui se tournait.

Dix ans de vie commune balayée en une soirée.

Comment cela avait-il pu se produire ? Qu'avait-il fait de mal pour mériter une telle humiliation ?

Voilà des questions auxquelles Marc ne connaîtrait sans doute jamais de réponses. Comme cadeau de Saint-Valentin, il ne pouvait pas rêver pire.

Peu à peu, le poison de la colère et de la trahison s'était répandu dans ses veines. Il passait ses nuits à boire et ses journées à vadrouiller sur le port et dans les bistrots. Il avait tout perdu : sa femme, son emploi, et bientôt son appartement ; le propriétaire de son deux pièces avait mis fin à son bail pour non-paiement de loyers.

Marc ne semblait plus toucher terre, il poursuivait lentement sa longue descente aux enfers.

Un soir, en sortant de chez un ami, il aperçut Julie se promenant au bras de son nouveau compagnon. Elle était radieuse, encore plus belle que dans ses souvenirs.

Marc quant à lui était méconnaissable, il le savait et il ne voulait pas que Julie le voie dans cet état. Il remonta les escaliers et se réfugia chez son camarade.

Ce soir-là, en croisant son reflet dans le miroir, il prit une grande décision : partir.

Loin d'ici, d'elle, de cette souffrance qui le consommait à petit feu.

Deux jours plus tard, il se trouvait dans un avion pour Sydney, en Australie. Bien sûr, au début, cela n'avait pas été facile. Nouveau pays, une langue et une culture étrangères, il était reparti de zéro.

Néanmoins, avec de la persévérance, il avait fini par retrouver du travail, un logement et de nouveaux amis. Reconstruit, il était à présent heureux aux côtés de Nancy, qui à force d'amour et de patience était parvenue à l'apprivoiser.

Sous les spots multicolores du « Jennyz 49 », Marc ondulait sur la piste de danse en charmante compagnie, à des années-lumière du chagrin et de la colère d'antan.

Alvane MARAE
Auteure de Dormir à tout prix

Min-Min

Elle sent comme des picotements, à regarder ce ciel coléreux. Ce gris granuleux lui glace la peau et traverse les os. Elle a froid.

Depuis ce matin, le jour hésite à rendre le port lumineux ; les nuages épais et lourds ont d'autorité écarté sa présence.

Min-Min, dès lors que la ventilation de la grille du restaurant rapide cesse de la réchauffer, range minutieusement cartons et duvets dans son caddie. La journée sera longue, pensa-t-elle, aujourd'hui, on m'attend.

L'avenue principale est foulée par les lève-tôt : certains rentrent après une nuit de travail, les autres partent prendre leurs postes et les fêtards terminent leurs beuveries aux bords des trottoirs, marmonnant des restes de chansons.

La machine, de l'emploi et du plaisir, ne cesse jamais de fonctionner. C'est à l'image de la vie, un éternel recommencement.

Min-Min travaillait dans une usine de chapeau, il y a de cela une dizaine d'années. La fermeture de l'entreprise l'avait propulsée dans la rue, comme un objet utilisé, au rebut, mais jamais elle n'avait perdu l'espoir de recommencer. Il fallait un brin de chance et une épaisse couche de volonté.

Min-Min aime écouter la rue. Cela lui permet d'apprendre énormément de choses, se faire une opinion sur la vie, les choix faits ou à faire. Elle semble déçue que la plupart des gens n'écoutent jamais le silence pour mieux comprendre. La quinquagénaire se fond dans cet environnement à la fois réconfortant et dangereux.

À mesure que le soleil prend place dans cette voûte maussade, le chaos s'installe sur l'avenue. L'affluence humaine et motorisée s'épaissit, le bruit étouffe le calme. Min-Min n'aime pas la foule.

Elle apprécie les odeurs matinales qui nourrissent son esprit, mais creusent également son estomac : le pain chaud et les viennoiseries des boulangeries, les effluves de café, la crème de lait flottant au bord des tasses pleines de chaleur. Min-Min profite de ces moments, même avec les privations et l'inaccessibilité à toutes ces gourmandises.

L'embarcation est à quai.

Elle accélère le pas, elle s'inquiète. Elle a mis son pantalon le moins usé, et un pull-over que lui a donné Herbette, la responsable d'un dépôt de vêtements pour sans-abri. Elle devra laisser son caddie à quai, près des caisses à poissons vides.

C'est son premier jour.

M. Jacomotti salue Min-Min, il l'invite à bord et lui donne les premières consignes.

Min-Min, endosse un large coupe-vent jaune et un tablier blanc épais et lourd. Elle disparait sous cet amas de tissus et de caoutchouc. Elle prend une profonde respiration et entre dans la cabine, au côté du capitaine Jacomotti.

Il la convie à s'asseoir un moment. Il enclenche le pilotage automatique et allume le sonar. Il s'approche de Min-Min. Il lui sourit, lui parle de choses futiles. Sa grosse main calleuse se pose sur sa cuisse. Elle ferme les yeux. Un mur se lève autour de son esprit, son corps ne lui appartient plus.

Il n'est pas doux, il est pressé de conclure afin de ne pas être surpris par un collègue de l'équipe. Min-Min paye le prix de cet entretien d'embauche. Un essai, avait-il proposé.

Son cœur se gonfle d'angoisse, la nausée s'amplifie à chaque tangage. Lorsqu'elle réouvre les yeux, le capitaine sourit. Une fois sa braguette remontée, il l'envoie sur le pont avec le reste de l'équipage. Tirer les filets demande une certaine force. Elle trie les poissons, un grammage doit être respecté.

Elle tient sa journée avec un arrière-goût de honte, une résignation scandaleuse.

L'horizon est une promesse voilée, mais une promesse. Tous les matins, elle galope sur les vagues ourlées d'écume. Son regard s'étire au loin, elle se refuse de retourner.

Min-Min a trouvé un emploi.

Benedicte MITRANO

Mon bonheur retrouvé

Le soleil est apparu sur le sable dans une explosion de couleurs. J'avais du mal à imaginer que cet astre était celui qui peinait à briller quand je le regardais depuis mon studio. Je pensais à ce qui m'avait conduite sur cette plage paradisiaque. Je repensais à mon balcon où, quand le jour se levait, je n'avais pour simple vue que d'autres immeubles, parfois un léger brouillard.

Désormais, la brise qui faisait danser mes cheveux et chatouillait le haut de mon dos me réveillait avec l'odeur spécifique que l'on retrouve seulement à la mer. Je comparais cela à celle que j'avais pu avoir, un mélange de pollution et de fumée de cigarette. Quant au bruit, j'avais désormais le silence qui n'était brisé que par le clapotis des vagues. Fut un temps, j'avais droit aux klaxons des voitures, pressées de se rendre dans leurs bureaux dans lesquels ils seraient enfermés pendant au moins huit heures.

Durant mes 25 années de vie, j'ai tenté de rentrer dans les cases que la société avait pu malgré elle inculquer à chacun : école primaire, collège, lycée, université, boulot... avec l'installation de la routine boulot, dodo... Saupoudré d'une relation où il faudrait dans une suite logique fonder ma famille, trouver une maison ou un appartement dont je deviendrai propriétaire.

Mais voilà, après avoir terminé mes études, ma mère m'a dit : «Trouve-toi une vie que tu voudras vivre pleinement. Lorsque tu respireras, il faudra que tu inspires à pleins poumons. Quand tu regarderas un paysage, prends le temps d'observer chaque aspect que la nature t'offrira à cet instant, fais en sorte que chaque odeur te soit agréable ou sera une source de souvenir pour toi». Je n'avais jamais entendu quelque chose à la fois si beau et si effrayant. J'avais matière à réflexion.

Après cela, elle m'avait questionné : «De quoi as-tu envie?». J'y ai réfléchi un moment, avec toujours la question «Et si?» qui revenait me hanter, en me demandant si cela était bien raisonnable.

Les jours passaient et son visage ne quittait pas ma mémoire, elle avait tant sacrifié dans sa vie. Son souvenir m'était tellement précieux. Je le repassais en boucle dans ma tête. Puis, pendant que je rassemblais mes idées, perchée sur mon balcon, j'ai vu ces personnes qui traversaient la rue, avec les traits tirés et une mine triste; la déception se lisait sur certains visages. Ces gens n'avaient pas la vie qu'ils avaient souhaitée. Ma mère avait raison. Il fallait oser et, ma vie commençait à peine, c'était le moment le plus propice. Je me jurais de vivre pour elle et pour moi.

Un jour, j'ai donc pris la décision de partir sur une île française, là où le soleil que j'aimais tant serait présent, là où une culture complètement différente de la mienne me repousserait dans mes retranchements. Là où, après avoir travaillé, je pouvais respirer pleinement ce que la nature avait à offrir...

Rien n'est jamais figé dans le temps. Si l'on s'aperçoit que notre vie n'est pas celle que nous souhaitons, pourquoi s'y accrocher? Pourquoi ne pas vivre nos rêves?

Ça, ma mère l'avait compris et voulait le meilleur pour moi : ô grand jamais je ne pourrais la remercier suffisamment!

Désormais, j'avais trouvé du sens à la vie que je menais. Je me sentais bien, seule, et n'avais pas besoin de trouver quiconque avec qui partager ma vie. Les habitants de l'île étaient des gens ouverts qui venaient facilement vers moi, et cela suffisait à mon épanouissement personnel, ainsi que mon travail qui me plaisait pour subvenir à mes autres besoins.

Cette décision était la meilleure chose qui me soit arrivée. Assise dans le sable, devant ce lever de soleil : c'était mon nouveau départ.

Après m'être remémoré ces souvenirs, je me levais et décidais d'aller siroter un cocktail dans le bar situé au bord de la plage, mon préféré. Je m'installais et commandais un mojito à la fraise. J'en avais bu quelques gorgées lorsque la télévision attira mon attention. Il s'agissait d'un flash spécial pour une disparition. C'est alors que je vis mon visage apparaitre à l'écran. Mes proches venaient de me déclarer disparue.

J'étais partie sans prévenir personne !

Mélissa DEBAY

Naël

« Chaque journée est une petite vie… »
Arthur Schopenhauer

Chaque matin je suis sur les starting-blocks, prêt pour un nouveau départ. Un vrai départ, pour une nouvelle vie. Je ne passe pas un cap, comme un âge charnière par exemple, non, je me retrouve réellement dans la peau de quelqu'un d'autre toutes les vingt-quatre heures. Je ne contrôle rien du phénomène et peux me réveiller jeune, âgé, homme, femme, adorable, détestable… Les premiers temps, j'ai trouvé cela perturbant, mais je me suis habitué.

Aujourd'hui, je suis Alain, un jeune retraité qui cherche à stabiliser son nouveau statut en trouvant un compromis entre dilettante et activisme. Hier, j'étais Nelle, en proie avec sa crise de la quarantaine, avant-hier Kodjo, un gamin togolais heureux de prendre sa douche sous la pluie tiède. Si j'étais animal, je serais un éphémère, pour la durée de chaque vie, croisé à un phénix, pour la renaissance journalière. Je ne suis pas quelqu'un, je suis une multitude, je n'ai pas une vie, j'en ai des milliers, pour être exact, dix mille neuf cent cinquante-sept.

Je me rappelle chaque incarnation, chaque histoire. Par contre, je ne me souviens pas être né, un jour, quelque part, mais plutôt d'avoir été projeté dés le départ, dans une série de renaissances multiples, il y aura trente ans demain.

Je ne pense pas « emprunter » le corps de quelqu'un lors de ces incarnations. Je reste toujours moi-même, spectateur du monde, seule ma vision de celui-ci diffère. En trente années, j'ai acquis une connaissance des hommes extraordinaire, cependant je suis toujours surpris par chaque nouvel individu que je deviens. Je ne juge pas mes personnages ni ne trie mes existences heureuses ou désolantes. Chaque être est unique et complexe, ni blanc, ni noir, mais d'une nuance de gris. Je les accueille tous, pour mieux comprendre la vie.

Bien sûr, cela a un prix : je connais l'amitié, l'amour, mais de façon furtive et les relations durables me sont interdites. Les épouses, les familles, les enfants, les amis que j'ai eus disparaissent au soir, lorsque je m'endors. Et, chaque matin, je dois faire face à un défi qui sera remplacé par un autre le lendemain. Pour employer une métaphore moderne, je zappe mes existences comme on passe d'une vidéo à l'autre sur TikTok. Je regarde, je m'étonne, j'apprends de la vie, mais je ne vis pas vraiment.

Nous sommes le 16 avril. Demain, c'est mon anniversaire. Je ne sais pas avec qui je le fêterai, tout dépendra de ma prochaine incarnation.

Pour l'instant, je suis Alain. Je vis avec Véronique, dans un chouette quartier verdoyant. Si j'ai laissé derrière moi le monde du travail, il reste à ma compagne quelques années d'activité professionnelle. Alors j'occupe ma journée solitaire, moitié avec les taches ménagères, moitié avec les choses que j'aime : me balader, écrire, m'occuper du jardin. Ce soir, je suis allé la chercher à son travail, et nous revenons à pied vers la maison. Nous nous racontons nos journées. Même si cette existence à l'apparence tranquille ne doit durer que vingt-quatre heures, j'éprouve pour Véronique de vrais sentiments. Comme j'ai en moi la mémoire de chaque tranche de vie, je me souviens du moindre instant qui les a forgés.

Il est tard, Véronique s'est endormie. Je la regarde et suis désolé de bientôt perdre la complicité qui nous lie. Je retarde le moment où je vais sombrer pour profiter encore de cette vague d'amour qui me submerge quand je suis avec elle. Je sais pourtant que le sommeil finira par avoir le dessus.

Réveil !

Qui suis-je ce matin ? Je tiens mes yeux fermés et laisse mon prénom venir à moi : Naël. Qui est Naël ? J'ouvre les paupières, lentement.

Quelque chose ne colle pas. Je devrais savoir où je suis, je devrais déjà avoir tous les souvenirs de ma nouvelle vie, mais il n'en est rien. Ce lieu est incomparable, je le ressens plus que je ne le vois. Tout est blanc, éthéré, immatériel, et pourtant familier.

— Bonjour, Naël.

Quelqu'un me parle…

— Qui êtes-vous ?

— Je m'appelle Uriel.

— Uriel, l'archange ?

— Les hommes m'ont donné ce titre, en effet. Tu as dû te rendre compte qu'ils aiment tout répertorier, classer, ça les rassure, ils pensent ainsi maîtriser les sujets et la complexité de leur vie. Je préfère m'attribuer le terme de « protecteur ».

— Je ne vous vois pas.

— Imagine-moi… je n'ai pas de forme réelle, c'est à ton esprit de me façonner, tu peux même me coller deux ailes dans le dos si ça te chante.

— Vous m'avez appelé Naël, qui est Naël ?

— C'est ton véritable prénom.

— Mais…

— C'est perturbant, je sais.

— Et je suis…

— Un protecteur, comme moi. La différence, c'est que tu débutes dans la fonction alors que j'ai des heures au compteur.

— Un protecteur ?

— Oui, tu es là pour protéger.

— Comme un ange gardien ?

— Les hommes nous appellent aussi comme cela. Tu sais qu'ils ont imaginé toute une hiérarchie nous concernant. Bien sûr, il n'en est rien.

— Et toutes ces existences que j'ai incarnées ?

— Comment pourrais-tu protéger les hommes si tu ne les comprenais pas individuellement et dans leur ensemble ? Ces dix mille neuf cent cinquante-sept vies que tu as vécues ont servi à cela. Elles constituent le premier palier, il te faut maintenant acquérir l'expérience. Tu commettras quelques bourdes, c'est inévitable, mais tu te corrigeras, tu t'amélioreras avec le temps. Et du temps, nous en avons plus qu'il ne faut.

— …

— Si tu as des questions, je suis là pour y répondre

— J'aimerais savoir… Comment suis-je arrivé au matin de ma première vie ?

— Comment tu es né ?

— Je ne suis pas né, je me suis réveillé.

— C'est vrai.

— Alors, comment ?

— Le monde avait besoin de toi, donc tu es apparu.

Luc BAUDOT

Ne pas franchir la ligne jaune

Erika pousse la porte du vestiaire collectif. Ça sent le gel douche et le déodorant bon marché. Dans douze mètres carrés, entre les casiers et les bancs en bois, cinq ou six femmes en tenue de sport papotent ou fixent leur téléphone portable. Ça va, ça vient, ça bruisse.

Leurs piaillements irritent les oreilles d'Erika. En prison, on murmure, on chuchote, on se cache. Ces filles-là sont en représentation. Les deux plus âgées ronchonnent.

Les cours sont nuls avec Nathan. J'espère qu'ils ne vont pas le garder ! J'en peux plus de ses séances militaires d'abdos ! On va finir avec une descente d'organes !

Tu as bien raison, renchérit l'autre. C'est mieux avec Marie.

Une plus jeune, en legging rose fluo, lève la tête de son smartphone.

Peut-être qu'il faut le dire à la direction ? S'ils ne savent pas que ça ne convient pas, ils ne peuvent pas s'améliorer ?

Les deux vieilles lui jettent un regard outré.

Non, ah, ça non. Ce n'est pas à nous de le dire. Ils doivent s'en rendre compte par eux-mêmes, c'est pour ça qu'on paie !

Le legging rose hausse les épaules et s'en retourne à ses mails.

Erika se retient d'intervenir. Pendant les dix années qu'elle a passé enfermée, le monde n'a pas changé. Râler, subir et surtout ne pas agir, tel semble le dogme de ses congénères. La quadragénaire, elle, fait tout l'inverse. C'est d'ailleurs ce qui lui a été reproché lorsqu'on l'a placée en détention.

Erika supprime ce qui la gêne, frappe pour faire taire les empêcheurs de vivre en rond, règle les comptes que la société n'a pas le temps de solder. C'est l'histoire de sa vie. Depuis toute petite, elle applique sa justice. À cinq ans, elle se retrouvait régulièrement convoquée dans le bureau de la maîtresse avec sa mère. Il paraît que ça ne se fait pas, de planter son crayon à papier dans l'oreille de Kévin, même s'il lui a craché dessus à la récré.

Avec l'expérience, elle a appris à se montrer plus discrète et surtout, à ne pas se faire prendre. Plus tard, Erika a broyé quelques paires de testicules. Les adolescents ont du mal à comprendre qu'on leur dise non. Sous le coup de la douleur, ils font preuve de plus d'ouverture d'esprit.

Tout en enfilant sa tenue de gymnastique flambant neuve, l'ex-taularde continue d'analyser son environnement. Le psychiatre lui a conseillé de reprendre le sport. Soi-disant que ça l'aide à canaliser sa violence. L'activité physique et les médicaments, bien sûr. Ce n'est qu'à condition qu'Erika avale des tonnes de calmants, d'antidépresseurs et d'anxiolytiques que la société a accepté son retour.

Sur les casiers en métal dans lesquels les minettes rangent leurs sacs à main et leurs chaussures, une affichette précise : *merci de fermer la porte après usage.* Principe évident au premier abord, cela évite de s'ouvrir le crâne sur les angles aigus. Sauf que la plupart des utilisatrices quittent le vestiaire négligemment, laissant le battant prêt à trancher le cuir chevelu de l'étourdie qui n'aura pas vérifié qu'aucune menace ne plane sur sa tête.

Là encore, Erika prend sur elle. Son envie est puissante de rattraper une de ces imbéciles et de fracasser son joli visage botoxé sur l'arrête saillante du casier.

Le psychiatre qui a fait son évaluation à sa sortie de taule l'a mise en garde.

C'est un nouveau départ qu'on vous propose là, Erika. Sachez saisir cette opportunité. S'il y a une prochaine fois, je ne suis pas sûr que le juge se montrera aussi bienveillant. Dix ans pour un meurtre, ce n'est pas cher payé.

La quadragénaire n'a pu se retenir de répliquer.

J'avais prévenu. Ce n'est pas comme si la municipalité et les voisins n'étaient pas informés que j'allais péter un plomb...

Le thérapeute l'a interrompue.

Stop, pas un mot de plus, je pourrais croire que ces dix ans, enfermée, ne vous ont servi à rien. Ne me faites pas regretter de valider votre demande de mise en liberté.

Erika reste persuadée qu'elle n'était pas dans son tort en défonçant la BMW garée devant son portail. Elle a juste mal évalué la situation en ne voyant pas le conducteur assis au volant. La jeune femme, excédée de ne pouvoir sortir de chez elle, a projeté sa barre de fer dans le pare-brise du véhicule.

Sa colère l'a empêché de distinguer le type en train de se rouler un joint dans l'habitacle. Son crâne a explosé sous la violence du choc. Depuis des mois Erika demandait à la mairie d'agir pour faire respecter l'interdiction de stationner avant qu'elle ne craque.

Selon elle, le fumeur de cannabis est seul responsable de sa mort.

Fin prête pour aller soulever de la fonte, Erika jette un dernier regard dans le vestiaire. Une petite blonde s'érafle la jambe sur une porte métallique, frotte sa cuisse en maugréant. Une autre fille sort des toilettes, téléphone coincé sous le menton, et laisse la porte grande ouverte.

L'ex-taularde inspire lentement. Elle doit absolument empêcher la colère de la submerger. Sous ses paupières closes, elle s'imagine enfoncer la tête de la malpolie dans la cuvette des w.c. pour lui apprendre les bonnes manières.

La société s'est peut-être trompée en lui offrant un nouveau départ. Erika risque de ne pas en faire bon usage.

Ezra LUX

Nosce te ipsum

Aline quitta le métro en pestant et émergea au grand jour. Enfin, sous un plafond de nuages bas et gris. Elle se laissa porter par la foule matinale qui sortait du tunnel, joignant ses pas à la multitude. Sur le point d'échapper à cette marée humaine, elle fut brutalement bousculée. Peinant à retrouver son équilibre, elle jeta un coup d'œil autour d'elle. Qui était l'inconscient qui ne regardait pas où il mettait les pieds ? Mais il avait déjà disparu, happé par le défilé de fonctionnaires pressés. Aline pesta tout bas.

Elle époussetait son manteau quand un scintillement sur le bitume attira son attention. Autour d'elle, les gens commençaient à se disperser. Intriguée, elle se pencha vers l'éclat brillant, le ramassant pour mieux l'examiner. Qu'est-ce qu'un miroir, de la taille de sa paume, faisait-il, échoué dans le caniveau ?

Elle s'imagina un instant qu'il appartenait à celui qui l'avait percutée. C'était une jolie babiole. Peut-être devrait-elle faire un effort pour retrouver son propriétaire, sans doute avait-il une valeur sentimentale.

Oui, sauf que... Elle scruta le trottoir presque désert autour d'elle. Rues grises, buildings ternes, passants fades... Comment trouver un inconnu parmi tant d'autres ? Elle se représenta poster des affiches, comme pour les chiens ou les chats, « Petit miroir en argent trouvé. Son propriétaire lui manque énormément. »

Quelle bêtise ! Aline secoua la tête, avisant l'heure tardive. Empochant l'objet égaré, elle se dirigea vers l'entrée du bâtiment, priant pour que son chef soit occupé.

Encore une journée de terminée, encore une montagne de paperasse triée, estampillée et rangée. Et demain, une autre montagne l'attendrait, puis une autre, puis encore une autre...

De retour chez elle, Aline se dirigea vers la fenêtre panoramique de son appartement. Aussi loin que portait le regard, il y avait des constructions bétonnées. Les façades vitrées ne renvoyaient que le gris du ciel.

Elle se laissa tomber dans un fauteuil, poussant un soupir bruyant. Il était de ces jours où elle trouvait le monde bien terne... Une piqure dans la cuisse la fit sursauter et elle plongea la main dans sa poche, ressortant la bricole ramassée au matin.

Elle l'ausculta plus attentivement. La vitre réfléchissante était rayée, comme si ce n'était pas la première fois qu'elle se retrouvait à terre. Le cadre était finement ouvragé et au dos, trois mots étaient gravés, « Nosce te ipsum ».

Cela sonnait vaguement latin. Curieuse, elle se leva pour allumer son vieil ordi. Elle ouvrit internet, observant le petit cercle tourner avec impatience alors que la page chargeait.

Finalement, son serveur récalcitrant lui cracha une réponse.

« Connais-toi toi-même. »

Qu'est-ce que c'était, ce charabia ? Pourquoi l'avoir inscrit au dos d'un miroir ? Frustrée par cette énigme incompréhensible, Aline le leva, étudiant son reflet pour la première fois.

Elle sursauta, l'objet lui échappant presque des mains. Mais qui était cette femme qui la fixait d'un regard maussade, éteint ? Pas elle, sûrement ! Elle releva la glace, plissant les yeux avant de se forcer à sourire.

Profondément troublée, elle l'éloigna rapidement. Car il n'y avait pas de doute, l'image renvoyée était bien la sienne. Sauf que... elle ne se reconnaissait pas.

La personne dans le cadre en argent, celle qui recopiait ses mouvements, était une étrangère.

Elle aurait voulu laisser toute cette histoire derrière elle, aurait voulu n'avoir jamais trouvé ce carré de métal. Pourtant, plus elle faisait d'efforts pour oublier cette babiole apparemment insignifiante, plus elle revenait la hanter. Pourquoi ? Pourquoi ne pouvait-elle recoller ce qu'elle lui montrait avec ce qu'elle était ?

Le sommeil fut long à venir, et la nuit agitée. Quand Aline se réveilla le lendemain, elle était d'une humeur massacrante.

Pour une fois, son travail assommant eut l'avantage de lui faire oublier le miroir argenté. Cependant, à peine dehors, il s'imposa de nouveau à elle. Excédée, elle tourna son attention sur la foule qui la pressait de toute part, tout pour éloigner la vision dérangeante de la veille. Elle examina ces inconnus qui la passaient et dépassaient, qui la frôlaient et l'évitaient, le regard fixé au sol.

La réalité la frappa si brutalement qu'elle trébucha. La foule continua son chemin, le regard vide, sans aucun intérêt pour cette femme au milieu d'eux. Cette femme qui faisait partie d'eux, cette femme, réalisa Aline avec horreur, qui était comme eux. Elle se figea, repoussant cette vérité de toutes ses forces. Non, elle n'était pas comme cette foule sans visage, sans âme.

Et pourtant... la taquina une petite voix dans sa tête. N'était-ce pas cela qui l'avait tant dérangée dans son reflet ? Pas les nouvelles rides qui parsemaient son front, tout le monde vieillissait. Mais ces yeux vides, mornes, qui ne recelaient plus d'étincelles de vie, de curiosité.

Non, cela ne pouvait se passer comme ça, décida-t-elle, un sentiment de rébellion enflant en elle. Si étrange dans sa vie sans saveur, sans couleur, et pourtant familier comme un vieil ami oublié. Elle se souvenait, à présent, elle se souvenait de la saveur d'une aventure, le plaisir d'une découverte, le frisson de l'inconnu.

Comment avait-elle pu les oublier ?

Avec circonspection, Aline attrapa le bout de verre réfléchissant qui lui avait valu tant de tracas. Elle le tourna, observant l'image qu'il lui renvoyait. Cette dernière la fit sourire jusqu'aux oreilles, elle se reconnaissait ! Oui, elle pouvait s'associer à la jeune femme qui l'observait de ses yeux brillants.

Aline soupira profondément en entrant dans son appartement. C'était fait, le miroir d'argent continuait son chemin, d'étranger en étranger, porteur de questions et de réponses. C'était ridicule, mais il allait lui manquer, ce petit bout de métal...

Elle accrochait son manteau à son crochet quand un objet tomba de sa poche, attirant irrémédiablement son attention. Le soleil fit étinceler un ovale de métal tordu.

Marie LANOTTE

Nouveau départ… à la maison de retraite.

Mon grand-père est devenu veuf sur le tard ; il avait eu le temps de prendre de très mauvaises habitudes. Se retrouver seul à cet âge avancé ne lui convenant pas du tout, je l'ai, à sa demande, installé dans la chambre agréable d'une ravissante maison de retraite. Il ne m'adresse aucun remerciement. Il reste muet, avec cette obstination si horripilante des boudeurs âgés. Il ne s'émerveille même pas de la vue depuis la fenêtre de son nouveau séjour, de l'exposition plein sud, dont on ne mesure il est vrai la portée qu'après plusieurs années de vie dans un appartement situé au nord. J'ai beau lui souligner sa situation enviable, le nombre important de femmes célibataires à son étage, je n'obtiens que du mépris. Ça me sidère. Il m'a saoulé pendant des mois avec son EHPAD (Établissement d'Hébergement pour Personnes Agées Dépendantes, je précise, pour enrichir le vocabulaire des jeunes lecteurs), ses avantages, ou encore le taux de satisfaction élevé de la clientèle.

Il m'a pour tout dire supplié. Alors, je me suis décarcassé. J'ai rempli des formulaires ridicules, rencontré des assistantes sociales complètement demeurées, menti également sur la santé de mon pépé. J'ai pris des jours de congés pour procéder à son déménagement, malgré l'incompréhension de mon chef : pourquoi étais-je le seul à m'occuper de tout ça ? Et ses autres petits-enfants, étaient-ils donc manchots ? J'aurais pu lui expliquer que mes cousins étaient aussi abrutis que les assistantes sociales des services sociaux du département, mais comme la femme de mon patron exerce elle-même ce passionnant métier, je me suis abstenu.

Aujourd'hui, dans l'espoir d'obtenir quelques sourires de mon grand-père, je lui ai amené mon petit garçon. Les mamies de l'étage étaient charmées, ça leur a fait une animation plus vivante que les dominos. Mon grand-père, lui, est resté globalement impassible. Il a seulement commenté les oreilles de mon petit bout : décollées et pleine de cérumen, ce sont ses mots. Je lui ai expliqué que Bianca, mon épouse, avait lu sur Femmes.modernes.fr que pour éviter les otites et autres problèmes ORL, il ne fallait pas se nettoyer les oreilles au coton-tige. Mon grand-père a dit : marotte de bobos ! N'a-t-on jamais vu exhiber un enfant avec des cages à miel de chaque côté de la tête ? Je n'ai pas épilogué, même quand Grand-père m'a tendu une pièce de deux euros pour acheter des cotons-tiges, et qu'il a marmonné : avec ça, vous pourrez même vous en acheter des bios !

Puisque l'heure était à la conversation franche, je me suis dit que c'était le moment d'interroger un peu Grand-père sur son ressenti par rapport à sa nouvelle demeure. Je voulais, j'en suis conscient, un peu de reconnaissance pour mes efforts accomplis. Moquez-vous si ça vous chante, on verra bien quand vous serez à ma place. Au lieu de me remercier, il a tourné la tête vers la fenêtre. Au moins, admirait-il la vue pour la première fois. Par chance, les châtaigniers rouges étaient en fleur.

Quand j'ai quitté Grand-père, j'ai croisé un autre pensionnaire, qui a pris l'ascenseur avec moi. Malgré sa mauvaise haleine, on a échangé quelques banalités. Je le sentais un peu sur la réserve à mon égard, alors j'ai voulu en savoir plus. Il s'avère qu'il savait pourquoi mon grand-père était bougon :

— On n'a pas idée de faire un coup pareil à son grand-père ! Il vous réclame une tablette et vous le mettez dans un mouroir.

— Je ne comprends pas ce que vous dites, vous êtes délirant ? C'est peut-être l'heure de vos comprimés.

— Votre grand-père nous le répète sans cesse : il rêvait d'un iPad. Il vous en avait parlé plusieurs fois, il vous avait décrit tous les avantages d'un tel appareil.

— Sainte mère ! Il m'a toujours dit : comme j'aimerais un EHPAD !

Julien RAYNAUD
Auteur du roman La séparation

Nouvelle vie

Après neuf longs mois de rendez-vous, d'entretiens en tous genres, de visites à domicile, de convocations dans les bureaux des services sociaux : Agrément durement obtenu ! Mais ma foi, bien mérité !

Enfin le profil d'un enfant, plutôt d'un bébé, se dessine pour nous… Il ne s'agit pas là d'adoption, mais d'accueil familial…

L'équivalent tout de même d'une quasi-grossesse en terre d'attente ! Étant déjà parents biologiques de trois enfants âgés de onze ans, huit ans et la petite dernière de quatre ans, nous avons envie d'un nouveau défi !

Un autre départ !

Pourquoi un autre? Car cela faisait trois ans que nous étions revenus en France métropolitaine après avoir séjourné cinq ans sur la belle île en forme de papillon : La Guadeloupe ! Nous voilà donc repartis dans une aventure humaine hors normes.

Et c'est ainsi qu'un matin de septembre, nous sommes contactés pour une première rencontre avec Bébé Rayon de Soleil ! Choc ! Un coup de foudre a eu lieu ce jour-là au premier regard. En tout cas me concernant.

Nous voici dans notre vie à six ! Je pensais que ce challenge serait aisé et naturel, comme une suite logique pour une famille désireuse d'accueillir un nouveau membre dans sa tribu. Hélas, la tâche sera ardue, éprouvante parfois ; nous nous sentirons bien souvent isolés dans la pratique de notre profession.

Heureusement, malgré le chemin parsemé d'incompréhension, de colère, de souffrances émotionnelles pour ce petit bébé de seulement 10 mois qui grandira au cœur de notre clan. Il nous apporte et nous rend au centuple de l'amour et de l'affection à en revendre au quotidien.

Le meilleur des soutiens, nous le trouvons aussi auprès de notre famille élargie (parents, frères, sœurs, cousins, cousines, neveux, nièces...), de nos amis et de certains personnels scolaires comme des AVS, Institutrices et directrices d'école.

Ces aides précieuses seront également d'un réconfort inconditionnel lorsque nous traversons des zones de grosses turbulences. Nous trouvons malgré tout une sorte de rythme de croisière même s'il s'agit plus de bricolage temporaire que de véritables solutions pérennes.

Les soucis d'adultes et les protocoles administratifs (parfois tellement désuets pour ne pas dire incohérents) ont engendré une incommensurable détresse chez cet enfant.

Ce bébé, devenu garçonnet, entre dans le cœur de tous ceux qui le côtoient. C'est un rayon de soleil, dianostiqué HPI ; il ne laisse personne indifférent.

Ses innombrables qualités de cœur n'ont d'égal que ses troubles du comportement de plus en plus inquiétants. Les décisions judiciaires plus absurdes les unes que les autres le concernant ne feront qu'exacerber sa profonde douleur abandonnique.

Nous continuons à resserrer les rangs autour de lui lorsqu'il est en proie à des crises plus ou moins violentes. Nous gardons le cap pendant sept années, grâce à notre foi, à notre amour, cet amour fort, puissant qui nous lie tous et qui permet le pardon, l'espoir...

Nous contenons tant bien que mal, nous pansons chaque blessure, du mieux que l'on peut, sans grande coopération des services sociaux. Notre lassitude est palpable, lui, il la ressent, cela le fait énormément culpabiliser, mais s'ensuit un cercle vicieux de crises stigmatisantes à l'école, entre autres ; il est systématiquement black-listé à peu près de partout...

Son seul refuge sera « Chez Tonton et Tatie ». Notre inquiétude est de tous les instants... nous ne pouvons plus anticiper ses crises, viennent se rajouter des fugues....

Nous alertons, visiblement, nous ne sommes pas pris au sérieux. Les affabulations sont de plus en plus graves en même temps que ses fuites deviennent de plus en plus élaborées et dangereuses pour lui ; angoissantes pour nous !

Notre peur qu'il lui arrive quelque chose de terrible atteint son paroxysme. Et voilà que dix ans après avoir fait la découverte de ce petit être, nous avons été contraints de prendre la décision la plus difficile de nos existences : la Réorientation ! Le mot que je détesterai sans doute jusqu'à la fin de ma vie...

Jessica FERRER

Obsolescence déprogrammée

Albert se passe la main dans les cheveux, il sent une résistance et démêle immédiatement le nœud d'un petit coup sec. Entre son index et son majeur, le cheveu blanc récalcitrant semble le narguer. Il remue les doigts en un geste d'agacement pour le faire tomber au sol puis décale légèrement son fauteuil face à la fenêtre pour ne pas subir l'intrusion des éclats du soleil.

À 85 ans, Albert passe ses journées devant sa fenêtre à regarder le monde extérieur, à s'immiscer dans des vies qui lui sont étrangères. Il lui semble parfois que son existence est un sablier maudit qui s'égrène à l'infini tel un mauvais tour de magie. Il reste là, seul, à observer, étriqué dans son appartement qui a subi, comme lui, les rugosités du temps. Il ne perçoit plus la décoration défraichie ni l'odeur de renfermé qui s'insinue désormais partout, même sur le linge fraichement lavé ou dans les plis de sa peau qu'il trouve trop usée. Pas de passion, plus d'envie, pas d'enfant, juste quelques connaissances qu'il préfère éviter pour ne pas passer des heures à parler de la rubrique nécrologique ou de ceux qui ne tarderont pas à voir briller leur nom en haut de l'affiche. Un triste jour de gloire qui ne profite même pas à son protagoniste.

Dans la rue, la fleuriste discute sur le trottoir avec le buraliste, et Albert regrette que les effluves du mimosa posés sur son étal ne parviennent pas à porter son rire jusqu'à lui. Un homme en complet gris marche d'un pas alerte. Donatien, c'est son nom, est en retard ; Gabriel est malade et il a fallu qu'il attende sa mère pour pouvoir se rendre au travail. Il a embrassé le front chaud et les joues douloureuses de son bébé avant de filer au bureau. Trop pressé, il ne voit pas arriver le vélo en face de lui. Geneviève pédale à vive allure, se demandant, après ses achats compulsifs à la librairie, quel livre elle va bien pouvoir commencer en premier. Geneviève est une érudite. Sa curiosité intellectuelle l'emporte depuis toujours sur l'ennui. À 80 ans, elle savoure comme jamais la vie, libérée de toutes contraintes, libre de son emploi du temps et de se laisser bercer à sa guise par sa passion des livres.

À ce moment précis, tout semble se mettre au ralenti. La fleuriste et le buraliste se figent, Donatien fait un pas de côté tardif et ne peut éviter la cycliste. Albert se lève de son fauteuil et tend un bras désespéré vers la fenêtre comme pour empêcher l'inévitable collision.

Quelques respirations plus tard, Albert a descendu aussi vite que possible l'escalier, s'aidant de la rampe pour ne pas glisser sur les marches en bois lustrées par le temps.

Geneviève est par terre et la fleuriste et le buraliste sont agenouillés à ses côtés.

Donatien s'inquiète, Geneviève plisse ses jolis yeux bleus et le rassure, elle va bien. Albert tend à Geneviève un livre que le choc de l'impact a propulsé quelques mètres plus loin. « Obsolescence programmée » c'est son titre. Geneviève hausse les épaules en lui disant que ce bouquin lui semble décidément bien adapté.

Albert se surprend à un hoquètement, puis laisse échapper un rire. Geneviève s'illumine. Albert ressent un sentiment étrange. Ses joues s'empourprent, son cœur s'emballe, sa gorge se serre. La force de l'âge qui réapparaît.

La fleuriste repart à ses occupations, le buraliste à ses brèves de comptoir, Donatien à son empressement. Albert et Geneviève demeurent là, seuls, dans une béatitude innocente.

Assis dans une petite brasserie, avec pour unique chaperon la fumée de leurs cafés, Albert redécouvre le plaisir d'écouter, de partager. Geneviève lui parle littérature, à lui, qui n'a jamais ouvert un livre de sa vie. Elle lui conte les romans de Balzac, de Maupassant, les descriptions extraordinaires de Zola et ses retranscriptions d'un réalisme étourdissant. Il lui semble soudain qu'il n'est plus dans ce bar, mais qu'il marche sur les pas de Gervaise, dans le quartier de la goutte d'Or,*[1] ou encore qu'il fuit, avec Joseph Joffo, calot dans la main,*[2] les heures sombres de la Seconde Guerre. Jamais il ne s'était autant évadé, jamais il n'avait autant voyagé. Geneviève sent bon, la fraicheur d'une jeunesse éloignée. Ses rides magnifiques retranscrivent la bonté qui l'a toujours animée. Apprêtée, maquillée, souriante, elle non plus ne cherche pas à feindre cette attirance inespérée.

Un an s'est écoulé, Albert se prépare. Il s'est acheté une nouvelle chemise dans un de ces magasins de franchise où il n'avait jamais osé rentrer. Il avait découvert avec surprise que, même pour quelqu'un comme lui, le monde s'offre avec cordialité, humanité et bienveillance.

Les fenêtres de son appartement sont grandes ouvertes. Au moment où il les referme, il entend les rires de la fleuriste, il lui semble même que lui parviennent les odeurs des premières jacinthes qui sont alignées devant la boutique, dans de jolis pots bariolés.

Un carton volumineux trône au milieu de son salon, demain il montera sa première bibliothèque et y rangera les livres qu'il a commencé à accumuler. Maintenant qu'il a enlevé la tapisserie, il faudra aussi qu'il aille choisir du papier peint. Il faut qu'il pense tout à l'heure à lui demander de l'accompagner.

Il referme la porte de son appartement. Il sourit à l'évocation du temps qui a désormais repris sa course effrénée. Son portable vibre. Geneviève est déjà arrivée à la libraire. Elle lui envoie une photo d'elle, accolée à un livre dont la connotation du titre le fait rire. L'après-midi s'annonce merveilleux. Il ne s'agit pas seulement de choisir les prochaines lectures, mais de se plonger avec délectation dans les carnets de voyage et guides touristiques qui rythmeront bientôt leur tour du monde. D'appréhender la vie telle qu'elle devrait toujours s'offrir à nous et de tendre l'oreille avec suffisamment de justesse pour percevoir les possibilités infinies de l'univers.

Mains dans les poches, Albert retrouve la rue, ses effluves, son brouhaha. Il jette un œil vers la fenêtre de son appartement et sourit au souvenir du vieil homme qu'il a laissé derrière cette fenêtre il y a plusieurs mois. Il se presse pour aller rejoindre Geneviève. À 85 ans, bien plus que le gout de la lecture, il a appris la plus belle leçon de sa vie : il n'est jamais trop tard pour prendre un nouveau départ.

Charlotte TRICHET
Autrice du roman Le Bonheur au creux de leurs mains

*[1] l'Assommoir, Emilie Zola, 1876
*[2] Un sac de billes, Joseph Joffo, 1973

Ombres et lumière

« J'me présente, je m'appelle Henri, j'voudrais bien réussir ma vie, être aiméééé... »

Cet extrait d'une chanson semble bien vrai pour chacun de nous.

Qui ne souhaite pas être appelé par son nom, reconnu, accepté dans la meute, la danse ?

Puis, réussir ce passage terrestre éphémère, vivre, ressentir.

Et enfin, être aimé, savoir que l'on compte pour quelqu'un.

Je suis Raphaël. Mais personne ne m'appelle ainsi.

Je réfléchis sur la vie, la mort, le monde. J'ai plein de questions.

On m'a répondu et répété : « C'est normal à 17 ans, tu comprendras plus tard, ça ira mieux, tu verras. »

Ils ne conçoivent pas que sans ces réponses, rien n'ira mieux plus tard. Je ne peux pas vivre dans ce monde en déambulant tel un zombie, sans autre but que nourrir les appétits du corps.

J'interroge encore et encore. Les réponses vont de la plus incertaine, à la plus stupide. Je lis, je lis beaucoup. Je de tout, de la BD à l'encyclopédie en passant par le dictionnaire. C'est une drogue. Je voyage, je quitte cette planète pour un monde merveilleux.

J'affirme des choses avec véhémence, violence même, mais j'ai des doutes. Qui croire ? Quel modèle est le bon ?

J'écris des poèmes aussi. C'est noir et sans espérance. Je ne vois pas d'issue ni de réponse satisfaisante...

Et toujours ces mensonges, ces moqueries, cette méchanceté qui règne en maîtresse absolue dans les relations.

Rob a une vision minimaliste de la vie. Il fait de son mieux. Il me répète que je dois travailler pour avoir un avenir brillant. Je vois bien qu'il tente de m'aider, mais ces paroles n'ont aucun sens pour moi. C'est quoi, un avenir brillant ? Produire, gagner, puis produire encore et gagner encore ?

Peut-on vraiment se satisfaire de ça ?

Je sais que je compte pour Sol et que son amour est vrai envers moi. Elle ne me comprend pas, mais elle cherche à me protéger de moi-même.

J'ai des doutes pour les autres.

Mais après tout, si je ne suis qu'un hasard biologique perdu dans cet univers trop grand, est-ce vraiment si important ?

Il semblerait que oui…

J'essaie de me persuader, de croire ceux qui me disent :

« T'es jeune, t'as la vie devant toi, profites-en ! Trouve-toi une copine, tu oublieras tout ça. »

Ça semble si facile, mais j'ai beau me noyer dans le brouillard et le bruit, je n'y arrive pas, rien n'a de sens.

Tout me fait mal, tellement mal.

Béryl est un ange. Elle m'a souri quand je suis entré dans la salle de jeux. J'ai ressenti quelque chose de beau en la regardant. Je me suis approché et j'ai simplement posé doucement mes lèvres sur les siennes. Elle a répondu à mon baiser et m'a pris dans ses bras.

Nous sommes restés seuls en compagnie des flippers et du baby-foot cet après-midi-là. Nous avons parlé un peu et elle m'a encore pris dans ses bras.

J'aurais voulu que le temps s'arrête. Que cette pièce reste ouverte éternellement.

Puis elle est partie, sans explication, comme s'il était évident que c'était fini.

Bizarrement, je n'ai pas éprouvé de tristesse. J'étais un peu plus conforté dans l'idée que ma vie ici-bas n'était qu'une absurdité. Cependant ce sentiment agréable a bousculé mon mal-être, je me suis senti tellement bien l'espace de quelques heures !

Line est partie, elle aussi. Mais cette fois, ça me fait mal. J'ai essayé d'y croire et de m'attacher. C'est pire. Cette vie est une méchante farce.

Pourquoi ne puis-je pas faire comme Mick, Zonz ou Caden et les autres qui enchaînent les filles ? Qu'est-ce qui cloche chez moi ?

J'ai pensé qu'il valait mieux en finir au plus vite. C'était une conclusion logique. Pourquoi attendre et continuer la souffrance, puis la mort de toute façon ?

Mais j'allais faire de la peine à Sol et puis j'ai trouvé ça faible. Au contraire, je vais vivre pour rendre le mal pour le mal.

À ce moment-là, j'ai basculé vers la noirceur sans plus chercher de solution. J'étais finalement parvenu à la conclusion qu'il n'y en avait aucune.

Je deviens encore plus insupportable, encore plus méchant. Je fais de la peine et du mal à tout le monde autour de moi.

Alors, sous une pluie battante, le tonnerre gronde. Rob n'a plus de solutions...

Mais ça n'a plus d'importance. Je sombre de plus en plus. Je prends conscience que je change en ce que je hais le plus. Ce constat m'est insupportable, mais je n'ai plus de force, plus d'envie. Je veux juste qu'on m'oublie et que ça finisse au plus vite.

On me répète encore et encore que j'ai tout pour être heureux, que dans le monde beaucoup n'ont pas eu la chance de naître ici comme moi. Ils ont l'air tellement convaincus, c'est sûrement vrai.

Et pourtant…

J'écoute la mélodie et les cris jaillissant de l'autoradio de la Chrysler, garée sur le bas-côté. Je ressens comme un répit, une onde d'espoir. Je pense à haute voix : « Si Dieu pouvait exister et nous emmener dans son Paradis… »

J'écrase le mégot dans le cendrier et je démarre. Je roule, seul, sans but, dans l'obscurité.

Ariel est tout excitée aujourd'hui, elle a une nouvelle étonnante à nous raconter : « Ber est dans une secte, il a tout arrêté et il ne parle que de Jésus… » Connaissant Ber, c'est déjà un miracle en soi qu'il parle… tout court ! En effet, l'individu est pour le moins taciturne. Cette nouvelle n'éveille pourtant pas ma curiosité, je me contente de répondre simplement : « Tant mieux pour lui, si ça lui plaît. »

Ariel me propose de prier. Je refuse, mais elle insiste :

« Fais-moi plaisir, prie ! »

Pourquoi pas, pensé-je, s'il existe j'ai tout à gagner et sinon j'aurais un argument que Dieu n'existe pas…

Je veux faire la chose correctement, un peu comme si l'expérience devait être valable. J'écarte l'option des récitations de la religion : « S'il existe, il comprendra ce que je ressens, peu importe les mots. » J'opte pour l'approche la plus directe, dire ce que je pense :

« Dieu, je ne crois pas que tu existes, mais si je me trompe et que tu en as quelque chose à faire de moi, alors fais quelque chose dans ma vie… »

Le 3e jour, je suis en pleine réflexion dans la 2CV. Des évènements curieux me ramènent à cette prière. Se peut-il qu'il y ait un rapport… ? Dieu parlerait-il de cette manière… ? J'imagine un gentil vieillard moraliste…

Mes pensées sont stoppées net !

Soudain, une puissance incroyable pénètre en moi et

chasse toute ma noirceur en un instant !

Je ressens comme un échange. La tristesse, la colère et l'amertume ont laissé la place à la joie, l'amour et la paix.

Je vis une libération intérieure !

Une joie indescriptible me remplit et je ris, je ris sans pouvoir m'arrêter. Quel sentiment merveilleux !

Une paix immense, profonde, puissante m'envahit.

Dans les ténèbres où j'errais, tu m'as trouvé. Enfin...

Raphaël

Piégée

Le soleil s'infiltre dans l'interstice créé entre les tentures. Je ferme les yeux, tourne le dos à la fenêtre et m'enroule dans la couette. Ce mouvement occasionne un bref élancement dans mon flanc gauche, je me replie un peu plus et m'imagine ailleurs. Loin d'ici.

Dès la première sonnerie du réveil, je me redresse — trop vite pour mes côtes — et le coupe. Pas question de traînasser au pieu. J'enfile un peignoir et glisse en silence jusqu'à la porte. Je ne dois pas le réveiller, il lui reste quelques précieuses minutes de repos. S'il commence bien sa journée, il en ira de même pour moi. Pendant que le café coule, je coupe le pain, mets la table, presse une orange. J'entends ses pas à l'étage. Quand il entame la descente, je casse l'œuf dans la poêle.

Il m'attrape par la taille et dépose un baiser sur mes lèvres. Je retiens un cri, mais il remarque ma grimace. Ses yeux deviennent glace. Une alarme s'enclenche dans un coin de mon cerveau. Je me dégage en douceur, je lui souris et me précipite pour éteindre la plaque de cuisson et sauver l'œuf avant qu'il ne soit trop cuit. Michel s'assied et déguste en silence. Je prends place face à lui et mange sans prononcer un mot. C'est toujours lui qui lance les échanges.

— Tu seras sage aujourd'hui ? susurre-t-il en tournant la cuillère au ralenti dans son café.

– Comme chaque jour.

— Tu commences déjà à mentir. Tu sais que je déteste ça.

Je baisse les yeux. Cela ne sert à rien de me justifier. J'ai appris à faire profil bas. Michel a toujours raison. S'il estime que mon comportement est punissable, je risque gros. Alors, je la ferme.

— Promets-tu d'être sage ?

— Oui, je le promets.

— Voilà ! Ce n'était pas si difficile, me dit-il avec un sourire satisfait.

Il tamponne délicatement ses lèvres avec une serviette et se lève.

Pendant qu'il termine de se préparer, je débarrasse la table. Je sais qu'il n'est pas dans mon intérêt de flemmarder. La moindre incartade a aussitôt des conséquences et elles sont tout sauf réjouissantes. Je vis cet enfer depuis six ans. Parfois, j'espère qu'un coup trop fort mettra un terme à ce cauchemar.

Michel quitte enfin la maison. Deux tours de clef. Les pneus crissent sur le gravier. De la fenêtre de ma chambre, j'observe son véhicule s'éloigner. Ma respiration se fait plus ample. J'enfile une tenue relax, du moins la plus décontractée que j'ai. Aucun de mes vêtements ne me correspond, c'est lui qui les achète. Avant de le connaître, je savais pourtant m'habiller.

Ma main glisse sur la photo de notre mariage. Image d'un rêve, comme ces noces à Las Vegas. Tout s'est précipité, je trouvais cela magique alors que l'emprise s'instaurait déjà. Emménager dans sa splendide villa me semblait merveilleux. Maintenant, elle est le symbole de mon enfermement. Le travail est vite devenu une source de conflit entre nous. Il ne supportait pas que j'aie des contacts physiques avec d'autres hommes. Pour une kiné, c'était un comble. Il venait souvent à l'improviste à l'hôpital. Un jour, il a piqué une crise sur un médecin avec qui je parlais. L'événement est remonté jusqu'à la direction et ils m'ont placée devant un choix : soit mon mari ne remettait plus les pieds dans mon service, soit ils me renvoyaient. Il a fait une scène terrible quand j'ai tenté de le convaincre. C'était la première fois qu'il me frappait. J'ai fait mes valises, mais il s'est traîné à mes pieds en s'excusant. Il m'aimait si fort qu'il ne pouvait supporter qu'un autre homme m'approche, j'étais si belle qu'il en était mort de jalousie, il craignait de me perdre comme il avait perdu sa femme, partie avec un collègue. Quand il s'est mis à pleurer, je n'ai pu que le prendre dans mes bras et le bercer tendrement jusqu'à ce que les larmes se tarissent. Et j'ai arrêté de travailler. Il gagnait suffisamment pour deux.

Puis, il m'a coupée de mes proches. Il était si désagréable que beaucoup ont commencé à refuser nos invitations. Mes amis proposaient qu'on se voie à l'extérieur, mais il ne supportait pas que je sorte le soir. Quand il rentrait, il me voulait à ses côtés, le repas prêt, et moi, à son service exclusif. J'ai peu à peu cessé les contacts pour ne pas avoir à chercher des excuses. Plus je cédais du terrain, plus il en redemandait. Il trouvait toujours une raison de s'énerver : viande trop cuite ou pas assez, bière pas assez fraîche, un jour j'étais trop souriante, l'autre pas assez. Rien n'était bon et je suis devenue l'ombre de moi-même.

Je regarde par la fenêtre, l'automne s'achève, les arbres ont perdu leurs feuilles, le jardin paraît triste lui aussi. Au loin, je vois les premières maisons, de petits points à l'horizon. En courant, je pense atteindre la première en une heure, je pourrais téléphoner, demander de l'aide. Mais s'il m'a menti et n'est pas parti à Anvers… J'évalue les risques. Il m'a prévenue : s'il surprend encore une tentative d'évasion, il me frappe à mort. Les mots planent dans ma tête.

Une heure de course à pied, la peur au ventre, j'évite la route par crainte qu'il surgisse devant moi, je traverse des champs. Encore quelques centaines de mètres et j'arrive à un petit village. La deuxième tentative sera la bonne. Une vieille dame m'accueille chez elle et m'autorise à téléphoner. Ce soir, je dormirai chez ma sœur et son mari.

Piégée

Quand je m'allonge dans leur chambre d'ami, je ressens un mélange d'appréhension, d'espoir et d'illégitimité. La peur s'en ira-t-elle un jour ? Je l'ignore, mais tout redevient possible. Je ressens un léger frémissement : l'éclat d'un jour nouveau.

Jo HANSCOM
Autrice de « Jerome », nouvelle parue dans l'anthologie « Nouvelles de l'Ouest – Crépuscule » (éditions livr's)

Qui est Jeanne ?

Depuis deux mois déjà, Jeanne partait tôt le matin, pour aider à la reconstruction de la maison des Duval. Cette famille, hébergée comme elle, au Foyer Sainte-Cécile, qui recueillait des personnes en difficulté, se trouvait en ce moment sans domicile. Leur maison avait bien brûlé lors d'un incendie. Ils étaient mal assurés et leur garantie ne couvrait pas les frais de remise en état. Monsieur Duval, au chômage depuis plusieurs mois, n'avait pas les moyens de financer les travaux, tandis que son épouse, sans emploi, élevait leurs trois enfants.

L'association « Un toit pour tous » avait décidé de les aider et tous les bénévoles étaient les bienvenus.

Jeanne était une jolie brune aux yeux verts ; la trentaine, de constitution robuste, elle avait une bonne condition physique. Musclée, elle portait des charges lourdes aussi bien que les hommes et de plus, elle avait une analyse pertinente des travaux à effectuer. Ce n'était pourtant pas son métier ! En réalité, elle ne savait pas vraiment quelle était sa profession ni ce qu'avait été sa vie jusqu'à ce jour. Jeanne n'était pas son prénom, mais elle ne se souvenait pas de son identité et sa vie était un grand trou noir.

Une « amnésie rétrograde », disaient les médecins, cet état pouvait être transitoire, mais une rééducation hebdomadaire était nécessaire.

La jeune femme, gravement blessée à la tête, avait été retrouvée inanimée dans les rues de Marseille, sans aucun papier d'identité. Le choc avait été si important qu'elle était restée plusieurs semaines dans le coma, et à son réveil, elle ne se rappelait absolument rien de son existence et ignorait son nom.

L'enquête de la police piétinait, les empreintes digitales, et l'appel à témoin avec photo n'avaient rien donné. Apparemment, elle ne manquait à personne.

La vie qu'elle menait au foyer depuis lors ne lui déplaisait pas. Elle travaillait la journée sur les chantiers et était d'une grande aide auprès de l'association. Le soir, elle soutenait les enfants du foyer dans leurs devoirs.

Depuis plusieurs nuits cependant, elle avait du mal à dormir ; son sommeil, agité, était peuplé de cauchemars qu'elle ne pouvait interpréter à son réveil.

Chaque semaine, la psychologue qui assurait son suivi l'aidait à les analyser, mais aucun souvenir n'arrivait et les images nocturnes étaient terrifiantes : du sang, des armes, des cris, des pleurs.... Cela lui laissait un malaise grandissant.

Qu'avait-elle bien pu vivre pour être envahie par de telles sensations d'horreur ?

Les journées très agréables qu'elle passait auprès de ses nouveaux amis étaient devenues indispensables à son équilibre.

Jeanne se donnait à fond dans le travail, mais un jour de grande chaleur, elle fut prise d'étourdissement et s'effondra. La tête lui tournait, des scènes lui revenaient comme des « flashs ». Elle se voyait allongée dans son lit d'hôpital, s'observant d'en haut, comme si elle était plaquée au plafond de la chambre. Soudain, elle traversait les étages, tirée par un homme qui l'entraînait dans un tourbillon sans fin. L'arrêt fut brutal, tous deux se trouvaient dans une maison, une femme hurlait que son mari venait d'être assassiné. L'homme gisait, la gorge ouverte, la femme criait et pleurait, mais ne semblait pas les voir, ni elle, ni l'homme qui l'accompagnait...

Jeanne reprit connaissance, terrifiée par ce qu'elle venait de vivre. Elle ne comprenait pas ce qui était arrivé, était-ce un souvenir ? Elle ne reconnaissait pas ces gens, ni l'homme qui l'avait entraînée, ni le couple dans la maison. Pourquoi cette scène horrible ? Elle n'osait en parler à personne, craignant d'être prise pour une folle.

Les journées, les semaines passaient, l'investissement de la jeune femme dans sa nouvelle vie était remarquable, tout le monde l'aimait et lui était reconnaissant pour l'attention qu'elle portait à chacun.

Six mois plus tard, Jeanne n'avait toujours pas retrouvé la mémoire et les cauchemars revenaient régulièrement, seul point noir de sa nouvelle vie. La plupart du temps, il y était question de crimes, de meurtres sanglants, elle devait porter seule l'angoisse qu'elle ressentait n'osant partager ses mauvais rêves avec personne, même pas sa thérapeute…

Un matin d'octobre, en sortant d'une séance chez sa psychologue, elle dut faire face à un événement tragique. Devant elle, des hommes masqués se mirent à tirer sur les clients attablés à la terrasse du « Derby », une brasserie du boulevard Maréchal Foch.

Elle resta figée par l'horreur de la scène, mais également par le flot de souvenirs qui remontaient de sa vie passée. Ce jour-là, le onze octobre 2012, sa mémoire resurgit et elle sut enfin qui elle était ! Oui, tous les cauchemars de cette dernière année étaient des moments de sa vie, et dans tous ces meurtres, c'était elle qui tenait les armes !

Élisabeth Morano… c'était son nom ; « Lisa », pour le Milieu marseillais dont elle était la tueuse professionnelle.

Tout lui revint. Elle entendit une personne l'interpeller par son ancien prénom, décidant de l'ignorer, comme si c'était une erreur, elle se leva et partit pour ne plus jamais se retourner.

Christine GUEYE

Reset

Pierre avait pris sa décision. Il ne reviendrait pas dessus. Cependant, la veille, il avait été hanté par la vision de sa femme, Amandine, dévastée lorsqu'elle découvrirait qu'il n'y avait jamais eu de séminaire d'entreprise en Bretagne et qu'il s'était enfui. Il espérait ne plus y penser, une fois lancé dans son aventure.

Il faisait encore nuit quand ils prirent leur petit-déjeuner. Amandine avait tenu à se lever en même temps que Pierre. Au moment de son départ, elle l'embrassa en lui souhaitant bonne route. Comme il s'apprêtait à démarrer, elle toqua vivement à la vitre du véhicule : se rappelait-il sa promesse de l'amener au restaurant à son retour du séminaire ? Il acquiesça, honteux.

Pierre ne reprochait rien à Amandine, et sans doute l'aimait-il encore, mais il étouffait. Jusqu'à récemment, il n'en avait pas eu conscience, s'accommodant de son quotidien comme avant lui, ses parents et ses grands-parents s'étaient satisfaits du leur. Sa mère disait de lui que c'était un garçon facile, sans complication ; c'était exact dans une large mesure. À vrai dire, s'il n'était pas tombé par hasard sur ce reportage à la télévision, deux mois plus tôt, il y a fort à parier que cette affirmation serait toujours rigoureusement vraie. C'est du moins ce qu'il s'était dit au moment de prendre sa décision, peut-être pour se dédouaner. Le reportage en question montrait Alice, une trentenaire célibataire, quittant la France pour l'Indonésie. Elle projetait d'y ouvrir un club de plongée. L'équipe de tournage l'avait suivie durant plusieurs mois. La profusion d'images idylliques, de plages, de forêts, de temples et de rizières, l'exotisme de la faune, le folklore local, les visages souriants et paisibles des Indonésiens qui tranchaient avec ceux qu'il croisait tous les jours, tristes le plus souvent, avaient ébloui Pierre. Alice s'extasiait et affichait un air radieux et satisfait. Tandis qu'elle se félicitait de son choix et répétait à l'envi qu'elle ne regrettait rien, Pierre s'était soudain senti oppressé, au bord du malaise. Les jours et les nuits qui suivirent, il avait connu ses premières crises d'angoisse, aux prises avec cette affreuse interrogation : que pouvait-il encore attendre de sa vie qu'il n'eût déjà imaginé, anticipé ? À trente et un ans seulement, la question était terrible. Tout lui semblait d'un ennui mortel. Et voilà qu'Amandine le pressait d'avoir un enfant ! Ce fut le point de bascule.

Ses pensées tournées vers l'ailleurs, le regard rivé sur l'asphalte, Pierre traversait sans les voir les banlieues sans âme : elles ne le concernaient plus. Le jour gagnait en ampleur, et avec lui la circulation sur la route principale se faisait plus dense. Il avisa l'heure : s'il n'accélérait pas, il serait en retard ; l'avion pour Kuala Lumpur ne l'attendrait pas. Comme les voitures ralentissaient, Pierre bifurqua vers la droite pour emprunter une voie secondaire certes plus longue en distance, mais moins fréquentée. Le vélo surgit sur la chaussée alors qu'il était presque arrivé, à la sortie d'un virage. Pour éviter la collision, Pierre donna un coup de volant vers la gauche. Sa voiture devenue incontrôlable zigzagua puis termina sa course dans le fossé.

Le neurochirurgien invita Amandine à s'asseoir, il avait l'air grave de ceux qui sont porteurs de mauvaises nouvelles. Pierre, lui dit-il, se trouvait actuellement en soins intensifs ; arrivé inconscient à l'hôpital, il était désormais éveillé, quoique somnolent et agité. Des examens étaient en cours, dont il attendait les résultats, il la tiendrait alors informée, préférant éviter les diagnostics incomplets, à l'emporte-pièce. Quand Amandine l'interrogea sur le lieu où s'était produit l'accident, il lui indiqua que son mari avait été pris en charge à proximité de Roissy. Les secours, d'ailleurs, avaient trouvé sur lui une carte d'embarquement à destination de la Malaisie.

Au terme d'une longue valse-hésitation, Amandine se tenait de nouveau devant la chambre de Pierre. Trois jours s'étaient écoulés depuis l'accident, sans qu'elle se résolve à entrer le voir. Elle était venue, partie, revenue, repartie, renonçant chaque fois à franchir le seuil de la porte. Tout portait à croire qu'il avait voulu la quitter. Elle savait maintenant qu'il n'y avait jamais eu de séminaire en Bretagne. Au fil des heures, elle s'était sentie tour à tour en colère, déprimée, humiliée et blessée puis, tout à la fois. Et quand, finalement, elle s'était calmée, elle avait craint d'affronter son regard, d'y lire le désamour. Cependant un appel du neurochirurgien le matin même avait tout changé : Pierre la réclamait, Pierre avait besoin d'elle, Pierre dont la mémoire des derniers mois de sa vie s'était effacée. Amandine respira un bon coup et posa sa main sur la poignée. Déterminée, elle entra.

Jennifer MARQUIÉ

Revenir

Cette odeur, il ne s'y fera jamais. Une puanteur indescriptible. Elle le poursuit, s'insère dans chaque pore de sa peau, envahit ses poumons, obstrue chaque neurone de son cerveau. Travailler dans cette décharge n'est qu'une solution de secours, pourtant cela fait des mois qu'il y est, sans aucune perspective. D'autant plus que vu son état physique et son allure générale, personne d'autre n'acceptera de lui confier un meilleur travail.

Depuis des mois, il vit dans une petite tente installée sous un pont. Alors pour l'hygiène, il a aussi un chapitre de retard. Probablement plusieurs.

Malgré tout, ce n'est pas comme s'il avait mal démarré dans la vie. Né dans une famille de classe moyenne, il n'avait manqué de rien. Il avait même fait de bonnes études, décrochant un Master en gestion. Ses parents, aimants, stricts, mais justes, leur avaient appris, à lui et son jeune frère, le respect et le sens du travail. Il avait pourtant eu besoin de chercher sa propre route.

Un jour, il s'était mis en tête de partir à l'aventure. L'affrontement avec son père avait été brutal.

— Tu avais dit que chacun de nous aurait accès à notre livret d'épargne et une voiture quand on décrocherait notre emploi. Je n'ai pas envie de travailler à peine sorti de l'école, après toutes ses années d'études. Je veux profiter de la vie, voir du pays !

— Justement, cette voiture, c'est une promesse pour un moment déterminé. Ce que tu me décris ne correspond pas aux critères pour l'obtenir.

— Et alors ? Comme d'habitude, c'est toi qui écris les règles, tu décides de tout, j'ai besoin d'air, de vivre ma propre vie ! J'en peux plus que tu diriges tout.

Sa mère pleurait en silence sans se mêler de la dispute. Son frère, plus jeune, avait préféré les laisser s'affronter et s'était enfermé à l'étage.

Après des jours de tension absolue, même si son père avait maintenu sa désapprobation, il avait fini par lui tendre les clés. Et le fameux livret où l'argent avait patiemment été mis de côté depuis sa naissance.

— Mon fils, j'espère que tu te souviendras des leçons qu'on vous a enseignées, à ton frère et toi, depuis toujours.

Il avait contre son père et ses principes une telle colère qu'il n'avait pas dit merci ni au revoir. Sans réfléchir, il était parti. Pendant quelques semaines, il avait voyagé au gré du vent, des carrefours, des hôtels. Il avait rencontré des gars avec qui il passait ses journées, ses soirées. Ils avaient vécu des expériences folles, parfois même impensables pour lui. Certes, ce monde vivait loin des valeurs qu'on lui avait apprises, mais il s'en moquait. Il voulait vivre.

Jusqu'au désenchantement. Ces gars l'avaient dépouillé. Ceux qu'il avait considérés comme ses amis. Ceux avec qui il se voyait franchir des montagnes. Ceux à qui il avait déjà tant donné. Ils étaient partis avec tout ce qu'il avait, un soir où il avait trop bu. Sa chère voiture, gage de sa liberté, et tout ce qu'elle contenait. La rage l'avait saisi si intensément qu'il avait hurlé sur tous les passants, les commerçants curieux, attirés par ses éclats, et qui avaient mis leur nez dehors pour comprendre la raison de ce scandale. Il avait fini en cellule de dégrisement. Quand il a revu le soleil, il n'avait plus que ses papiers, une chance encore, et ce qu'il portait sur lui.

Il a erré des jours avant de se retrouver sous un pont. À force de débrouille, il a déniché une tente, abri de fortune. Désespéré, il a dû se résoudre à chercher un travail, mais dans son état, il ne pouvait pas compter sur un miracle.

Cette descente dans un monde de misère qu'il n'imaginait pas l'a plongé dans une terrible solitude. Il en a eu, du temps pour cogiter ! Comme il regrette ! S'il pouvait changer les choses, il le ferait. Mais les mots de sa grand-mère, si souvent répétés, lui revenaient : « avec des si, on mettrait Paris en bouteille ! » Évidemment, on ne peut pas modifier le passé. Et même aujourd'hui, il ne pourra plus revenir en arrière. Revenir ? Impensable. Il a trop honte et son père ne pourrait que lui reprocher toutes ses erreurs. D'ailleurs, vu tout ce qu'il lui a dit comme horreurs pour le faire plier, il ne se sent plus capable d'affronter son regard. Jamais son père ne voudra entendre parler de lui.

À présent, il n'a plus le choix, il doit survivre et assumer ses erreurs. Assumer les conséquences, tout au moins.

Il s'extirpe de sa petite tente dans l'air frais du matin. Souvent, il fait le tour du quartier pour demander aux commerçants s'il leur reste des invendus de la veille. Ce n'est pas glorieux, mais sa fierté n'est plus sa priorité.

L'espace d'une seconde, il se demande s'il n'a pas une hallucination. Il n'a pourtant pas bu d'alcool hier soir. Non, impossible, il est si loin de chez ses parents que ça ne peut pas être son père qu'il voit de l'autre côté de la rue. Pourtant, il perçoit que l'homme en face s'est arrêté un court instant, le temps de se poser la même question.

Mon Dieu, que faire ? Le moment s'éternise, le laissant perdu ; des dizaines de questions rebondissent contre des réponses qui l'immobilisent au milieu du trottoir. Son père est là, faisant quelques pas vers lui. Alors il ferme les yeux, attendant les remontrances qu'il mérite, dans ses haillons, sa puanteur, sa déchéance. Il guette la colère paternelle et le mépris légitime : son insolence et sa suffisance l'avaient rendu irrespectueux et méchant envers celui qui avait cédé à ses exigences. Il doit en assumer les conséquences.

C'est alors qu'il sent des bras forts l'enserrer et une voix murmurer :

— Tu es mon fils, quoi que tu fasses, je t'aime. Je t'attendais.

Coraline SIONA
Auteure de Un pas à la fois

Rire encore…

Ils m'ont abandonnée. Même mes proches. Tous m'ont rejetée lorsque je leur ai présenté mon nouvel ami. Personne n'a voulu le rencontrer. Parce qu'il était différent. J'ai appris à le connaître et Jean est devenu mon ami.

Jean me rassure, il m'écoute. Ses cheveux grisonnants, son regard pétillant, ses mains fortes, larges enserrent les miennes quand il me parle de mon avenir, de ce que je peux devenir. Jamais personne ne m'a autant émue. Il est simple, droit, sincère. Jean, un ami, un frère, une personne sage, rassurante, un artiste, un penseur à mes yeux.

Dans mon cœur, ses mots résonnent, je me surprends à espérer devenir une meilleure version de moi-même. Mon existence si triste et monotone semble s'éclairer d'une lumière nouvelle. Jean me parle de la vie comme d'un cadeau du ciel, alors que pour moi c'est un fardeau. Un combat à mener chaque matin.

C'est comme enfiler des gants de boxe, me battre jusqu'au soir, puis avaler un petit comprimé, me permettant de plonger dans un sommeil artificiel quelques heures, et au réveil, reprendre la lutte contre mes ennemis que sont la tristesse, le manque de confiance en moi, la solitude, l'angoisse, la dépression, toutes ces choses qui me donnent envie de renoncer.

Je suis professeur des écoles, c'est l'insouciance des enfants qui m'aide à avancer. J'exerce un travail passionnant. Certaines activités mondaines m'aident à oublier quelques heures, mon mal-être. Je subis ma vie, une vie sans vie.

Et Jean est venu bousculer mon quotidien.

Le souvenir de notre première rencontre me revient en mémoire. Je descendais du bus.

« Hey ! ton écharpe est tombée... »

« Oh, merci. J'y tiens beaucoup », ai-je dit en la ramassant.

J'ai relevé la tête et nos regards se sont croisés. Je restais sans voix, absorbée par la douceur de ses yeux clairs qui contrastaient avec sa peau basanée. Il semblait venir d'un pays lointain. Qui était cette personne ? Était-ce un nouveau venu au village ?

« Bonne journée », m'a-t-il dit d'une voix claire, se détournant en levant une main.

Le lendemain, je l'ai vu venir à ma rencontre. Son sourire éclairait son visage. Nos pas nous menaient sans réfléchir, nous parlions, riions. Je me sentais détendue. Jean était à l'écoute, comme LE grand frère que je n'ai jamais eu. Quinze années nous séparent.

Après quelques semaines de promenades, de discussions, les langues autour de moi ont parlé, jasé, critiqué. Je me sentais rejetée, incomprise. La colère me rongeait.

Jean n'était pas troublé. Son attitude est restée la même, agréable, bienveillante. Tous disaient du mal de lui, murmurant à son passage « rentre chez toi » « on ne veut pas de toi ici ». Ces mots, Jean les entendait comme moi. Il ne disait rien et restait aimable.

Comment était-ce possible ? Jean m'intriguait. À ses côtés, mon attitude avait changé. J'étais devenue vraie, sincère, sans artifices. Bien entendu, personne n'a compris cette métamorphose : ma famille, mes amis, mes collègues de travail, tous se sont éloignés.

Seuls les enfants que j'enseigne ont exprimé leur joie de me voir si différente. Cela n'a pas suffi. Je ne suis pas assez courageuse. Je préfère m'en aller.

Cette rencontre avec Jean a bousculé ma vie. Sa voix profonde et douce fait tinter quelque chose en moi ; ses yeux pétillants de joie me regardent vraiment. Jean m'écoute avec attention et me conseille. Je me sens bien pendant nos longues promenades dans la forêt, où filtrent les rayons du soleil. Les mots sont simples, les silences paisibles. Parfois, nous nous arrêtons pour regarder les arbres, les insectes qui virevoltent de-ci, de-là. Tout est facile en sa compagnie. Pendant ces longues marches, à parler pendant des heures, je m'aperçois que ses paroles me bouleversent et m'apaisent. De nouvelles émotions me submergent, me surprennent. Je ressens une paix profonde, une joie que je n'ai jamais connue. L'espoir renaît en moi.

Tout me semble si loin maintenant. Cette bulle d'oxygène a disparu. La réalité est là, bien présente, sombre, un triste avenir. Je suis à la porte de la maison qui m'a vu naître. Ma mère, les larmes aux yeux, m'a remis ma valise, sans une parole. Le regard glacial de mon père a figé les mots que je voulais prononcer. La rumeur a sali ma réputation. Je suis bannie.

Je sors et saute à pieds joints dans la flaque d'eau. Elle est juste là, devant la maison. J'imagine toutes mes blessures dans cette flaque où se reflète la lune.

Derrière mon dos, la porte s'est refermée. Je lève les yeux, et devine la clairière au loin. La lune essaie en vain d'éclairer cette nuit sombre. Que faire ?

Rien ne me rassure dans ce panorama. Je suis seule. Une certitude s'impose à moi.

Je dois m'en aller.

Une petite voix résonne au fond de moi :

« Va. N'aie pas peur. Aie confiance en toi ».

Sortir de cette flaque, ne pas rouvrir cette porte, ne pas me retourner, c'est dire adieu à une partie de ma vie. C'est dire bonjour à une nouvelle histoire.

Il y a quelques jours, Jean est parti vers de nouveaux horizons, il a mis du baume sur mon cœur, m'a redonné de l'espoir et m'a amenée à un questionnement profond.

À quoi sert mon existence ?

Ma décision est prise. Partir, aller de l'avant. Vivre une vie intense, abondante.

Ma petite valise à la main, je sors de cette flaque et c'est comme un lâcher-prise. Liberté ! Je me mets à courir, vers la clairière, vers mon avenir, les yeux sur cette lune qui me sourit. Je sens vibrer la vie au-dedans de moi. Mon cœur bondit de joie et je ris, ris encore.

Je me sens libre. Sans savoir où je vais.

Je continue de courir, jusqu'à sentir mon corps devenir de plus en plus léger.

Petit à petit, cette impression de m'envoler s'infiltre en moi.

La petite voix murmure : « Va, vole vers ta destinée ».

Laurence

Son bébé, pour l'éternité

Lorsqu'elle était petite, elle s'occupait des bébés des autres.

Quand elle était hospitalisée en pédiatrie, elle demandait à avoir des nourrissons dans sa chambre pour en prendre soin. Elle les pouponnait dès qu'elle n'était pas clouée au lit et leur chantait des berceuses pour les endormir.

Elle avait toujours eu cette envie ou ce besoin d'avoir un nouveau-né dans ses bras, et cela avait commencé par sa petite sœur. Dix ans les séparaient et elle avait pris tellement de plaisir à la voir grandir qu'elle n'avait aucun doute sur la mère qu'elle deviendrait.

Elle pensait à tout ça en patientant dans la salle d'attente du gynécologue de l'hôpital. Elle voyait passer beaucoup de mamans avec un joli ventre arrondi, et avait hâte que le sien s'arrondisse au fil des jours. Elle languissait de pouvoir annoncer les bonnes nouvelles autour d'elle. Elle s'imaginait déjà annoncer l'arrivée de son enfant à ses proches, elle se voyait organiser une fête pour révéler à tout son entourage le sexe de ce petit être. Elle voulait expérimenter cette aventure de la meilleure des manières et la visualiser l'aidait à patienter. Elle était seule, assise entre deux chaises vides, son mari était au travail et n'avait pas pu s'absenter. Devant elle, des affiches parlaient de contraception ou de l'Interruption Volontaire de Grossesse et même de Procréation Médicalement Assistée. Elle se demandait comment toutes ces personnes pouvaient se retrouver dans cet unique endroit. Le désarroi de certaines se mélangeant à l'envie d'autres.

Elle fut interrompue dans ses pensées par la porte du cabinet qui s'ouvrit en grinçant.

— Madame Flaron !

Elle se leva, prit ses affaires sur la chaise d'à côté et se dirigea vers le médecin.

— C'est moi. Bonjour Docteur, dit-elle en lui tendant la main.

— Entrez, madame, ajouta-t-il après lui avoir serré la main.

Elle passa la porte et arriva devant un bureau en bois blanc, entouré de murs totalement blancs également, à quelques mètres, une table d'examen attendait d'être utilisée. Le médecin referma la porte et s'installa derrière son bureau.

— Alors qu'est-ce qui vous amène ? lui demanda-t-il en ouvrant son dossier médical.

— Je viens pour faire un contrôle de routine, docteur.

Il invita la patiente à s'installer afin de procéder aux vérifications habituelles. Elle se dévêtit et s'allongea comme elle le faisait chaque fois. Le médecin la rejoignit et effectua l'examen en silence. Un silence pesant. La jeune femme n'en avait pas l'habitude. Elle demanda alors si tout était normal. Le jeune médecin, le visage fermé, semblait bien trop sérieux pour annoncer une quelconque bonne nouvelle. Il demanda à sa patiente de se rhabiller et de retourner s'asseoir devant le bureau. Il l'y attendrait.

Elle se posait mille et une questions et s'imaginait quarante scénarios aussi atroces les uns que les autres. Elle attacha sa ceinture et remit son chemisier à l'intérieur de son jean avant de se lever et se diriger vers sa chaise puis elle s'assit en croisant ses jambes. Le médecin employait un ton grave et presque solennel :

— Madame, je vais devoir vous prescrire des examens complémentaires afin d'être certain, mais je dois vous dire quelque chose d'important. Vous n'aurez sûrement jamais d'enfant.

Elle écoutait attentivement, chaque mot semblait lui perforer le cœur. Elle voyait le rêve de sa vie s'effondrer devant ses yeux sans même pouvoir essayer de le maintenir debout. Après cette phrase, elle n'entendait même plus, elle pleurait, elle ne se sentait capable que de ça. Il avait beau lui expliquer les raisons de son diagnostic, elle n'y prêtait plus attention, elle s'était perdue dans l'image de ces ruines de rêve abandonné, malgré elle.

— Tu vois ma puce, ce jour-là, j'ai cru que mon monde s'était arrêté de tourner. Je devais m'imaginer une vie que je ne voulais pas. Et puis, si aujourd'hui je te raconte tout ça, c'est que finalement, mon nouveau départ c'est toi. Tu m'as apporté cet élan de magie, et mon rêve s'est reconstruit. Pierre après pierre, avec un peu de chance, et beaucoup d'amour, je suis devenue ta maman. Et même si je ne t'ai pas mise au monde, tu es devenue l'entièreté de mon univers, raconta-t-elle à sa fille lorsque celle-ci lui demanda pour la première fois pourquoi elle avait décidé de l'adopter.

Manon LEDANOIS
Autrice et illustratrice de « La pièce manquante »

Sortie de Prison

Dernier jour dans cette prison. J'ai cru qu'il n'arriverait jamais. Je quitte ces lieux et je n'y reviendrai jamais. Un sentiment de joie m'envahit. Libre. Que vais-je bien pouvoir faire de tout ce temps ? Je vais peut-être enfin me mettre à la peinture, au jardinage, ou au tricot, pourquoi pas ! Bon, pas le tricot, j'ai été trop optimiste. Mais je me promets de bien occuper mon temps, désormais.

Je vais me trouver un petit logement en campagne, et mettre de la couleur partout. Le gris, j'en ai assez vu pour le reste de ma vie. Une nouvelle page se tourne et je compte bien y faire honneur. Et d'ailleurs, c'est l'heure. Je salue tous ceux que je croise, et on me tape dans le dos pour me féliciter.

Je fais un dernier tour à la chapelle avant de partir. J'ai vu tellement de détenus changer de comportement dans cet endroit et devenir de nouvelles personnes que j'ai fini par venir moi aussi, essayer de comprendre ce qu'ils trouvaient ici. Et comme tous ceux qui se sont ouverts à la foi, j'y ai trouvé une paix et un amour indescriptible qui m'ont aidé à tenir jusqu'à la fin.

— Alors c'est votre dernier jour ?

Je sursaute, je n'avais pas entendu le prêtre.

— Oui, ça y est, vous ne me reverrez plus.

— Je vous souhaite une bonne continuation, Pascal, que le Seigneur soit avec vous. Qu'il vous guide et vous accompagne dans ce nouveau tournant de votre vie.

— Merci, mon Père. Je vous souhaite aussi une bonne continuation, puissiez-vous toujours veiller sur eux.

Je désigne deux détenus installés sur les bancs, qui semblent être en prière.

— Je n'y manquerai pas.

Je le quitte, encore perturbé de me dire que je ne parlerai plus jamais avec lui. Et maintenant, il me reste la dernière étape à réaliser avant de quitter ces lieux : retirer mon uniforme. Lorsque c'est fait, je le remets à Tristan, un jeune gardien arrivé récemment, avec qui j'ai noué des liens. Je n'irais pas jusqu'à dire que nous sommes devenus amis, mais pas loin.

— Alors ça y est ?

— Hé oui.

— Vous allez me manquer, vous savez ? Plus rien ne sera pareil sans vous ici.

— Ne vous inquiétez pas, vous vous y ferez. Et puis, rien n'empêche qu'on se revoie si un jour vous passez près de chez moi.

Il me dévisage, ému. Il ne doit pas avoir plus de trente ans, et s'il n'avait pas cette fermeté que je lui ai vue plusieurs fois face à des détenus agressifs, je le jugerais trop sensible pour ce métier.

— Vraiment, vous m'offririez un verre ?

— Bien sûr. Vous m'avez déjà vu mentir ?

— Oui.

C'est vrai qu'il était là lorsque j'ai accompagné Frederick à l'infirmerie en décrétant qu'il avait la gastro. Ce pauvre comptable, accusé injustement de détournement de fonds, du moins de son point de vue, avait certes la flore intestinale fragile, mais il avait surtout besoin de calme, alors qu'il venait d'apprendre que sa femme le quittait.

— C'est vrai. Mais promis, sur ce coup-là, je dis la vérité. Si vous passez près de ma future maison perdue au fin fond de la campagne, je vous recevrais comme un chef.

Tristan me sourit, tourne la tête pour cligner des yeux discrètement afin que je ne voie pas ses larmes — raté — et ouvre ses bras.

— Je… je peux vous prendre dans mes bras ?

Je ris. Il est vraiment trop tendre, ce gars. Je lui fais une accolade et lui tapote dans le dos.

— À la prochaine, Tristan.

— À la prochaine, Pascal.

Je prends le chemin de la sortie, mes derniers pas dans ce lieu.

Et voilà, c'est la fin. C'est dingue de dire ça, mais ça me fait un coup au cœur. Pendant toutes ces années, je me suis attaché à des gens, chose qui me paraissait impossible, surtout en ces lieux. Il faut dire que je ne suis pas un sentimental. Il ne faut pas l'être, pour survivre ici. Et on doit toujours faire attention à ne pas perdre une partie de son humanité.

Je pousse la porte de la prison, et dans le corridor, j'ai la surprise de retrouver bon nombre de gardiens qui m'attendent. À peine les ai-je aperçus qu'ils crient en chœur un grand « Surprise ! ». Ils sont tous là ou presque, ceux dont j'ai été proche.

Flavien et son sourire crispé.

— On ne pouvait pas te laisser partir sans rien dire !

Clément qui venait de prendre son poste, lorsque je suis arrivé.

— Tu as été un vrai modèle, Pascal, pour beaucoup d'entre nous.

Bertrand, avec qui j'ai eu tant de difficulté au début, avant qu'on parvienne à s'apprivoiser mutuellement.

— Profite de ta nouvelle vie !

Albert et son sens de l'humour particulier.

— Et surtout, si tu t'ennuies, ne fais pas de bêtises pour revenir nous voir exprès, hein !

— Tu vas nous manquer, Pascal.

Sam acquiesce aux derniers mots d'Elliott. Je sens l'émotion monter. Qui l'eût cru !

— Les gars…

Le capitaine Damian s'avance et pose une main sur mon épaule.

— Pascal, je vous souhaite le meilleur pour la suite.

— Merci, Capitaine.

Je les salue une dernière fois et m'éloigne pour pousser enfin la porte de fer. Me voilà dehors, sous la pluie pour marquer ce nouveau jour. Fini le travail à la prison, je pars en retraite.

Lili WÄLLY
Auteure d'Effacer l'indélébile

S.O.S. de l'amer

J'aurais préféré un éclat de voix, un éclat de verre à l'éclatement de nos vies. J'aurais préféré l'alarme aux larmes, mais tu n'as rien dit. J'aurais préféré... C'est idiot, car on ne choisit pas, surtout quand on ne voit rien venir. Depuis dix ans, nous voguions paisiblement dans la même barque. Jamais une vague ni le moindre remous ne venait troubler l'eau de notre vie. Peu à peu, je me suis relâché. J'ai arrêté de pagayer pour t'étonner, pour t'égayer. Pourquoi faire des efforts alors qu'aucun vent, aucune turbulence ne semblait perturber le cours de notre existence ? J'ai cessé de te regarder et n'ai fait que te voir, j'ai cessé de t'écouter et n'ai fait que t'entendre. Absorbé par de nouveaux horizons, je n'ai pas vu que notre embarcation prenait l'eau. Tu as écopé seule, des jours et des nuits durant, pour sauver notre couple de la noyade. Trop occupé par ce qui se passait au loin, je ne t'ai même pas aidé. Au fil de l'eau, ton sourire et ton courage se sont effacés et tu as déposé les rames. Quand je m'en suis aperçu, il était trop tard, alors je me suis laissé couler lentement et j'ai touché le fond. J'avais perdu la seule ancre qui me rattachait à la vie. Mais ce soir, j'ai décidé de donner le coup de pied qui me fera remonter à la surface pour te retrouver. J'ai compris bien des choses et je ne laisserai plus les rayons de l'habitude m'aveugler. Je t'ai toujours aimé et rien ne pourra m'en empêcher. Alors, je t'en prie, laisse-moi encore une chance de devenir le capitaine de ton cœur. Je t'ai construit le bateau le plus solide qui soit. Il t'attend et est prêt à accueillir une ribambelle de petits moussaillons dont la mère sera plus belle que toutes les mers que nous parcourons ensemble.

Ton marin en détresse

Nouveau départ

Tu viens de finir de lire cette lettre et tu lèves les yeux vers moi. J'ai peur, peur qu'il ne soit trop tard, peur que tu ne me crois plus, peur que tu me trouves niais de t'avoir rédigé ce… je ne sais même pas ce que c'est d'ailleurs. Ce n'est pas un poème, ce n'est pas de la grande littérature, ce sont juste des mots qui me viennent du cœur. J'aurais pu t'offrir des fleurs, des chocolats, mais ça n'aurait servi à rien.

J'avais besoin d'écrire ce que je n'arrive pas toujours à dire. Je vais à mon tour lever les yeux vers toi. Que vais-je voir sur ton visage ? De la colère, de la tristesse, de la résignation ou pire de l'indifférence ? Allez marin d'eau douce. Prends ton courage à deux mains et, pour une fois, fais face, et accepte que les vents te soient contraires ou… pas. Je te regarde. Tu souris. Mon cœur s'emballe. Il tape si fort dans ma poitrine. Alors ? C'est oui ? Tu es prête pour un nouveau départ ? Je te promets que je ne t'embarque pas dans une galère, mais dans le plus joli des voiliers.

Tu te jettes dans mes bras, je te serre fort, fort. Je suis si heureux. Nous pleurons de joie. Cette eau salée qui coule sur nos joues m'apparait comme un signe ; celui que nous sommes prêts pour aborder, ensemble, contre vents et marées, les plus beaux rivages de la vie.

Aline CASTEL LANVIN
Auteure de ALF AND CO: 1er aux puces…

Tara

Les yeux vers l'horizon, Tara se souvenait…
Elle était à mille lieues des soupirs, des regrets
Mais son âme balafrée faisait encore des siennes
Jamais elle n'oublierait, cela quoiqu'il advienne

Elle se rappelait le tribunal à l'odeur chirurgicale, où s'amoncelaient çà et là tant de vies bancales
L'audience aseptisée si vite expédiée, où son nom et sa vie étaient exposés
Elle était indignée que l'on cite ses petits, que des étrangers en robe décident de leur vie
Cela résonnait comme une véritable injure ; c'était indécent d'ainsi les jeter en pâture
Il était détendu, souriant, satisfait
Tara l'aurait pendu et refait son portrait
Luttant contre la nausée, elle demeura digne
La colère l'étouffait, mais sans froisser sa mine
Le regard intrusif du juge, allant de l'un à l'autre, l'empêchait d'être vraie donc elle faisait la morte
Les yeux baissés, coupable et condamnée, elle attendait la fin de cette triste journée
Endurant cette audience qui venait mettre à mort, ce qu'elle avait offert, son esprit et son corps
Elle livra un âpre combat pour ne pas succomber à une folie soudaine qui venait l'envelopper
Ils avaient une vie simple, sans grande complication et Tara s'endormait dans ce climat ronron
Elle appréciait l'automne et son odeur d'humus, les balades dans le froid, le crépitement des bûches

Il ronchonnait souvent et même de plus en plus
Quoi qu'elle dise, quoi qu'elle fasse, tout lui valait malus
Il n'était pas heureux ; elle en était la cause
Mais comment deviner devant ses portes closes

Tara, elle, aimait sans attendre en retour ; ni de geste câlin, ni aucun mot d'amour
Elle aimait pour deux et c'était suffisant ; une douce hérésie : ils n'étaient pas amants
Il avait essayé, c'est ce qu'il avoua, essayé d'être un homme et d'être un bon papa
Mais son âme prisonnière d'une grande solitude, de tourments d'enfance, et autres turpitudes
Le tenait à distance d'un bonheur évident, et trop facile d'accès pour ce grand pénitent

Tara voulait la paix et donc elle accepta de le laisser aller, sa rage et ses combats
Elle lui garda rancune d'avoir assassiné l'innocence des enfants qu'il lui avait donnés
C'est sa plus grande douleur, son inaudible pleur ; pour sa fille, pour son fils, un si injuste malheur
Elle n'aurait jamais cru vivre cela un jour
Ils avaient des principes et croyaient à l'amour

Tara n'aime plus l'automne ; elle y sent l'agonie
Une solitude glacée et le bonheur qui fuit
Elle crut mille fois mourir ; le deuil était violent
La panique l'assaillait, grand était son tourment
Un soir de solitude elle entendit une voix
Ça venait de son âme, aussi de l'au-delà
« Je serai avec toi je ne t'abandonnerai pas
cette épreuve, crois-moi, tu la traverseras »

C'était il y a quatre ans… Tara a bien changé
Elle a donc survécu et elle s'est retrouvée
Dans cette union factice, elle avait remisé
Ses délires, son chant, son âme et ses rires gais

Il l'avait libérée en s'échappant lui-même
Elle n'avait ressenti qu'une impuissance extrême
Et si les cicatrices piquent encore quand on draine
Aujourd'hui elle est prête pour un nouveau « je t'aime »
Cette voix intérieure ne la quittera plus
C'est comme un GPS, sans lui elle est perdue
L'automne et ses mystères de nouveau lui sourit
Elle se sent vraiment libre et ça n'a pas de prix
Dans l'âtre rougeoyant, des cendres encore remuent
Mais leur fumet n'a plus l'odeur du disparu
Le juge était austère, elle l'avait trouvé beau
Un instant suspendu au milieu du chaos
Il avait discerné tout l'émoi de son âme
Mais il était payé pour orchestrer les drames

Pourtant régulièrement, il sentait son parfum
Au milieu d'une audience, au détour d'un chemin
Il avait mis du temps à saisir cette résurgence
Et finalement admis qu'elle avait bien un sens
Il s'était mis en quête de son identité
Se demandant comment il pourrait l'approcher
Était-elle seulement prête à entendre son discours ?
Sa pauvre confession dénuée de glamour
Il avait oublié à quoi elle ressemblait
Mais il était empli de tout ce qu'elle était
Ce n'était pas un fantasme, ni même un délire
Juste son supplément d'âme qu'il ne pouvait fuir
Tara déboula soudain au coin de la rue

Nouveau départ

Elle s’était égarée en cherchant l’avenue
Mais c’était le destin et ses hasards idiots
Elle tomba nez à nez avec l’homme du barreau
Alors instinctivement ils se reconnurent
Et les yeux dans les yeux, émus, ils comprirent
Le temps avec eux s’était arrêté
C’était l’automne, Tara se souvenait…

Valérie BENOIT

Trémulations

Chambre 205, il y a madame S. Quels souvenirs ai-je réellement ? Était-elle vraiment blonde ? Avait-elle d'autres enfants ? Avais-je croisé son mari ?

Je me souviens qu'on a longuement parlé de son dossier lors de nos transmissions. Son « cas » m'inquiétait car madame S. était sous Subutex pendant sa grossesse.

Ce médicament est prescrit aux héroïnomanes afin de substituer une drogue dure et inconnue à un produit maîtrisé. Ici, nous sommes dans un des hôpitaux de référence pour l'accompagnement des femmes toxicomanes.

Le cas de madame S. est donc plutôt banal pour l'ensemble du personnel.

Oui, elle était blonde.

C'était un de mes premiers jours de travail, je découvrais le syndrome de sevrage que peuvent faire les bébés. Il arrive que de la morphine soit administrée directement aux enfants afin d'éviter un manque.

Je n'avais jamais imaginé que de pauvres petits loulous puissent être traités avec des produits aussi forts et toxiques. Ces nouveau-nés sont surveillés avec une vigilance particulière. Il faut rester attentifs à toute apparition de symptômes neurologiques, digestifs ou respiratoires.

On m'explique comment remplir le dossier pédiatrique. Il faut compléter des tableaux, toutes les 4 heures, avec des notes spécifiques à chaque observation.

Le but est de déceler tout comportement anormal. Les pleurs du nouveau-né sont-ils excessifs ? Le bébé présente-t-il des trémulations ? Le petit s'alimente-t-il correctement, avec une bonne coordination des mouvements de succion-déglutition ? Subit-il une perte de poids inhabituelle ? A-t-il des troubles du sommeil ou une transpiration excessive ?

Tout est étudié de près.

Le score obtenu nous informe sur le bien-être du nourrisson et nous aiguille sur les conduites à tenir en cas de besoin.

Je me souviens, madame S. avait eu une petite fille deux années auparavant.

Souvent ces nouveau-nés sont hyperexcitables, aussi faut-il les rassurer. Pour réussir à passer ce moment difficile de syndrome de manque chez le bébé, plusieurs petites astuces sont utilisées pour diminuer le recours aux médicaments.

Tout d'abord la méthode « mère kangourou » permet aux mamans de porter le plus souvent possible le bébé peau à peau.

Cette proposition requiert une entière participation des mères et favorise le lien à l'enfant. Ainsi rassurés et bercés, les bébés seront moins affectés par le syndrome de manque.

Il peut aussi être proposé d'emmailloter les enfants. Un grand besoin de succion ? Une tétine peut être donnée, parfois même avec un peu de glucose pour apaiser. Tout cela se passe dans une ambiance tamisée, moins agressive. Bref, l'équipe est rodée et moi ravie de découvrir et d'apprendre toujours plus.

Le mari de madame S. était présent le soir, ils se promenaient tous les deux dans les couloirs, tard, ça me revient.

Le comportement de madame S. inquiétait l'équipe lors des premiers jours suivant la naissance, car elle avait du mal à s'attacher à son bébé. Petit à petit le lien s'est pourtant formé.

Et il y eut ce jour-là…

La sonnette de la chambre 205 retentit. Madame S. ouvre la porte et appelle. Elle panique, pleure, crie, râle, hurle, sanglote, s'emporte. Elle s'effondre. Tous les soignants accourent. Médecins, sage-femme, puéricultrices, aide-soignante… Tous s'agitent. Ils se bousculent. Trop tard.

Le bébé est mort.

Que s’est-il passé ?

Je me dépêche de rentrer. Il faut que je serre mes enfants dans mes bras.

Em3line

Trois, deux, un. Zéro.

Un. Des cartons. Deux. Un petit trou dans le mur. Trois. Avec autour la trace du tableau. Quatre. Maman est loin. Cinq. Papa dort dans la chambre à côté. Six. Ou peut-être qu'il ne dort pas. Sept. Je devrais pleurer. Huit. Mais rien ne vient. Neuf. Tout à l'heure. Dix. Je sais que je me retiendrai alors. Onze. Parce que ça ne regarde personne. Douze coups. Mon dernier jour dans la maison vient de commencer.

— C'est bon ?

Sans attendre ma réponse, le déménageur a fait signe à son collègue et relevé le hayon sur notre vie passée.

Sympas, efficaces, ponctuels, avec un petit sourire un peu triste d'employés des pompes funèbres, les deux gars sont tout ce que je craignais. Je voulais pouvoir les détester, passer ma colère sur un miroir ébréché, une tasse cassée ou un carton déchiré, mais rien de tout ça. J'aurais préféré qu'ils oublient de venir, qu'ils perdent l'adresse, qu'ils aient un accident. Mathilde, j'aurais préféré que tu ne nous aies pas quittés.

Ils sont partis. Première étape, Emmaüs. Seconde étape, le nouveau logement. Moi, je fais un ultime tour. Tanguy reste dans la voiture, je ne veux pas le forcer à me suivre dans ce qui n'est plus notre maison. Le couloir, le salon, la cuisine. J'essaie de compter les petits déjeuners des années passées. Trois séries. Toi et moi. Toi, moi et Tanguy. Tanguy et moi. Je me perds dans les chiffres. À l'étage, les deux chambres, la deuxième salle de bain. Les fenêtres sont closes, l'agent s'occupera de tout. Je redescends, ferme la porte pour la dernière fois. La clé dans une enveloppe, l'enveloppe dans la boite, l'agent a une autre clé, et de toute façon je m'en fous, je crois. Dans la voiture, je n'ose pas me tourner vers Tanguy, je ne sais pas s'il pleure.

— On y va ?

Tanguy ne répond rien, plongé dans une vieille BD. Au troisième essai, la voiture démarre enfin, Tanguy est toujours sur la même page.

— Prêt pour la nouvelle aventure ? dis-je en ajustant ma ceinture, les yeux dans le rétroviseur.

— Yes! dit-il, puis il se penche vers moi et me tapote le dos de la main.

Je m'étonne. Qu'est-ce que ça veut dire ?

— Je suis de ton côté, Papa !

Rien ne me vient, je réponds stupidement :

— Merci. Mais tu n'as pas à être d'un côté ou de l'autre.

Mathilde, si tu savais ce que tu obliges notre fils à faire.

Il me regarde en souriant, et replonge dans sa BD. Mon exemplaire de « *On a marché sur la lune* », que je ne gardais pas pour, un jour, consoler mon fils.

— J'aime les aventures.

— Super ! dis-je en lui ébouriffant les cheveux sans le regarder.

— Touche pas mes cheveux, j'ai mis du gel.

— Depuis quand mets-tu du gel ?

À son silence, je sens que je viens de dire une ânerie. Je me concentre sur la route, alors que le trafic est tout sauf dense à cette heure, surtout pendant les vacances.

— Tu sais, Papa, la nuit dernière, j'ai compté toutes les minutes à partir de minuit. 480. À l'envers, comme pour la fusée dans Tintin. Et à zéro juste, ton réveil a sonné. On s'en va sur la Lune, toi et moi. Ça, c'est de l'aventure.

Lorsque nous arrivons, le camion est déjà devant la porte, les gars regardent autour d'eux, et je sais ce qu'ils pensent. Quitter une maison avec jardin pour un rez-de-chaussée dans ce quartier minable, sinon pire… Je ne peux pas leur en vouloir. Je gare la Fiat entre le camion et une épave posée sur quatre parpaings, je sens que Tanguy n'a pas la même perception que moi.

J'ouvre la porte pendant que les deux costauds écrasent leur cigarette sur le trottoir avant de baisser le hayon, comme s'ils nous avaient attendus. Pour être sûrs de l'adresse.

— Voilà, un couloir, comme chez nous.

Je me mordrais la langue !

— Enfin, un couloir, comme avant, et puis la cuisine au fond, et voilà ta chambre, et dans le séjour on a une cheminée, je crois qu'elle marche. On va être bien, là, non ?

Tanguy est sur le seuil de sa chambre, il se retourne à demi, et son regard suffit. Mathilde, si tu voyais ce regard.

— Je vais aider les gars, tu n'as qu'à aller faire un tour. Mais ne quitte pas la rue, d'accord ? Quand les cartons seront posés, on ira voir ensemble, OK? Notre terre d'aventures à nous.

Il s'en va, à pas mesurés sur le trottoir, puis se retourne, regarde la carcasse de voiture derrière lui, les deux hommes indifférents qui débarquent les cartons et les meubles. Alors il revient vers moi, me tape à nouveau sur la main.

— Trois. Deux. Un. Zéro. Je suis sûr qu'il y a plein de choses à faire ici. Tu crois que maman reviendra ?

Je lui souris, il me rend mon sourire et s'en va en courant. Au bout de la rue, deux garçons de son âge semblent l'attendre.

Patrick PIERRE

Un pas de foi

C'est quoi le courage ? Cette question taraudait l'esprit de Juliana depuis qu'elle avait annoncé à ses proches qu'elle retournait en Chine. Il y a trois ans, elle était revenue dans son pays le Gabon pour les vacances d'hiver, mais la covid ayant frappé, les frontières de la Chine avaient été fermées et elle avait dû suivre des cours en ligne.

Aujourd'hui elle avait la possibilité de terminer ses études de médecine en temps réel ! Combien de fois avait-elle entendu : « Comme tu es courageuse ! Moi je n'aurais jamais pu partir aussi loin ! » Avoir du courage se résumait-il dans son cas à aller étudier à l'autre bout du monde, s'éloigner de sa famille et de ses amis ? Ou bien c'était le fait qu'elle avait choisi d'aller à la rencontre d'une culture et d'un peuple si différents d'elle, d'eux ?

Juliana avait beau l'entendre de la bouche des autres, au fond d'elle, elle savait qu'elle n'était pas courageuse. » Au contraire, elle n'aimait pas l'aventure et détestait le changement. Si cela n'avait tenu qu'à elle, elle ne serait jamais allée la première fois en Chine et elle n'y retournerait certainement pas ! Ce que ses proches ignoraient, c'était qu'en réalité, elle avait peur. Derrière ce qu'ils voyaient, il y avait des pleurs, des doutes, des crises d'angoisses parfois, tout sauf du courage. Ce retour en Chine représentait un nouveau départ pour elle, tout ce qu'elle avait connu là-bas n'était plus. Après le covid le monde avait changé, la Chine n'y avait pas échappé non plus. Elle l'avait vu aux infos, tout était différent. De plus, ses amies avaient décidé de rester dans leur pays pour le stage de fin de cycle, elle ne connaissait plus personne là-bas ou presque. Elle avait encore quelques camarades de classe, mais elle était si timide ! Juliana allait se retrouver toute seule. Pourquoi partir alors ? Parce qu'elle savait que c'était ce que Dieu voulait.

Après avoir argumenté avec ses parents en leur donnant toutes les excuses qu'elle possédait pour les dissuader de lui acheter son billet retour, elle s'était assise dans sa chambre comme à l'accoutumée pour prier. Une conviction s'était imposée à elle : ses parents avaient raison, elle devait rentrer. Alors, elle s'était lancée dans les démarches et les difficultés n'avaient cessé de survenir. Son professeur qui l'avait encouragée au début à rentrer se dressait en ennemie farouche devant elle : « Je suis navrée, mademoiselle, mais vous n'êtes pas éligible pour revenir, il vous faudra choisir un autre pays pour faire votre internat à l'hôpital ». Sa prof avait été si catégorique que pendant un instant, Juliana avait douté. Et si elle s'était trompée, et si c'était le Seigneur qui était derrière ce refus ? Une boule s'était formée dans son ventre et ne l'avait plus quitté pendant le reste des démarches. Sa maman, une femme de plein de foi, l'avait encouragée dans la prière « Ce n'est pas parce que c'est difficile que ce n'est pas la voie de Dieu, lui avait-elle dit. » Cependant, plus elle avançait dans ses démarches plus les défis augmentaient, mais le Seigneur ne l'avait pas abandonnée. À chaque pas, elle avait vu sa main l'aider. Des portes qui lui avaient été fermées s'étaient ouvertes : « elle trouvait grâce aux yeux de tous ceux qui la voyaient ».

Le jour du départ arriva, avec les « au revoir », les pleurs à l'aéroport international Léon MBA de Libreville ; puis elle s'envola. Juliana devait de nouveau se séparer de sa famille, mais comme la première fois, elle savait que c'était pour une bonne cause. Elle reviendrait médecin et ils seraient fiers d'elle. Deux jours plus tard, elle atterrit à l'aéroport international de Beijing. On était en décembre et l'hiver faisait des ravages, son pauvre pull et sa veste en jeans ne lui étaient d'aucune utilité contre le froid. Pour s'assurer qu'elle n'avait pas le covid, on lui fit un test PCR puis elle fut conduite avec les autres passagers de son vol dans une résidence pour y être isolée. Le cœur rempli de nostalgie, elle regarda le paysage défiler dans le bus.

Elle devait se l'avouer, la Chine lui avait manqué. Elle avait toujours eu ce goût d'inachevé en elle et elle était contente d'être revenue pour terminer cette aventure qu'elle avait commencée cinq ans plus tôt. À cause de la pandémie qui sévissait encore, elle passa huit jours de quarantaine dans un superbe appartement. On lui livrait à manger trois fois par jour et elle avait internet. Quoi de mieux ? De plus, son anxiété se dissipait peu à peu. Lorsqu'elle fut relâchée, elle se sentit libre et heureuse. Elle avait eu le temps de réfléchir pendant la quarantaine. Aucune des décisions qu'elle avait prises dans sa vie n'avait été portée par un acte de bravoure. La conviction qu'elle avait ressentie ce jour-là dans sa chambre ne venait pas d'elle, c'était le Saint-Esprit qui avait murmuré à son cœur la décision qu'elle devait prendre. Et elle avait obéi : elle avait fait un pas de foi.

Et c'est ce qu'elle ferait encore ici en Chine, elle allait croire au plan que Dieu avait pour sa vie et se laisser surprendre. Et ce pas de foi la mènerait certainement un peu plus vers le but de sa destinée. Ses proches l'admiraient pour son courage, mais elle avait juste la foi.

T.D.NOREEN

Un automne en Inde

C'est décidé, je pars en Inde ! C'est un choix plutôt étonnant compte tenu du fait que je n'ai jamais désiré visiter ce pays. Bon, vous me direz, voyager n'a jamais fait partie de mon programme. Moi, je suis quelqu'un qui aime bien m'évader depuis la maison. En général, mon attirail de voyage se compose d'un plaid bien chaud, d'un thé fumant, d'un carré de chocolat noir et d'un bon livre ou d'une bonne série. L'aventure, la vraie ? Très peu pour moi.

Alors, pourquoi ce revirement de situation, me direz-vous ? La raison est simple : à cause d'une rupture amoureuse... qui date d'il y a trois ans... OK, bientôt quatre... Lorsque j'ai compris que j'avais passé presque autant d'années célibataire que d'années avec mon ex, j'ai paniqué. Il fallait que je change de stratégie, et vite ! Jusqu'ici, je m'étais dit que puisque l'Univers était capable de mettre ma vie sens dessus dessous, il était aussi capable de la remettre dans le bon ordre. Mais je devais maintenant me rendre à l'évidence : l'Univers ne faisait pas dans le sentimentalisme. Il fallait que je sauve la situation par moi-même.

J'eus alors une idée de génie : faire quelque chose de radicalement différent de mes habitudes, histoire de mettre un petit coup de pep's à mon quotidien. Le plan n'était pas de changer de vie, mais de la secouer suffisamment pour faire tomber un ou deux fruits. Fière de cette métaphore, je brandis mon ordinateur portable en quête d'un projet. Car oui, c'était bien joli de vouloir faire quelque chose de nouveau, mais comment fait-on du nouveau à partir de l'ancien ? À ce stade, c'était comme changer le plomb en or. Heureusement je tombais très vite sur une annonce Facebook : « partez en retraite spirituelle en Inde avec Grégoire Matuvu ».

La spiritualité, j'avais déjà essayé : je m'étais recouverte de pierres et j'avais médité avec des bols. Puis un jour, un maître chanteur (ainsi nommé parce qu'il émettait de drôles de sons lorsqu'il canalisait l'esprit de ses guides de lumière) m'apprit que mes complications étaient dues à mes vies antérieures. J'avais décidé de ne pas donner suite. C'est vrai, à la fin : j'avais déjà suffisamment de problèmes avec ma vie actuelle.

Quant à l'Inde ? Bof... j'aurais préféré l'Ariège, une petite retraite dans la montagne à une heure de chez moi. D'ailleurs, l'Inde, n'était-ce pas un pays dangereux ? Plus dangereux que l'Ariège, en tout cas.

Mais ce Grégoire Matuvu, il avait quelque chose. Une sorte d'aura, de présence forte, des biceps bien marqués, un corps athlétique... disons-le, il était carrément sexy. Je m'imaginais bien passer deux semaines de vacances idylliques avec ce Matuvu pour étudier la spiritualité.

L'une des raisons pour lesquelles je restais célibataire, c'est que mes nombreuses aventures torrides n'avaient lieu que dans ma tête. Mais là nous étions dans du changement de paradigme, dans un renversement radical de ma vie ! Et si cette fois je passais à l'action ? Bon, partir comme ça, dans un pays étranger avec des inconnus, faisait sacrément peur. Et peut-être que je n'allais pas survivre à ce périple. Mais j'avais maintenant une mission. Plus qu'une mission : une quête. Dire définitivement au revoir à mon ex et embrasser la nouveauté. L'Univers n'avait qu'à bien se tenir, car c'était décidé, je partais en Inde !

Lorsque j'arrivais à l'aéroport de New Delhi, je constatais deux choses : d'une part, Grégoire Matuvu était venu avec sa compagne, et d'autre part, ma valise était restée en France. Il n'était visiblement pas facile de changer de paradigme. Pour l'amour, on repassera !

Étonnement, je m'adaptais très bien à l'Inde, et croyez-moi, je n'avais vraiment pas parié là-dessus. En effet, partir toute seule à l'étranger, pour moi qui n'avais pas l'aventure dans le sang, était déjà une épreuve en soi. Mais lorsque j'ai appris qu'il existait un rapatriement psychiatrique propre à ce pays, là, j'ai carrément failli faire une syncope. Apparemment, certains voyageurs y perdaient la boule... Mais tout compte fait, je me demande si ce n'est pas du bidon, ce « syndrome de l'Inde », car en ce qui me concerne, j'ai su garder les pieds sur les épaules et la tête sur terre.

Enfin, il y a quand même eu deux, trois moments en suspension... comme ce chauffeur de tuk-tuk qui a conduit en sens inverse sur l'autoroute, à Delhi. Ou bien quand le bus s'est retrouvé penché sur ses deux roues de gauche à cause d'un virage trop serré, à Agra. Ou bien encore lorsque ma barque partait sans moi, à Varanasi, et que j'ai sauté à l'intérieur sans trop savoir si je n'allais tout bonnement pas tomber dans le Gange. Ou enfin lorsque nous sommes restés deux heures bloqués sur un pont entre des camions qui avaient tous tenté de se doubler mutuellement, à Gaya. Beaucoup d'histoires de transports, somme toute, mais il n'y avait rien d'étonnant à cela : l'Inde était un pays à mille à l'heure. Finalement, ça n'était pas si mal, l'aventure.

J'ai également eu plusieurs fois des nouvelles de ma valise. Elle avait quitté la France plus de 24 h après moi, et suivait chacune de mes étapes avec autant d'écart. Je pensais souvent à elle avec un sourire ému, et me demandais quelles expériences elle pouvait bien vivre de son côté. Peut-être que j'avais bel et bien perdu la boule, en fin de compte. Nous devions en tout cas nous retrouver à notre retour en France.

Pour résumer, l'Inde est un pays formidable que j'ai fini par explorer toute seule... Eh oui, j'ai décidé de quitter le groupe de

Matuvu qui s'est avéré, lui aussi, n'être qu'un maître chanteur. Et vous savez ce qu'il y a d'encore plus incroyable ? Là-bas, j'ai rencontré un guide local qui aujourd'hui est mon mari.

Aude CONSTANS

Un novice à la belle étoile

La soirée était un peu fraîche pour la saison. Je n'étais pas encore habitué à ces veilles à la belle étoile.

Simon, mon grand-père, était tout près de moi, il avait remarqué que je frissonnais.

« Allez, mets ça sur ton dos », il m'a recouvert d'une chaude couverture de laine, bien trop grande pour moi. « T'inquiète, ton père et ton oncle Yad y ont eu droit ». Franchement, je ne l'ai pas regretté.

Mon grand-père, Simon, un homme sage, disait toujours « Écoute bien Lali », c'est le surnom affectueux qu'il m'avait donné.

« Un homme n'est vraiment un homme, que quand il prend soin des plus petits ».

Je me sentais un peu mieux sous cet immense manteau improvisé, c'était la première fois que je passais la nuit dehors, auprès du cheptel familial.

La période des agneaux avait commencé, quelques-uns étaient déjà nés. Les brebis avaient les mamelles gonflées qui suintaient en permanence.

Mon papi, chef de notre clan familial, était venu voir mon père en fin de journée. « C'est l'heure pour Yohan de passer la nuit dehors, avec nous, auprès des bêtes. Il est temps qu'il fasse ses preuves, bientôt il sera un homme, ses cousins sont encore trop jeunes. En tant que l'ainé de mes descendants mâles, il fera, s'il m'observe bien, un bon berger. Qui sait, un jour il prendra ma place ».

Il se tourna vers moi, le visage illuminé d'une fierté non dissimulée. En tant que premier petit-fils, il me portait une profonde affection. Une tendresse que peu lui connaissaient.

« T'inquiète, je prendrai bien soin de lui ». Sans attendre l'approbation de mon père, il me prit par la main. Franchissant la porte : « J'ai prévu la couverture des novices à la belle étoile ». Grands éclats de rire, de ces deux grandes personnes si réservées d'habitude.

Je ne suis pas près d'oublier cette nuit. Il m'a confié une tâche bien précise : vérifier les brebis prêtes à avoir leurs petits.

« Voyons si ton père t'a bien préparé ». Chez papi Simon, ce n'étaient pas des paroles en l'air, il m'aurait à l'œil, c'est sûr. J'avais la pression, faire honneur à mon père devant mon papi et les autres bergers. Ne pas perdre un seul agneau, une seule brebis. Les devancer, être attentif, voilà ce que je devais faire : la fierté de mon papi.

Heureusement, mon père m'avait bien préparé. À la nuit tombée, j'allais et venais dans les pâturages surveillant les brebis.

On y voyait aussi bien que pendant la pleine lune, une forte lumière brillait dans le ciel, comme figée au-dessus de nous. Du milieu du troupeau, je distinguais clairement les grottes qui servaient d'étable. C'est alors que j'ai remarqué un attroupement devant l'une d'elles, juste au-dessus de la nôtre : j'étais seul.

J'ai sursauté. Une main puissante s'est posée sur mon épaule. « N'aie crainte : c'est moi », « Ah, mon papi », « Dès que tu en vois une qui s'écarte du groupe, suis là, mais pas de trop près, elle va avoir son petit. Surveille-la bien, si tout se passe normalement, laisse faire, dans le cas contraire, aide juste un peu sans forcer. Pense bien à prendre ta gourde d'eau, une bonne brassée de paille fraîche. Sinon, viens en urgence me chercher. Tu as bien compris ? » Sa main posée sur ma tête, il a secoué ma tignasse. Il est parti rejoindre les autres. J'ai repris ma surveillance, non sans le regarder s'approcher de l'étable.

Cette nuit était décidément bien étrange. Je ne parle pas seulement de cette lumière dans le ciel. Les bergers, là-bas, avaient quitté leurs postes, me laissant seul.

Mince, les brebis ! Je remarquais l'une d'elles qui s'agitait, s'éloignait des autres. Sans plus attendre, j'ai pris ma gourde, une bonne poignée de paille fraîche, et je l'ai rejoint rapidement.

Elle se couchait, se levait, bêlait sans arrêt. C'était proche. J'ai pu apercevoir les sabots. Tout se passait bien, la poche s'est brisée, sa tête est apparue. L'agneau est sorti rapidement. J'étais ému, mon tout premier, seul comme un grand.

Une ovation venue de la grotte m'a fait tourner la tête. « Bon sang, que se passe-t-il dans cette étable ? ». Un bêlement faible m'a ramené sur place. La brebis léchait son petit. Comme c'était beau à voir, tout allait bien pour lui, il tétait goulûment sa mère.

Sans prévenir, la brebis s'est couchée sur le flanc. J'en ai profité pour frotter le petit avec la paille. Je l'ai pris dans mes bras, sa mère n'allait pas bien, elle soufflait fort, quelque chose n'était pas normal.

J'ai vérifié que le travail de la brebis était terminé. Pour me rassurer, j'ai pris le petit contre moi, j'étais un peu perdu. Je me suis mis à courir vers la grotte, rejoindre mon papi.

Je savais qu'il serait compréhensif. Devant moi, un mur de bergers qui chantaient, ça alors. Je n'arrivais pas à me frayer un passage tellement ils se pressaient devant l'entrée. Pas de papi en vue.

J'ai repensé aux chiens, qui pinçaient les jarrets des moutons, pour les faire avancer.

J'ai pincé fortement le mollet d'un premier, qui, après une injure, a fait un écart, un deuxième, même résultat. Cette tactique était géniale, plutôt amusante. Je me suis retrouvé devant. J'avais oublié mon papi.

Quelle scène touchante ! Une jeune maman nourrissant son bébé ; tout le monde était silencieux. J'étais si sale, couvert des traces de la naissance de l'agneau que je tenais contre moi.

La dame m'a regardé, un sourire aux lèvres. Sans vraiment réfléchir, je lui ai dit, « C'est un cadeau pour le nouveau-né ».

L'homme qui se tenait juste à côté d'elle m'a fait signe d'approcher. Je lui ai remis l'agneau. Il m'a remercié d'une douce voix « Tu peux embrasser mon petit Gas, approche ».

Tous me fixaient. Le nourrisson a cessé de téter. J'ai posé mes lèvres sur son front, il me souriait. Ma couverture étalée sur le sol, je suis resté là, tout près d'eux sans oser bouger.

Je n'aurai jamais imaginé, combien cette nuit changerait ma vie. Qu'un destin commun nous liait tous les trois.

Jean-Louis VICENTE-SIMON
Auteur d'un recueil textes et poèmes
avec illustrations « Parfums d'espérance»

Une journée (pas) comme les autres

7 h 30 : Bonjour, mon chéri, il est l'heure de se lever, me chuchote papa à l'oreille en me caressant doucement les cheveux.

7 h 35 : Allez, Noa, il faut sortir du lit maintenant s'il te plait, je t'ai laissé dormir plus longtemps que d'habitude. On va être en retard. Et habille-toi, tes affaires sont sur la chaise. Je t'ai mis ton gilet soleil et ton jean sans cordon, tes préférés !

Papa me secoue gentiment l'épaule, mais je préfère quand c'est maman qui me réveille. Je peux rester sous ma couette au chaud… Maman me manque.

7 h 45 : C'est bien mon chéri, merci. Allez, on descend prendre le petit-déj'. Tu veux manger quoi ? Tartines ? Céréales ? Yaourt ? De l'omelette avec du jambon ?

Beaucoup trop de questions alors que je viens seulement de me réveiller et que je n'ai pas faim.

8 h : Allez, hop ! Tant pis si tu n'as pas fini, tu termineras dans la voiture. Va te brosser les dents s'il te plait. Et tu frottes bien partout !

Pfff, j'en ai marre de me brosser tous les jours les dents. En plus j'aime pas le goût du dentifrice, il me pique la langue. Et puis d'habitude maman, elle, elle m'aide.

8 h 10 : Noa, on va être en retard ! Descends, s'il te plait ! Tiens, ton manteau. Tu sais où est ton tour de cou ? C'est pas possible ça, on passe notre temps à le chercher. Ah, non ! Le voilà. Tiens.

J'aime pas mon tour de cou, il me gratte. Vivement qu'il fasse chaud que je puisse être en short et t-shirt de foot.

8 h 20 : Bien arrivé, tout le monde descend ! Tiens, Noa, ton sac. Désolé, c'était un peu la course ce matin, on fera mieux demain ! Allez, passe une bonne journée, je t'aime. Et tu te souviens ? Ce soir, on va voir maman à l'hôpital.

Un dernier bisou et le voilà parti. Hâte de retrouver maman. J'espère que cette fois-ci elle va rentrer à la maison avec nous et qu'elle ne sera plus malade. En plus elle est fatiguée et joue moins avec moi. Puis elle vomit beaucoup aussi. Je me demande ce qu'elle fait en ce moment... J'espère que je lui manque un peu...

Noa retrouve son copain Louis, sa maîtresse Mélanie, ses histoires de pirates, ses additions, ses doigts pleins de peinture, ses cartes Pokémons, ses cailloux, ses batailles de petits pois et la joie de courir avec ses baskets lumineuses dans la cour de récréation.

Lui traverse parfois à l'esprit l'image du sourire de sa maman. Un sourire fatigué, tiré, mais dont la douceur reste inchangée. Il continue à s'interroger sur ce qu'elle peut bien faire en ce moment. Il espère qu'elle ne souffre pas. C'est long, cela va faire « trois dodos » qu'il ne l'a pas vue.

16 h 30 : Coucou, mon chéri, tu as passé une bonne journée ? me demande papa en m'embrassant sur la tête. Tu te souviens où nous allons ? Direction l'hôpital.

16 h 50 : Noa, nous sommes arrivés. Tiens, un peu de gel hydroalcoolique. On se nettoiera de nouveau les mains dans la chambre de maman. Allez, GO !

J'ai un peu peur.

Nouveau départ

16 h 55 : Noa, tu parles doucement OK? Dans un hôpital il faut être sage et ne pas courir partout. Donne-moi la main, chéri. C'est par là, à gauche. Ton autre gauche.

17 h : Tu « toques » à la porte ? me demande papa.

J'aime pas les hôpitaux... Y'a une drôle d'odeur, un peu comme à la cantine, mais en moins bon. Puis j'ai faim.

Noa rentre dans la chambre 112. Couleurs froides, effluves aseptisées, luminosité amoindrie. Au milieu de la pièce, debout, face à lui, se trouve sa maman. Son visage s'éclaire dès qu'elle voit la tignasse blonde de son petit ange. Mais maman n'est pas seule.

17 h 20 : Bonjour, mon doudou, tu m'as tellement manqué ! Elle me serre contre elle avec son bras libre. Je te présente Nina, ta petite sœur.

Maman a un deuxième petit ange.

Laura PLAZENET

Une nouvelle chance

Étrangère. Kalee ne trouvait pas d'autres mots pour définir le fossé qui occupait son esprit depuis plusieurs heures maintenant.

Les rayons du soleil réchauffaient son visage à travers la vitre de la voiture. Cependant, même l'astre du jour ne pouvait faire disparaître la brume qui empêchait la jeune femme de réfléchir.

— Comment tu te sens, Kalee ?

Elle se raidit, sans s'habituer au vide ressenti quand elle entendait ce prénom. Le sien, apparemment.

— Bien, se contenta-t-elle de répondre.

— Je suis soulagé que tu rentres enfin, poursuivit-il. Ces six semaines loin de toi ont été les plus longues de ma vie. Alors quand l'hôpital a appelé et qu'ils ont dit que tu étais sortie du coma, je me suis empressé de prendre la voiture.

Kalee écoutait à peine, revoyant les murs blancs, l'infirmière qui lui expliquait que les souvenirs reviendraient progressivement. Jusque là, rien.

— J'ai dit à tes parents d'attendre demain pour te voir, car les médecins ont dit que tu devais te reposer.

— Merci Zacharie.

Dans le salon, Kalee observait la photo de mariage. Les deux époux souriaient. Elle tenta de faire remonter des bribes de souvenirs, en vain.

Elle regardait les noces de purs inconnus. Le salon était vaste aux murs blanc et rouge. Le blanc donnait un aspect apaisant à la pièce, le rouge, un côté énergique, voire agressif.

— Qui a choisi les couleurs ? demanda-t-elle à celui qui s'avérait être son mari.

— Toi, sourit Zacharie de la cuisine. Elles te plaisent toujours autant ?

— J'avais des goûts… originaux.

Son époux la rejoint avec deux tasses.

— Tu voudrais que l'on s'asseye pour discuter ? suggéra-t-il.

Kalee appréciait sa sollicitude, mais Zacharie était un étranger pour elle. L'idée de l'avoir épousé, qu'il ait eu avec elle une vie de couple qui n'existait pas dans son esprit, donnait à Kalee la sensation d'étouffer.

Elle se sentait comme propulsée dans la vie d'une autre dont elle ignorait tout.

— J'ai besoin d'être un peu seule, déclina-t-elle. C'est très gentil, mais je vais aller à l'étage.

Le second niveau ne lui donna pas plus de satisfaction que le premier. Kalee se surprenait même à ne pas apprécier certains points de sa maison, comme le choix des meubles et de certaines tapisseries.

En entrant dans un petit studio, elle découvrit que l'ancienne Kalee était passionnée de chant et de musique, comme l'attestaient le micro et, accrochés aux murs, des photos de la jeune femme à un karaoké.

Plusieurs semaines s'étaient écoulées depuis son retour. Kalee avait décidé de reprendre doucement son histoire avec Zacharie. Elle visitait le village, Locronan, avec Zacharie, qui lui racontait des souvenirs de leur vie. Elle réapprenait à l'apprécier.

La jeune femme rangeait son placard quand elle remarqua un carnet sous une pile de documents. Intriguée, elle tendit le bras et le prit. Le journal intime s'intitulait Vie d'une chanteuse qui déchante. *Serait-ce mon journal ?* Kalee feuilleta les dernières pages écrites. Kalee se rendit compte que sa vie avec Zacharie n'était pas aussi rose qu'elle le supposait. L'auteure semblait même regretter son mariage.

03/09/20

Cher journal,

Comme tous les week-ends, il est encore à la pêche avec ses amis et la maison me semble bien grande pour moi seule. Ce matin, je me suis rendue au parc.

Cet après-midi, j'ai regardé une émission sur la Lorraine, une belle région. J'ignore si mon mari m'accompagnerait.

23/10/20

Cher journal,

Mon mari est encore rentré tard, prétextant des heures supplémentaires. Je ne devrais sans doute pas m'inquiéter, mais comme tu le sais, deux fois déjà, mon mari a dépensé une bonne partie de notre salaire aux jeux. Je crains qu'il ne recommence. Puis il lui est arrivé de partir plusieurs jours avec ses amis sans qu'il me dise où il allait. S'il continue ainsi, j'ignore si les choses dureront entre nous. Je ne voudrais pas divorcer, tu sais à quel pont mon mari compte pour moi, mais si je dois prendre cette décision, je n'hésiterai pas. Aussi ma cheffe a encore été exécrable aujourd'hui. Je songe vraiment à démissionner. Je te laisse, mon mari revient.

Kalee était abasourdie. Elle peinait à croire qu'il était question de son mari. Zacharie s'était montré si attentionné envers elle. Après tout, elle ne le connaissait que depuis quelques semaines. Si Zacharie était parvenu à manipuler l'ancienne Kalee, il pensait pouvoir l'avoir une nouvelle fois.

Les choses en étaient même facilitées, son épouse ayant oublié à quoi ressemblait leur vie. Kalee poursuivit sa lecture, troublée. La suite de ses témoignages la confortait, hélas, dans ses désillusions.

Tandis qu'elle réfléchissait, la colère laissa place à la paix. Elle n'aimait pas son mari. Le peu qu'elle savait de lui ne la poussait qu'à fuir. Reprendre une nouvelle vie n'en serait que plus simple. Son amnésie avait peut-être du bon, au final.

Kalee avait annoncé à Zacharie qu'elle désirait divorcer. Son mari avait tenté de la faire revenir à la raison.

Cependant, Kalee n'était plus la même personne et ce qu'elle avait découvert lui avait permis de faire son choix. La jeune femme ne se souvenait pas de son passé, mais elle avait rarement dû être aussi certaine de prendre la bonne décision.

Le lendemain, Kalee commencerait un nouveau travail. Un pas supplémentaire vers sa nouvelle vie. Elle s'était découvert une passion pour la pâtisserie et la biscuiterie artisanale du village l'avait embauchée.

Son téléphone portable sonna.

Cela devait être ses parents. Avec Kalee, ils étaient parvenus à reconstruire un début de relation familiale, ce qui ravissait tout le monde.

C'était Zacharie.

— Je voulais te souhaiter bonne chance pour le travail demain.

— Merci, c'est gentil, répondit Kalee.

— Tu sais, c'est vraiment dommage que tu n'aies pas terminé ton roman. Je suis certain qu'il aurait fonctionné.

— Quel roman ?

— Oui, désolé, tu ne peux pas savoir. Tu avais commencé à écrire un livre, Vie d'une chanteuse qui déchante, lui expliqua Zacharie. C'est dommage, il est resté inachevé.

Silence.

— Kalee ? Tu es là ?

Jade HURT

Une nouvelle vie sans vue

Pierre, tout juste retraité, était le correspondant local d'une association qui œuvrait au service des aveugles et malvoyants. Il prenait son café matinal en terrasse d'une brasserie avec vue sur mer. Il savourait ses premières semaines de temps libre quand, soudain, son téléphone sonna. Un homme se présenta. Il était le formateur de la prison et se prénommait Nathan. Il contactait Pierre après un événement dramatique.

Il demanda à Pierre s'il pouvait apporter son aide à un détenu de vingt-sept ans, Lucas, qui, à la suite d'une maladie rétinienne, venait de perdre subitement la vue en prison. Cela consistait en un soutien psychologique, à la présentation des programmes de rééducation adaptés aux aveugles et, surtout, à l'apprentissage du braille. Spontanément, Pierre accepta. Nathan lui dit qu'il allait déclencher la procédure administrative pour vérifier son casier judiciaire afin qu'il obtienne l'autorisation de se rendre à la prison.

Trois semaines plus tard, Pierre avait son premier rendez-vous. Il rencontra le directeur ainsi que Nathan qui l'informèrent sur Lucas : son passé, ce qu'ils savaient de lui. C'était un garçon en échec scolaire qui avait grandi sans repères, un être influençable et faible, délaissé par sa mère. Il n'avait pas connu son père. Il faisait partie des détenus dociles.

Puis, Pierre, accompagné uniquement de Nathan, rencontra Lucas. C'était un jeune homme svelte, de taille moyenne, élégant, au visage avenant.

D'emblée, Pierre adopta une attitude paternelle et tutoya Lucas. Ce jour-là, Pierre ne donna pas son premier cours de braille. C'était beaucoup trop tôt. Il fallait d'abord que Lucas reçoive des informations sur la vie des aveugles, un univers particulier, tellement méconnu des voyants. Ces informations générales avaient pour but de donner confiance à Lucas, de lui faire comprendre que sa vie allait continuer, mais qu'il vivrait tout simplement d'une manière différente. Les programmes de rééducation et la technologie moderne sont des atouts très importants pour l'autonomie des aveugles.

Pierre dit à Lucas qu'avec sa cécité, il développerait sa mémoire, son intelligence, ses perceptions pour s'adapter à son handicap. Privé de la vue, il faudrait qu'il utilise tous ses autres sens. Son cerveau serait toujours en éveil, il devrait retenir beaucoup de choses, faire preuve d'imagination et il ne s'ennuierait pas une seconde. Il éprouverait même de la satisfaction à surmonter des difficultés qu'il croyait infranchissables. Pour cela, il apprendrait à se repérer dans l'espace, à se déplacer en captant les bruits, les odeurs, en mémorisant les distances... Il saurait manier une canne blanche. Il pourrait bénéficier d'un chien guide qui deviendrait son fidèle compagnon. Il aurait aussi à sa disposition des appareils sophistiqués pour l'aider dans sa vie quotidienne.

Pendant les deux premières réunions avec Lucas, Pierre le mit en confiance en lui expliquant quelle serait sa future vie. Lucas était très intéressé, il posait beaucoup de questions et commençait à retrouver le sourire.

Puis vinrent les cours de braille. Pierre résuma la vie de Louis Braille et lui présenta le principe de son écriture. Lucas était un bon élève, consciencieux et motivé. Au bout de dix-huit mois, il maîtrisait parfaitement cette technique d'écriture et de lecture.

Au cours de ces leçons, Pierre discutait avec Lucas pour égayer ses mornes journées de son univers carcéral. Le jeune homme se confiait à Pierre. Chaque jour, il lui en racontait un peu plus sur sa vie. À l'image du Petit Prince et du renard, les deux s'apprivoisaient mutuellement au fil de leurs rencontres.

Peut-être était-ce la première fois que quelqu'un écoutait Lucas et s'intéressait à lui. Un jour, Pierre, très satisfait des progrès accomplis par son élève, lui dit : « Tu es un très bon élève ». Lucas fut très ému et, avec des larmes dans les yeux, répondit : « M'sieur, c'est la première fois qu'on me fait des compliments ». Une belle connivence s'était établie entre eux, une affection réciproque.

Lucas devait sortir de prison dans moins de six mois. Il fallait qu'il soit le plus autonome possible pour affronter sa liberté.

Un matin, Pierre fut convié dans le bureau du directeur de l'établissement. Ce dernier avait décidé de déplacer Lucas dans un appartement géré par l'administration pénitentiaire. Lucas partagerait cet appartement avec un autre détenu en fin de peine, qui pourrait l'assister si besoin. Il serait sous bracelet électronique avec des heures strictes de sortie. Pierre se réjouit de cette décision. C'était un pas de plus vers l'autonomie de son élève.

Le jour de l'installation de Lucas dans son appartement, Pierre organisa une petite réception pour fêter cet heureux événement. Le jeune homme était resplendissant. Il avoua que tous les week-ends, sa petite amie viendrait le voir. La mission de Pierre prenait fin. Avec Lucas, il n'aurait plus que des contacts amicaux. Bientôt, il quitterait son nid et prendrait son envol pour sa nouvelle vie, pour un nouveau départ.

Pierre reprit sa vie de retraité. Poète amateur, il écrivit quelques poèmes pour relater son expérience et libérer ses émotions. Il transcrivait ses vers en braille et les envoyait à Lucas. C'était aussi pour lui une façon de maintenir le contact avec son ancien élève. Depuis qu'il avait achevé sa mission, Pierre ressentait comme un vide. Ces derniers temps avaient été tellement riches en émotions qu'il devait se réadapter à une vie plus tranquille; pour ses premiers mois de retraité, quelle aventure !

Lucas

Je marche le long du trottoir
Pour me rendre à la prison,
Redonner un peu d'espoir
Au prisonnier sans horizon.

Tour au fond de sa cellule
Il ne rêve plus de liberté.
Car c'est sa vie qui bascule
Dans cette brutale cécité.

Il appréhende d'être libre,
Tout son corps en est fébrile.
Il veut rester entre les murs,
Ce sera encore moins dur.

Je rencontre ce détenu
Qui vient de perdre la vue.
Derrière les hautes murailles,
Je lui enseigne le braille.

Je lui apprends à revivre,
Maintenant avec ses doigts,
Lucas va lire un livre.
Bientôt, il trouvera sa voie...

Philippe PAUTHONIER
Auteur de 10 recueils de poésie

Une rencontre bouleversante

Tous les regards braqués sur moi, je déglutis nerveusement, la gorge serrée par le stress. Je prends une large respiration, espérant que cela m'apportera le courage nécessaire : je commence miraculeusement à parler.

« Bonjour à tous ! Je m'appelle Raphaël et j'ai vingt-quatre ans. Je suis sûr que vous connaissez mon père : son nom de famille est Fallimento... Oui, c'est bien ça ! C'est ce PDG qui s'est suicidé lorsque son entreprise a fait faillite, il y a dix-neuf ans. Voilà pour mon père. Ma mère, elle, est partie dès que les problèmes sont arrivés. Elle avait sûrement de bonnes raisons, mais pour moi, c'était un abandon... une des pires choses qu'on puisse vivre quand on a cinq ans. Heureusement, la famille Poza m'a adopté lorsque je me suis retrouvé seul. Vous les connaissez également : William dirige une grosse entreprise de mode. Mais, malgré toute leur gentillesse, j'ai eu du mal à m'adapter, après ce qui m'était arrivé. Cependant, je me suis ouvert et j'ai appris que je pouvais compter sur les personnes qui m'entourent. Grâce à mes parents adoptifs, ainsi qu'à ma sœur Iris et mon frère Eliott, ici présents, j'ai eu une enfance heureuse et pleine de cet amour dont j'avais besoin plus que tout. Et même s'ils ont eu deux enfants, ils ne m'ont jamais relégué au second plan : je suis leur fils à part entière.

Désolé ! Je sais que c'est un peu long comme introduction, mais c'est important pour la suite...

Le jour de mes vingt-quatre ans, mes parents avaient prévu un repas festif pour mon anniversaire et nous allions nous mettre à table lorsque la sonnette a retenti. Maman est allée ouvrir. Voyant qu'elle ne revenait pas, je l'ai rejointe. Sur le pas de la porte, se tenait… ma mère ! Là, vous allez me dire : “Mais bien sûr qu’il y avait ta mère ! Elle était allée ouvrir la porte.” Mais non, ce n’était pas d’elle que je parlais : en face de moi se tenait ma mère biologique. Comme vous pouvez vous en douter, une foule d’émotions m’a submergé en quelques secondes : tristesse, trahison, rancune, mais surtout une immense colère ! Je ne l’ai même pas entendu m’appeler… j’étais déjà dehors, en train de courir pour m’éloigner au plus vite. Où est-ce que je me rendais ? Aucune idée ! Si, le plus loin possible.

Arrivé au centre-ville, la nuit s’était installée depuis un bon moment. Je me suis mis à marcher dans une grande avenue bien éclairée. Alors que je venais de passer devant une petite ruelle sombre et humide, une voix a soufflé mon nom. N’apercevant personne, j’étais prêt à continuer mon chemin quand je l’ai de nouveau entendu me dire : “Raphaël, vas-y !” Juste ces quelques mots. Vous allez me traiter de fou ! Mais il est vrai que je l’ai cru un instant aussi. S’en suivit un dilemme : j’y allais ou pas ? L’appel a résonné une nouvelle fois : “Raphaël ! Fonce, elle a besoin de toi !”. Il y a eu un déclic, je n’avais plus aucune hésitation. Je me suis alors engagé dans cette rue.

Après quelques pas, j’ai vu un couple. Enfin… c’est ce que je pensais ! Je me suis approché doucement. L’homme, dont l’âge tournait autour de la quarantaine, parlait à la femme d’une voix perverse : “Allez viens ma jolie, sois pas timide ! J’ai bien vu ton sourire, faut assumer maintenant… Tu ne vas pas me faire croire qu’avec ta jupe, tu ne t’attendais à rien.” Accompagnant sa menace d’un geste, l’homme a plaqué la jeune femme contre le mur. “Lâchez-moi !” a-t-elle crié alors qu’il devenait de plus en plus agressif. À ce moment, elle s’est tournée et a croisé mon regard. Les paroles de cette voix me sont revenues en mémoire et mon sang n’a fait qu’un tour. Vous vous doutez bien que je n’allais pas laisser faire ça ! M’efforçant de marcher posément, je me suis donc approché.

— Chérie ! m'exclamais-je pour cacher ma peur, qu'est-ce que tu fais là ? Je t'avais dit de ne pas passer par là ! À cause de toi, on va être en retard !

Me retournant vers l'homme, je lui souris :

— Excusez-la, monsieur, j'espère qu'elle ne vous a pas dérangée. Allez, viens, chérie !

Je lui ai pris le bras d'un coup sec et nous sommes partis d'un pas rapide, sans nous retourner.

Après avoir passé le coin de la rue, je l'ai relâchée. Elle a eu un soupir de soulagement en comprenant que je ne lui voulais pas de mal. Elle s'appelait Emma. Elle m'a ensuite remercié et m'a demandé mon nom.

Nous allions nous séparer quand quelque chose a attiré mon regard : on nous observait ! C'était lui ! Il nous avait suivis... Inquiet, je me suis tourné vers Emma et lui ai dit tout bas :

— Il est toujours là. Je pense que je devrais t'accompagner, ce serait plus prudent. Enfin... si tu le veux, hein !

— Tu es sûr qu'il est toujours là ?

— Oui... il est au coin de la rue.

— Alors, je veux bien si ça ne te dérange pas. Je me rendais rue Izarra.

— Il n'y a pas de souci, mais dépêchons-nous, il approche !

À cet instant, j'étais encore loin de savoir que cette rue, qui signifie "étoile" en basque, détenait ce qui allait devenir mon étoile dans la nuit.

Pour le moment, c'était notre seul refuge pour échapper à l'homme qui nous suivait à chaque carrefour. Arrivés à destination, nous avons ralenti et j'annonçais à Emma :

— Je pense que je vais te laisser là. Je suis heureux d'avoir fait ta connaissance !

— Mais... ça va lui paraître bizarre qu'un gars laisse sa

copine devant un bâtiment sans l'accompagner. Il va juste attendre que je sorte. Tu devrais entrer, le temps qu'il parte.

Ayant vu le nom du bâtiment, j'étais réticent. Cela ne ressemblait en aucun cas à l'image que je me faisais d'un tel lieu ! Cependant, j'ai accepté, sûrement grâce à cette voix résonnant encore dans mon cœur. Nous sommes donc entrés, mais, une fois à l'intérieur, j'ai ressenti quelque chose d'inattendu. Un tourbillon de questions et de croyances m'a paralysé : et si c'était une secte ? Qu'est-ce que je ferais si c'était le cas ? Et si... Il était devenu impossible pour moi d'entrer dans cet édifice. Ayant senti le trouble qui m'agitait, Emma m'a pris la main puis m'a accompagné à l'intérieur. Une fois entré, j'ai été pris d'un soulagement intense. Plus tard, je me suis rendu compte que ce soulagement était le changement de ma colère en une paix infinie, même si celle-ci n'avait pas encore disparu, enfouie au plus profond de mon cœur.

J'ai donc assisté à la réunion qui avait lieu. Certains d'entre vous étaient présents, chantant et écoutant l'homme qui parlait sur l'estrade. Peu de temps après les chants, la voix qui m'avait conduit jusqu'ici m'a affirmé : "N'aie pas peur, car je suis avec toi, mais pardonne et tu seras pardonné." Je me suis mis à pleurer, cette phrase résonnait fort dans tout mon être. Je ne savais pas pourquoi, mais j'ai pleuré toutes les larmes de mon corps. Emma, assise à côté de moi, pleurait également.

Cette soirée a été l'une des expériences les plus marquantes de ma vie ! Et ce n'était que le début ! J'en suis ressorti apaisé et rempli d'une plénitude jusqu'alors inconnue. J'étais bien décidé à enlever cette colère qui stagnait dans mon cœur, même si cela devait prendre des années. J'étais transformé... c'est le mot ! En sortant de la salle, je me suis promis d'y retourner. Je remercie encore Emma de m'avoir amené ici. Je ne pouvais pas faire de meilleure rencontre !

Après de longs mois de travail sur moi-même et avec l'aide de Dieu, j'ai réussi à pardonner à ma mère biologique, qui est ici aujourd'hui ! »

« Merci, Raphaël pour ce beau témoignage ! Je vais donc inviter Emma à venir nous raconter le sien qui est l'autre facette de cette même soirée. Ensuite, je vous baptiserai tous les deux avec la plus grande joie. »

Héléna Adams

Une semaine chaotique

Lundi, James.

Elle n'arrête pas de me dire que je dois retrouver la raison, j'ai pas perdu la raison ?! Je lâcherai pas l'affaire, voilà tout... Alors pourquoi elle me dit ça ?! Elle me dit qu'elle m'aime, mais elle me quitte ! Et elle croit que je vais lâcher l'affaire ! On marche sur la tête là !

Je pense de nouveau à elle, et merde.

Et puis qu'est-ce que c'est que ce foutoir, d'abord ? Des cachets par terre. Peut-être des somnifères. Sûrement de la drogue. Quelle heure il est ? 8 h 13 ?!

Qu'est-ce qu'elle dirait si elle me voyait comme ça... ? Et merde, j'y pense encore.

Mardi, James et Elena.

— Monsieur White ? ... Monsieur White ? Une jeune femme est venue vous voir.

— Que... Quoi ? Qui ça ?

C'est dur. Très dur. C'est bon, enfin les yeux ouverts. Elena ?! Impossible.

— Hey, salut James.

C'est vraiment Elena. Incroyable. Elle serait revenue, après tout ce temps ? Oh putain ! les cachets ?! Ouf. Madame Delville a fait le nécessaire.

— Salut !

Aucune idée de ce qu'il se passe, mais je dois saisir ma chance. Faire bonne figure.

— Ça te dit d'aller faire un tour ?

— Bien sûr que ça lui dit.

— Avec plaisir.

Nous nous avançons vers le jardin, elle me prend les deux mains, me regarde dans les yeux et déclare :

— Écoute James, je sais que je te l'ai déjà dit, mais je suis désolée. Je veux t'aider.

M'aider ?

— Elena, je me suis repris en main, je te jure.

Il ne s'agit pas de ça James, et tu le sais. Je suis sûre que tu le sais.

Elle me fait un baiser sur la joue et me tourne les talons, d'un air attristé…

Je dois rattraper le coup.

Mercredi, James.

C'est décidé, puisque j'ai échoué durant la balade, maintenant, je dois lui prouver que je me suis remis sur les rails, et que le train va à toute allure ! J'ai réfléchi toute la nuit et j'ai échafaudé un plan : me rendre dans un magasin d'art.

Acheter des pinceaux, de la peinture, et une toile.

Ensuite, peindre un portrait d'elle. Ou en tout cas essayer. Soit ce sera réussi et elle sera subjuguée, soit ce sera raté et elle rira. C'était gagnant-gagnant.

Je peux gagner. Quelques tutos Youtube, un coup d'fil à De Vinci…

Non. Vraiment. Je me connais, quand je suis motivé, animé par une cause louable, je peux tout réaliser ! Au pire, vu que je suis riche, j'appellerai un peintre professionnel… Non ! Si ça vient pas de moi, c'est nul ! Je dois le faire moi-même, et je dois m'y mettre tout de suite !

J'en suis sûr maintenant !

The love is coming back. Elena et lui. Lui et Elena.

Ça fait longtemps que je n'avais pas été aussi enthousiaste. Sa dernière visite m'a mis du baume au cœur, elle a raison, je dois retrouver la raison, sinon, je vais la perdre !

Jeudi, James.

— Merde ! Merde ! Merde ! Pourquoi j'ai craqué ?! Encore ces satanés cachets ?! Fait chier fait chier fait chier fait chier fait chier fait chier fait chier…

— Monsieur White ! Tout va bien ?

— Oui, désolé de vous avoir fait peur, madame Delville.

Vendredi, Elena.

« Ce n'est pas réel James, réveille-toi. Il faut que tu retrouves la raison. » Quatre mois qu'elle lui répète la même chose. Elle sait que c'est de sa faute tout ça. Elle était tout pour lui. Ils étaient à l'apogée de leur amour. Chaque regard lui donnait de nouveaux papillons dans le ventre, chaque caresse ôtait ses peurs, chaque blague volait ses pleurs, et elle savait que c'était réciproque. Mais son rêve, celui de devenir danseuse, s'éteindrait si elle restait avec lui. C'était un choix, et certains choix sont douloureux, mais il faut les faire, alors deux mois avant son hospitalisation, elle l'avait quitté.

Il s'était mis à sombrer dans la drogue. Beuh, LSD, champignons hallucinogènes, DMT… Elle avait tenté de le raisonner une fois. Il était en plein trip. Il lui avait dit qu'il l'aimait, qu'il voulait lui faire l'amour… Enfin bref, elle était vite partie. Peut-être qu'elle aurait dû rester.

Parfois, en croyant être drogué, il partait dans des délires. Ses émotions devenaient ingérables. Madame Delville lui donnait alors ces petits cachets verts et beiges, elle ne se rappelait plus leur nom. Heureusement que cette femme était là, elle arrivait à le calmer presque systématiquement. Elle était si délicate… Elle lui avait raconté, quand elle l'avait croisée en arrivant à l'hôpital, que James comptait la reconquérir depuis sa dernière visite. Il l'oublierait bien assez tôt.

Elle le regarde une dernière fois. Des cachets par terre, le regard fixé sur le mur. Il est en train de faire des mouvements avec la main. Le pouce, le majeur, et l'index semblent reliés, comme s'il peignait quelque chose. Peut-être qu'il se trouve avec Mr Stone, un être imaginaire qui semble, ma foi, très passionnant…

Elle sait qu'elle ne doit pas s'éterniser, alors elle prend son courage à deux mains, lui tourne le dos, puis quitte l'hôpital. Il fait presque nuit, c'est l'hiver dehors. Les lampadaires sont allumés, les flocons de neige se déposent lentement sur son manteau. Un élan de nostalgie s'empare d'elle et ramène un vieux poème d'amour à sa mémoire, qu'elle avait oublié depuis longtemps, et que James aimait lui réciter en empruntant une voix théâtrale. Elle sourit, puis poursuit sa route.

Samedi, James.

J'ai enfin fini, elle ne sera pas subjuguée, mais elle rira, ça, c'est sûr ! En plus, j'ai retrouvé son poème. C'que c'est mielleux ! Vraiment pas mon truc.

J'ai hâte de lui lire, en tout cas ! Ça m'a pris une plombe à le mémoriser…

Dimanche, James.

— Bonsoir, monsieur White.

— Bonsoir… Elle n'est pas venue non plus, aujourd'hui ?

— Non, désolé, monsieur White.

Je reprends mes cachets. Du Prozac. J'ai eu un éclair de

lucidité depuis que j'ai fini mon tableau. On dit que l'art peut servir de thérapie...

Je suis de nouveau moi-même, mais à quoi bon, si elle ne revient pas ?

Noé DOUTRIAUX

Une vie sans

Elle est là, à peine sortie du lit, devant son miroir. Elle se regarde avec effarement. Du haut de ses bientôt trente ans, elle essaie en général d'éviter son reflet au réveil, mais là, elle n'a pu s'en empêcher, surprise de ce qu'elle a aperçu du coin de l'œil : le bout de son nez arbore un beau gros bouton écarlate !

Elle soupire :

— Quelle poisse ! Mon premier jour de job au Café de la Place ! Avec mon nez de clown et mes valises sous les yeux, ça ne va pas le faire ! Et quelle nuit !

Elle revoit ce cauchemar où elle s'est retrouvée étalée de tout son long entre deux tables, les tasses ont éclaté en mille morceaux, le cacao chaud a giclé sur les murs, sans parler du plateau qui a volé dans les dents d'un client... Elle rit jaune.

Bon. S'asperger le visage. Enfiler son jeans préféré, un pull noir où elle se sent à l'aise et ses chaussettes rigolotes pour se donner du courage. Elle rejoint rapidement ses cheveux châtains en une queue de cheval.

Puis elle s'attaque à réparer les dégâts... sans trop s'appesantir sur ce qu'elle voit dans la glace : les cernes, le bouton proéminent, sa peau pâlotte, tout disparait sous une épaisse couche de fond de teint promettant de tenir 24 heures. Un peu de poudre pour matifier tout ça. Du mascara qu'elle applique sur ses longs cils met en valeur ses yeux qu'elle trouve pourtant quelconques... comme le reste d'ailleurs.

Le stress commence à monter en elle : et si, encore une fois, ça ne fonctionnait pas ? Avec ce nouveau travail, il lui semble jouer sa dernière carte...

Anxieuse, elle boit son café, assise à la table de son petit studio où elle vit seule. Elle s'est apprêtée trop tôt, elle a encore trente minutes devant elle. Le temps pour un peu d'introspection matinale.

— Qu'est-ce que ma vie ? Mes amies ont une famille, un job intéressant, certaines possèdent même une maison. Et moi ? Je me bats encore contre des boutons d'acné ! Pas d'amoureux dans ma vie. Je vais d'un boulot à l'autre, je ne trouve pas ma voie. Ce job-ci, c'est différent, il a tout pour me plaire ! J'adore le design du café, les meubles récupérés dans des brocantes et l'équipe à l'air sympa ! Je ne comprends pas trop pourquoi ils m'ont choisie... mais bon ! Je suis impatiente, pourtant j'ai tellement peur de tout faire foirer. Maladroite comme je suis. Oh l'angoisse...

Reste 20 minutes.

Elle retourne aux toilettes, son intestin fait des siennes. Elle a pris son portable avec elle et lit ses messages. Son cœur fond : sa p'tite grand-maman pense à elle. La seule de sa famille. Ses parents sont séparés, et chacun vit une nouvelle histoire avec un autre conjoint. Ils n'ont d'yeux que pour eux.

Ma chère petite-fille, je prie pour toi, particulièrement en cette journée, je sais comme ce travail te tient à cœur ! Aie confiance en toi. Accepte de faire des erreurs. Je prie que tu ressentes la paix de Jésus. Je t'aime fort.

Cela lui fait du bien. Elle a toujours admiré la foi de sa grand-mère, elle voit bien que cela la soutient dans tout ce qu'elle vit.

Toute petite, sa grand-maman lui lisait des histoires de la Bible lorsqu'elle la gardait un jour par semaine. Il lui arrivait aussi de participer à l'école du dimanche. Quand elle était enfant, elle priait pour que ses parents restent ensemble malgré les cris, la tension familiale. Mais ils se sont séparés.

En guerre. Depuis, elle en veut à Dieu, ne lui parle quasi plus. Seulement quand une injustice lui pèse. Dans ces cas-là, elle lève le poing vers le Ciel et l'accuse de tous les maux.

Reste 10 minutes.

Toute à ses pensées, elle nettoie sa tasse de café. Range quelques journaux qui traînent, puis regarde par la fenêtre le jour qui se lève, la nature qui s'éveille. C'est beau. Elle se met à lui parler, à Dieu. À haute voix :

— Ce serait toi qui aurais créé ce superbe paysage, là, dehors ? Et pourtant, tu ne t'occupes pas de moi ! Ma vie n'a pas de sens. Je tourne en rond. Rien n'a changé depuis dix ans ! Je n'en peux plus. J'envie la foi et la joie paisible de ma chère grand-maman... malgré les deuils, le divorce de sa fille, ses problèmes de santé. Mais moi je t'en veux... et pourtant, j'aimerais que tu me donnes un coup de pouce pour ce nouveau job. Le job de la dernière chance. Mais à quoi bon te le demander ?

Un nouveau message s'affiche sur son portable.

Excuse-moi, ma petite-fille, mais je me sens poussée à t'envoyer ce verset :

« *Voici ce que déclare le Seigneur Dieu, l'unique vrai Dieu, le Dieu d'Israël : Vous ne serez sauvés qu'en revenant à moi et en restant paisibles. Votre seule force, c'est de garder votre calme et de me faire confiance. Mais vous ne le voulez pas.* » Ésaïe 30:15

Reste 3 minutes.

Elle est sans voix. Tremblante. Ses larmes coulent. Incroyable. Jésus lui a répondu. Elle ressent sa présence aimante et apaisante. Elle comprend maintenant la relation que sa grand-mère vit avec lui... Envahie par une paix inconnue d'elle jusqu'à présent, elle lâche enfin prise :

— Jésus, pardon ! Merci ! J'accepte ton aide, j'en ai besoin ! Pardon de ne pas t'avoir voulu dans ma vie jusqu'à présent ! Viens à mon secours ! Dès maintenant, je veux que tu fasses partie de ma vie, je ne veux plus faire sans toi !

Un an plus tard :

On peut l'apercevoir au Café de la Place. Lumineuse. Joyeuse. Elle sait où elle va à présent : elle désire rayonner de la vie de Jésus pour aider ceux qui n'ont plus d'espoir. Comme elle. Avant.

À l'église où elle se rend depuis quelques mois, elle s'est fait bien des amis, particulièrement un jeune homme qui pourrait bien devenir un jour son mari… mais ça, ce serait le sujet d'une autre nouvelle !

Sarah SIMONIN
Autrice du livre de chroniques
«Dieu, ma famille, les autres et moi et parfois le contraire…»

Vers une nouvelle tranche de vie

Sophie ne s'était pas garée. Juste arrêtée en double file.

— Tu vas te débrouiller, avec tes deux valises ?

Elle avait beau avoir atteint l'âge de la retraite, elle n'était pas encore si impotente que ça, tout de même ! Elle avait murmuré un merci inaudible et s'était engouffrée dans la gare sans même se retourner. À quoi bon dévoiler à sa fille sa tristesse de quitter Paris ?

— Tu seras bien, là-bas, avait affirmé Sophie. La folie de Paris, ce n'est plus de ton âge !

Qu'est-ce que sa fille savait de ce qui était bon pour elle, quand elle-même hésitait encore sur son avenir ? Pas si simple d'entrer dans l'âge « doré » de la retraite !

Et ce retour dans la maison familiale qu'elle appelait de tous ses vœux il y a quelques mois, lui semblait aujourd'hui lourd de questions et d'incertitudes. Elle était montée dans le train comme on monte vers l'échafaud : le front haut, et le regard lointain.

7 h 56. À l'ouest, le jour n'est qu'une pâle lueur d'un triste gris bleuté. Un monde où la surface gelée des lacs offre un miroir figé aux ombres noires des silhouettes des arbres. À l'est, le soleil se lève, orange et éclatant comme un fruit mûr.

Elle s'interroge. De quel côté va basculer sa vie ? Côté soleil ? Côté obscurité ? Elle a la curieuse impression que sa vie est là, ni devant, ni derrière, mais là, sur les côtés, dissimulée quelque part entre ces deux mondes si différents et qui pourtant n'en forment qu'un.

Elle s'assoupit en regrettant l'inconfort des anciens wagons qui sans cesse lui auraient répété comme un encouragement :

ça-va-a-ller, ça-va-a-ller…

8 h 35. Elle essuie de sa main la vitre embuée, faisant apparaître une image qui semble flotter devant elle. C'est, réfléchi dans la glace qui joue l'effet d'un miroir, le front de l'homme installé un rang devant elle.

Amusée, elle s'applique à balayer davantage la vitre pour jouir du curieux phénomène. Quand l'homme redresse la tête, leurs yeux se croisent dans la vitre. Est-ce l'effet du reflet ? Elle trouve ce regard doux, apaisant, et se dit qu'elle aurait aimé être assise à ses côtés.

9 h 11 : le train arrive à Nîmes. Un message retentit dans les haut-parleurs : « Suite à un incident technique, les passagers sont invités à rejoindre les voitures numérotées de 1 à 10. » Loin d'être contrariée, elle se réjouit de ce contretemps, qui lui crée une bonne occasion de se rapprocher de l'homme et qui sait, de lier connaissance.

Le voilà justement qui passe à côté d'elle. Elle empoigne ses bagages et, louvoyant entre les valises à roulettes, s'efforce de ne pas le perdre de vue. Lui n'a aucun bagage, il file. Elle le voit s'engouffrer dans une voiture, et presse le pas.

Trop tard ! Toutes les places sont occupées. Pressée par ceux qui tentent de se trouver un peu d'espace sur la plateforme, elle hisse tant bien que mal ses valises tout en haut du porte-bagages, et se cale contre la cloison.

L'homme est là qui lui fait face, assis en contre sens. Quand il relève la tête et regarde dans sa direction, elle détourne la sienne et se perd dans le paysage. Un instant plus tard, l'air de rien, elle risque de nouveau un œil vers lui. L'homme ne la lâche pas des yeux.

« Je ne suis pas aussi décrépie que Sophie me le laisse croire ! » sourit-elle en son for intérieur. Qu'on puisse ainsi la dévorer des yeux la ragaillardit. Après tout, cette nouvelle vie lui réserve peut-être des surprises ? Ses pensées gambadent dans tous les sens. Et elles sont légères, ces pensées ! Là, debout au milieu des passagers entassés sur la plateforme, elle a l'impression de renaître. Pour la première fois depuis qu'elle est en retraite, elle jouit d'un réel sentiment de liberté.

Et c'est ce regard qui la porte. Ce regard inconnu qui lui redonne confiance en elle. Ce regard qui se fait de plus en plus insistant.

Brusquement, l'homme se lève et se dirige vers elle. Son cœur bat la chamade.

— Je vous en prie, prenez ma place. À votre âge, vous ne pouvez pas rester debout ainsi…

L'impudent ! Comment ça « à mon âge » ? Elle s'apprête à lui rétorquer qu'elle est surement plus jeune que lui, quand elle réalise qu'il s'adresse non pas à elle, mais à une vieille dame debout à ses côtés.

À la fois soulagée et déçue, elle s'écarte pour la laisser passer. Ses épaules s'affaissent, et ses rêves avec. Comment a-t-elle pu être assez cruche pour penser qu'elle pouvait encore séduire à son âge ?

Sa fille a raison : elle n'est bonne qu'à rejoindre cette maison où sa mère avant elle est venue terminer ses vieux jours. Et de vieux jours, Dieu sait si elle en a un paquet devant elle…

Elle regarde la vieille dame s'installer dans son siège, presque jalouse de l'intérêt que l'inconnu lui a porté, quand soudain elle se ressaisit : l'homme se tient désormais debout à ses côtés, encore plus proche qu'elle n'aurait osé l'espérer. À la moindre secousse, leurs bras se frôlent. Elle hésite. N'ose pas l'aborder. Se découvre aussi gauche qu'une adolescente à son tout premier rendez-vous.

10 h 25 : Le train qui freine par à-coups la projette en avant. L'homme la retient par le bras et lui sourit. Elle lui rend son sourire, attrape une à une ses valises qu'elle laisse lour-

dement retomber sur le sol et, non sans difficulté, les descend sur le quai. L'homme n'a pas bougé.

— Merci ! déclare-t-elle dans un sourire.

L'homme écarquille les yeux.

— Merci de quoi ?

— De rien ! De tout ! lui lance-t-elle joyeusement au moment où la porte de la rame se referme.

Elle se sent si heureuse qu'il ne lui ait pas proposé son aide.

Marie-Christine QUENTIN

Victime d'amour

Mon plus grand rêve ? Que cette personne disparaisse, qu'elle sorte de ma vie ! Pas le temps d'un week-end ni d'une semaine de vacances, mais à vie ! Au risque de vous choquer, je ne l'aime plus. Je me suis tellement souvent imaginé sa mort qu'il est impossible qu'il y ait encore un peu d'amour entre nous. Je ne ressens que du dégout, de la haine. J'en ai honte parfois, mais je crois que j'aurai été capable du pire pour me sortir de cet enfer.

Je sais, les mots que j'emploie sont puissants. Peut-être même les trouverez-vous déplacés, mais laissez-moi vous expliquer. D'une quarantaine d'années, nous vivons ensemble depuis quinze ans. Au début, tout était parfait. On s'aimait tellement que j'ai cru, naïvement, que rien ne pourrait jamais se mettre entre nous. J'ai pensé avoir de la chance d'avoir trouvé mon bonheur dans ses bras. Très vite, les choses ont changé. Mon euphorie s'est enfuie, laissant entrer le démon dans notre maison. Au départ, j'ai pardonné. J'ai voulu nous sauver. J'ai laissé une première chance, puis une deuxième, puis une énième. J'ai voulu l'aider à combattre ce mal qui rongeait son cœur, mais j'ai échoué. Au lieu de ça, c'est mon âme que j'ai détruite. J'ai perdu toute confiance en moi, je n'ai plus aucun respect pour ma propre personne. Se laisser faire, c'est admettre qu'on mérite les coups que l'on prend. Je le sais, mais comment aurais-je pu faire autrement ?

J'ai tenté de me sauver, mais en vain. Je finissais toujours par rentrer à la maison. Mes collègues étaient pris à partie, ma famille était menacée, mes réseaux sociaux piratés. Je n'avais guère d'autre choix que de retourner dans les bras de ce bourreau, qui étaient autrefois si doux. Tout mon entourage savait ce que je vivais, mais comme moi, personne n'a bougé. Tout le monde a laissé faire. Pas par manque d'amour ou d'inquiétude à mon égard, mais par peur de ce qu'il pourrait leur arriver à eux s'ils me venaient en aide.

Plusieurs fois je lui ai balancé mon malheur à la figure. Je n'ai eu pour retour que des rires satisfaits. Plusieurs fois je lui ai exprimé ma terreur. J'ai ressenti sa fierté. Plusieurs fois je lui ai rappelé la violence de ses coups. Ils revenaient à moi toujours plus fort. Alors oui, j'ai aimé cet être. D'une force incontrôlable. J'en ai malheureusement oublié que je n'étais pas thérapeute, ce fut la plus grosse erreur de ma vie. Par amour, j'ai accepté, j'ai pardonné. Cet enfer a duré quinze années.

Il y a trois mois, mon fils a commencé lui aussi à devenir victime de ses coups. Il n'a que quatre ans. Que dis-je ? Peu importe son âge ! C'est à ce moment précis que j'ai compris qu'il me fallait agir. Certes, j'avais aimé, mais ce sentiment avait maintenant plié bagage depuis bien longtemps. J'étais devenu une simple victime, et il était hors de question que mon fils subisse les mêmes atrocités. J'ai pris mon courage à deux mains et j'ai couru à la gendarmerie. Là, j'ai pris une claque. Personne ne m'a cru. Personne n'a porté d'intérêt à mon histoire. Avec mon bébé, nous étions seuls. On m'a conseillé de le faire hospitaliser pour qu'une enquête soit lancée et qu'il soit placé dans une famille d'accueil. Mais moi je ne voulais pas que l'on m'enlève la chair de ma chair ! Ou alors, entre quelques rires maladroits, on m'a gentiment conseillé de me défendre ou de la quitter.

Vous vous demandez surement, vous aussi, comment une femme a pu me battre pendant autant d'années ? C'est un questionnement que je comprends. C'est vrai qu'un homme est physiquement plus fort. Mais justement, le souci est là. Si je commençais à me défendre, ça aurait été à moi de la frapper.

Même si j'avais seulement essayé de la maîtriser, elle n'aurait rien lâché. Elle aurait pris une batte, une casserole, peut-être même un couteau. De fil en aiguille, j'aurais été poussé à la frapper, et je me le suis toujours interdit. J'avais peur d'elle, mais je craignais aussi le mal que je pourrais lui faire si je me rebiffais. J'avais donc pris la décision de me laisser faire, tout en lui offrant l'amour nécessaire qui peut-être un jour aurait eu le pouvoir de mettre un terme à tout ça.

Aujourd'hui, alors que j'étais sur le point de me rendre chez un avocat pour effectuer une demande de divorce, mais également pour m'aider à trouver une solution afin de protéger mon fils, mon téléphone s'est mis à sonner. J'ai d'abord pensé que c'était elle qui voulait savoir où j'étais, comme tous les jours lorsqu'elle travaille. Mais non, c'était un gendarme : « Votre femme vient d'avoir un grave accident de voiture, monsieur, elle est décédée. Je suis vraiment désolé. Toutes mes condoléances. »

La vie a décidé de m'offrir une échappatoire inespérée. Je n'aurais jamais pu imaginer une issue si radicale.

Billie ROSE

Vivant

Je hurle. Je hurle, mais personne ne m'entend. Je hurle dans ma tête, aucun son ne parvient à franchir mes lèvres closes. Ma gorge gonfle par la peur qui me tétanise. Les yeux grands ouverts dans le noir, je tourne mes pupilles vers les chiffres rouges du réveil.

Trois heures et demie, même heure que la nuit précédente, et que toutes celles d'avant.

L'heure fatidique. L'heure du drame. L'heure de l'appel qui a détruit une partie de mon cœur.

Le souffle court, je fixe la faible lueur émise pour me rattacher à la réalité. Je tente de laisser s'évaporer le cauchemar qui hante chacun de mes songes depuis deux mois. Peu à peu, mes doigts se décrispent. Je remue les jambes pour récupérer les sensations de mon corps.

Tu es vivant.

Je m'accroche à cette pensée. Je regarde les minutes s'écouler. J'entends la pluie contre le carreau de la fenêtre. Je goûte les perles salées qui s'échouent sur ma bouche. Je sens la sueur qui émane de chaque parcelle de mon épiderme. J'agrippe les draps de soie qui recouvrent ma peau nue.

Tu es vivant.

Avec la lenteur d'un paresseux, je me glisse hors du lit et m'assois sur le bord, les coudes sur les genoux et le crâne entre les mains. J'abaisse mes paupières et mords l'intérieur de mes joues, assez fort pour que la douleur m'éveille.

Tu es vivant.

Les traits de mon visage se relâchent et je me redresse en recouvrant la vision. Mes pas, las, me dirigent hors de la chambre pour emporter ma carcasse vers la cuisine en mode automatique. Dans la pénombre qui m'absorbe, j'attrape la bouteille d'eau et avale plusieurs gorgées d'un trait, au point de presque m'en étouffer.

Tu es vivant.

Je jette le contenant à travers la pièce d'un geste brusque et plaque mes paumes sur le plan de travail. Quelques miettes, restes d'un dîner fait de chips, roulent sous mes ongles qui grattent la surface. Sa voix guillerette envahit ma mémoire.

« T'exagères, tu parles d'un repas ! Il ne manque plus que la soupe en sachet pour le cliché de l'artiste qui s'enferme dans sa tanière ! »

Je me concentre sur ma respiration et réitère plusieurs fois inspirations profondes et expirations de tout l'air qui emplit mes poumons. Je dois l'évacuer de ma conscience, sinon, je ne pourrai plus avancer.

Mon esprit revient à lui en même temps que mon souffle s'apaise. L'agitation en moi se stabilise, la crise d'angoisse s'éteint.

Tu es vivant.

Ces trois mots, qui tournent en boucle dans mon cerveau avec une voix que je n'entendrai plus jamais, m'ancrent dans l'univers.

Oui, je suis vivant. Non, je ne vais pas mourir. Elle ne cessait de me le répéter quand l'anxiété m'étranglait.

Je retourne m'allonger, cependant, impossible de me rendormir. Je compte les secondes qui s'égrènent, l'instant cherche à m'anéantir. Mon espace-temps déraille. Finalement, je me relève, enfile mon vieux jogging et un t-shirt à l'effigie d'un super héros — celui qu'elle m'avait offert —, puis me dirige vers mon coin travail.

La pluie fouette la vitre face à moi. Le vent siffle à travers la fenêtre. Assis devant mon bureau en bois brut, je fixe mon reflet sans le voir. Vide. Je me sens vide. Je suis vide.

J'essaie de me concentrer sur l'illustration de mon personnage, resté en suspens sur une feuille de papier, mais rien n'y fait. Les traits grossiers de son portrait deviennent flous lorsque je me focalise dessus. Ce n'est pas lui que j'ai envie de dessiner.

Je réalise que les gouttes ne perlent pas que sur le carreau. Mes joues s'humidifient. Mes yeux me grattent. Je renifle bruyamment, m'essuie le nez dans ma manche.

Un déchet, voilà mon état depuis son départ. Son départ…

« J'ai décidé de prendre un nouveau départ, de refaire ma vie, loin d'ici. J'abandonne tout, je prépare ma valise, je monte dans ma caisse et je prends la route. »

Comme elle… Si seulement j'avais insisté pour qu'elle ne me quitte pas. Mais je n'avais aucun droit de retenir mon amie, mon âme sœur, ma sœur de cœur ni de m'interposer dans son choix de vie. Pourtant, lorsqu'elle est partie, c'est la vie qui l'a quittée, à trois heures et demie sur une route de campagne. Au passage, elle a emporté un bout de la mienne quand la police a appelé son numéro d'urgence, le mien. Si seulement j'avais insisté pour quelques jours de plus en sa compagnie. Si seulement…

Depuis, je reste un bon à rien. Inutile. Même plus capable d'aligner deux phrases sur mon manuscrit. Inapte à croquer autre chose que des gribouillis.

Comment est-ce possible d'être à ce point terrassé par le chagrin ? De devenir une telle épave ? De n'avoir plus goût à rien ? D'empiler autant d'entraves ?

Je fixe le néant. Plus rien n'a de sens sans elle. À l'intérieur de moi se creuse un trou béant où résonne sans cesse cet appel.

« Accident mortel… »

Une feuille orangée, échappée d'un platane du parc d'à côté, se colle à la fenêtre, emportée par les bourrasques de la tempête. L'automne était sa saison préférée. Elle aimait son temps changeant, son ambiance colorée. Cueillir des champignons en forêt, enlacer les troncs, rester des heures à imaginer des projets, cachés dans notre cocon… Ces moments en sa compagnie me manquent. Son rire résonne encore dans chaque particule de mon âme. La douceur de sa présence m'enveloppe sans cesse et accentue ma tourmente. Peu à peu s'éteint ma flamme.

Je ferme les yeux et m'accroche à son souvenir. Néanmoins, je sais que je dois lelaisser s'envoler pour retrouver un avenir.

Mes doigts se saisissent machinalement du crayon délaissé sur la table. Avec des gestes assurés, je commence à matérialiser dans mon carnet les images qui viennent dans ma tête instable.

Il ne tient qu'à moi de prendre aussi, même sans elle, un nouveau départ. Espérons que je parviendrai à m'accrocher à cette vie probatoire.

Cara FEDERSAN

Elie,

Bienvenue dans cette belle aventure, j'espère que tu as passé un bon moment.

Cara

Voyage au parfum hespéridé

Les jours précédents avaient été insignifiants et ingrats. Le trajet en train avait eu vite fait de me revigorer à l'idée de le retrouver. Il fallait encore patienter pour savourer le premier contact si espéré qui se déroulerait dans l'entrée de son appartement à l'abri des regards et du monde.

Il ne m'attendait jamais sur le quai. Il restait dans sa voiture toujours stationnée dans le fond du parking, à l'endroit où c'était le moins éclairé. Chaque vendredi soir, j'avais l'habitude de le rejoindre. Je me faisais à tout. Juste parce que notre lien était réel et vrai. Il me désirait, il m'aspirait en entier. Et réciproquement. Nous savions que je me laissais complètement absorbée par notre histoire. Épanouie, vivante et vibrante. Au détriment de tout le reste qui me semblait futile, insipide, morne.

À la descente du train ce jour-là, je le vis sur le quai. Long caban beige ceinturé, ouvert sur un costume foncé avec une chemise blanche dont le col entourait son cou puissant. Quel bel homme avec ses cheveux poivre et sel. Visage fermé, masque sérieux avec un air préoccupé. Ses yeux le trahirent et ont littéralement étincelé quand il m'a aperçu. Et notre accroche de regards a fait basculer ce qui nous entourait dans le brouillard. Seuls nos êtres comptaient, nos âmes au diapason. Je me dirigeais vers lui, fendue d'un sourire irrépressible. Quelle joie m'inondait à cet instant-là ! Je bouillais littéralement de l'intérieur, j'avais envie de lui sauter au cou. À mon approche, il murmura : « Tu as fait bon voyage ? ». Un hochement de tête fut la seule chose que je pus répondre. Envahie dans tout mon corps, et au-delà par une émotion grandissante, je me hâtais de le dépasser pour ouvrir la marche vers la sortie de la gare.

Mes pas résonnaient tandis qu'il avait pris ma valise en effleurant ma main. Sans le regarder, je savais déjà qu'il avait ce sourire en coin qui ne le quitterait plus.

Se retrouver chaque week-end était une parenthèse enchantée, des moments intenses et incroyables. Même si je pressentais que quelque chose avait changé, rien, à ce moment-là, ne pouvait renier notre évidente alchimie ni altérer nos retrouvailles.

En montant dans la voiture, distance réglementaire. Arrivés dans le sous-sol du parking souterrain de la résidence, nous prîmes l'ascenseur, distance maîtrisée. Le long du couloir menant à son appartement, nos corps se frôlèrent, se percutèrent un peu. Au bruit de clé dans la serrure, sa voisine âgée ouvrit sa porte pour nous saluer. Elle comprit que monsieur ne serait pas seul ce soir. Elle sembla me sourire. À moins qu'il ne s'agisse d'un rictus niais.

Maintenant, il baisse la tête et balaie du regard le bout de ses chaussures en cuir marron. Il inspire brièvement et relève le visage vers moi. Un large sourire plisse ses joues molles. Des rides profondes se creusent au coin des yeux. Il ferme ses paupières en même temps que ses bras autour de moi. Je me blottis instantanément. Je sens sa chemise légère se froisser sous l'étreinte, mes mains encerclent sa taille, son dos est chaud. Je fourre mon nez contre son poitrail dur et inspire pleinement son odeur. Comme il m'avait manqué...

Enfin, nous voilà seuls. Il expire de soulagement. Nous sommes là dans la pénombre à s'imprégner de l'autre. Soudain, en le respirant, je suis gênée. Dérangée. Envahie par une odeur que je ne reconnais pas. Un effluve citronné vient me gratter l'intérieur des narines. Cette odeur piquante et épicée irradie dans ma gorge. Je m'y reprends à plusieurs reprises et renifle encore sa chemise. Puis je lève la tête : « Tu as changé de parfum ? » Il répond, souriant, en piquant un fard : « Oui.

Tu as remarqué ? » Étrange. Je n'aime pas cette nouveauté. En moi, un signal s'enclenche, une alerte s'active. Pourquoi ne porte-t-il pas son parfum originel ?

Je me défais de ses bras d'un mouvement vif et j'enlève mon manteau puis mes chaussures. Je me projette et me déplace rapidement dans l'appartement. J'inspecte instinctivement chaque recoin sans m'appesantir pour ne pas éveiller ses soupçons. Et il ne se doute absolument pas qu'à cet instant, un écho vrombissant a commencé à retentir à l'intérieur de moi. Je furète, je scrute, je jette un œil sur tout ce qui m'entoure, je m'imprègne entièrement du lieu qui m'est familier jusqu'à la moindre particule. L'espace, les couleurs, les matières, l'agencement de chaque objet, leur forme, la place de chacun. Ses habitudes de vie n'ont plus de secret pour moi.

En quelques minutes, j'ai tout inspecté. Et j'accède finalement à ce que je redoutais.

Mes yeux se posent sur l'intrus. Un objet plutôt banal à première vue. Bien qu'il ait sa place dans une salle de bain, il n'a pas lieu d'exister ici, à cet instant précis. Cet objet est étranger à cet univers que je connais parfaitement depuis plusieurs mois. Il ne m'appartient pas. Il s'agit d'un malheureux flacon de coloration pour cheveux. Il est blanc avec des écritures jaunes indiquant : « Cheveux blonds ». Posé sur le rebord du lavabo, il me nargue. À qui appartient-il ? Un oubli ? Un acte manqué ? Un geste délibéré ?

Je ferme un instant les yeux en coupant ma respiration. L'écho a maintenant tonné dans ma poitrine jusqu'à faire imploser mon cœur. Je me regarde attentivement dans ce miroir, incrédule et déjà meurtrie. Pour la dernière fois.

Je l'entends m'appeler. Ce qui désamorce aussitôt la montée furieuse d'un cataclysme émotionnel en moi.

— Viens, mon ange, dit-il en tendant son bras vers moi.

Je traverse à nouveau le couloir pour le rejoindre au salon

et glisse ma main dans la sienne. Je n'arrive pas à lui rendre son sourire, si faible soit-il. Je demeure crispée et inquiète. Il m'entraîne vers le canapé en cuir. Contact froid et inhospitalier. Je frissonne et prends une profonde inspiration pour me rassembler et être attentive à lui. Le dévisager, sonder le moindre fragment de ce qui le traverse. Je le sens éloigné. Pourtant, nos genoux se touchent.

Il baisse le visage, ému avec les joues qui s'empourprent. Il racle sa gorge. Un tic qu'il a dans le moment d'émotions difficilement gérables. Il cherche ses mots. Son regard s'échappe vers le ciel et la lumière de la fenêtre derrière moi. Son silence suspend le temps. Les rayons du soleil réchauffent mon dos, ma nuque et mes cheveux à travers la vitre. Je baigne dans cette lumière qui m'enveloppe.

– Il y a du nouveau ? demandais-je, l'air faussement détaché.

Mon timbre de voix trahit ma fébrilité.

Visiblement bouleversé, j'attends qu'il se reprenne, suspendue à ses mots.

— On peut dire ça, oui. Fabienne est passée aujourd'hui. Elle m'a laissé une enveloppe. Elle t'est destinée.

Je saisis l'enveloppe qu'il me tend et l'ouvre aussitôt.

Il continue :

Tu dois repartir.

— Pour une nouvelle mission ?

— Oui. Demain. À l'aube.

J'accuse le coup et me crispe sur la fameuse enveloppe. Je reprends mes esprits. Je ne pensais pas que ce moment arriverait si tôt.

– Combien de temps ? Pourquoi maintenant ? Et notre projet alors ?

Deux minutes à peine d'échanges et tout bascule. Expéditif. Limpide. Fugace. Vif. Cinglant. Il ne répond pas à mes suppliques. Ce n'est plus sa priorité. Nous ne sommes plus une priorité. Nous ne sommes plus.

— Je ne sais pas. Je pourrais te rejoindre d'ici 3 semaines peut-être. Tu vas dans un pays méditerranéen.

— Mais, et nous ? Est-ce qu'on pourra continuer ensemble ? Être enfin libres ?

— Pas pour le moment. On n'a pas le choix, tu le sais. Allez, l'heure tourne, vas te changer. Qu'on puisse profiter de ces dernières heures ensemble.

Incrédule, je me dirige à nouveau vers la salle de bains en serrant l'enveloppe contre moi. Quelques mois d'accalmie, un peu de temps pour souffler dans ce cocon que j'ai tant aimé. Et tout s'arrête. D'ici peu, plus rien n'existera.

Je découvre en détail l'ordre de mission, les billets et mes nouvelles pièces d'identité.

En consultant les photos, je comprends.

Une énième transformation. Une autre version de moi-même. Je vais devenir blonde.

Et la délicate senteur, dans laquelle les papiers sont embaumés, m'appelle vers les essences d'agrumes de la douce Provence.

Fuir est mon destin. Que va-t-il advenir de moi ? De nous ? Quel lendemain m'attend ? L'avenir semble incertain. Je dois continuer de rêver. Ne serait-ce qu'un peu.

Je repars dans un énième train. D'autres parfums effaceront le sien. Et je respirerai de nouveau. Humant d'autres fragrances guérisseuses et remplies d'espoir.

Laetitia DONNA

Achevé d'imprimer en France par
Centre
Littéraire
d'Impression
Provençal
imprimerie-clip.com